新訳

エマニエル夫人

エマニエル・アルサン
河村真紀子＝訳

Emmanuelle

Emmanuelle Arsan

二見書房

新訳　エマニエル夫人

EMMANUELLE: La leçon d'homme
by
Emmanuelle Arsan

This book is published in Japan
by arrangement with Editions Archipoche
through le Bureau des Copyrights Français, Tokyo.

ジャンへ

あるいは、あなたが語る女性たちが
あなたの並はずれた感覚からの願いを表しているとしたら……
マラルメ『牧神の午後』

人間の教訓
私たちはまだこの世にいない
この世にはまだない
物事はまだ終わっていない
存在する理由はまだ見つかっていない
アントナン・アルトー

目　次

1　飛翔する一角獣《ユニコーン》

ヴィーナスは羽をのばす方法を幾とおりも知っている。けれど、もっともシンプルでもっとも疲れない方法は、体を半分だけ右側に傾けたままでいることだ。

オウィディウス　『恋の技法』

エマニエルはロンドンでバンコク行きの飛行機に乗った。新しい革シートのにおい、それは何年使っても変わらない英国車のにおいに似ていて、カーペットは厚くて静かで、照明は別世界のもののようで、初めて足を踏み入れた飛行機の内装にとたんに心を奪われた。

案内してくれた男性が微笑みながら何か言ったけれど、エマニエルは理解できなかった。でも、気にしていない。いつもより心臓の鼓動が速いようだけれど、それは不安からくるものではなくて、あるとすれば、異なった環境に身を置くことからくるものだろう。ブルーの制服、要注意のマーク、彼女を迎え、手ほどきする役目を負った乗務員の威厳、これらすべてがうまく作用して、安心で幸福な感情に落ち着いた。空港の検査場で訳がわからないまま課せられた儀式は、これからの十二時間自分のものとなる世界へ入っていくために必要なものだとわかってはいた。その世界はこれまでに知っている規則とは異なって、より束縛されるものであると同時に、けれど、それによって、おそらくはより心地よくもなる法律とともにあるのだった。イギリスの夏の透明な昼下がりに、この流線型で翼のついた金属製の建造物は、日常の動作にも意思にも境界点を示す。服従することによって、自由を警戒する気持ちにゆとりと平穏が生まれる。

示された座席は、仕切り壁の一番近くだった。けれど、その仕切りには一様に布が張られていて窓もなかったので、柔らかで光沢のある壁の向こう側は見えない。でも、そんなことはどうでもいい！　エマニエルはただこの沈み込むような座席にすっかり身をゆだね、柔らかい毛でおおわれた肘掛けのあいだで、若い水夫のような肩にもたれかかり、人魚の尾びれのようにのびたシートの上でくつろぎたかった。

スチュワードが背もたれを倒すためのレバーを示して、体を伸ばすように勧めてくれたけれど、エマニエルはまだそうしないでおいた。彼がボタンを押すと、小さな光の束がエマニエルの膝の上に楕円を描いた。

そのとき、今度はスチュワーデスが両手を広げてやってきて、蜂蜜《はちみつ》色の革のバッグを座席の上の棚に載せてくれた。エマニエルが機内に持ち込んだ荷物はその軽いバッグひとつだった。旅の途中で着替えることは考えていなかったし、書き物をするつもりも本を読むつもりもなかったからだ。彼女がフランス語を話したので、この二日間感じていた半ばめまいのような感覚が（エマニエルは前夜にロンドンに着いたばかりだった）すっかり消えた。

その若いスチュワーデスがエマニエルの上にかがむと、金色の髪のせいで、エマニエルの長い髪がよりいっそう黒く見えた。ふたりはほとんど同じ服装だった。スチュワーデスはブルーの厚地の絹織物のスカートに白いシャツブラウス、エマニエルは粗《あら》いシルクのタイトスカートと山東絹のブラウスを身に着けていた。けれど、イギリス人のスチュワーデスが着ている薄いブラウスから透けて見えるブラジャーが、薄手のものではあったけれど体の線が自由に動くことを妨げているのに対して、おそらくエマニエルはブラウスの下には何も着けていなくて、胸があらわになっているのだろうと推測できた。そして、会社の規定で、乗務員の彼女は襟元を高い位置で閉じることが強制されているけれど、エマニエルの胸元はかなり開いていて、注意して見ていれば、ちょっとした動作やあるいは悪戯《いたずら》な空気の流れで胸の形がはっきりわかった。

エマニエルはそのスチュワーデスが若くて、彼女の目が自分の目と似ていること——金色の小さな粉が散りばめられていること——がうれしかった。

この客室は飛行機の最後部、尾翼に一番近いところにあるので、とそのスチュワーデスが言った。ほかの機種ならば揺れを感じる場所ですが、でも（若いスチュワーデスの声が自慢げになった）、この「飛翔する一角獣《ユニコーン》」の機内はどこも同じように快適にお過ごしいただけます。少なくとも（と、気を落ち着けて続けた）豪華客室においては、ということですが。と言いますのも、もちろん、ツーリストクラスのお客様はスペースに余裕もございませんし、座席もこれほど柔らかくありません、それに座席列の間のベルベットのカーテンもありませんので、ここまでおくつろぎいただけません。

エマニエルはこのような特権やそれを手に入れるために費やさなければならなかった大金を

恥ずかしいとは思わなかった。それどころか、過剰なまでの敬意に、ほとんど肉体的な甘美な心地よさを感じた。

スチュワーデスは、今度は化粧室の設備を褒めたたえ、離陸したらぜひ行ってみてくださいと言った。化粧室は機内のあちらこちらにいくつもあるので、エマニエルが人の行き来に煩わされることもないだろうということだった。そして、もし望めば、同室の三人以外ほとんど誰にも会わずにいることもできるだろう、けれど反対に、少しは誰かと過ごしたいというのであれば、廊下を散歩したりバーに出向いてみたりしてほかの乗客と知り合うこともできるだろうと言った。何かお読みになりますか、とスチュワーデスがたずねた。

「いいえ」とエマニエルは答えた。「ご親切にありがとう。今のところ何も読む気がしないわ」

エマニエルは、スチュワーデスを喜ばせるために何かたずねることはないかと考え、飛行機のことにお詳しいの？　どのくらいの速度で飛ぶのかしら？　と聞いてみた。

すると、スチュワーデスは、

「平均時速は千キロメートル以上です。それに、飛行半径が広いので六時間ごとの着陸でよいのです」

と、答えた。そうすると、エマニエルの場合は、旅の中間地点で一度給油をするだけで半日以上飛行が続くことになる。ただし、地球と同じ方向に回ることで（見かけの）時間を失うので、バンコクに到着するのは現地時間で翌日の午前九時過ぎになる。結局のところ、食事をして、眠って、起きるくらいの時間しかない。

子どもがふたり、双子としか思えないよく似た男の子と女の子が、突然カーテンを開けた。

エマニエルは一目見て、英国の小学生の因襲的で不格好な服装、ほとんど赤毛に近いブロンドの髪、気取ったような冷たい表情、乗務員に向かって短い言葉でつっけんどんな話し方をする傲慢《ごうまん》さに気づいた。ふたりはせいぜい十二、三歳にしか見えなかったが、そのしっかりしたふるまいは、乗務員とのあいだに縮められない距離があることを感じさせた。その子どもたちはエマニエルの座席から通路をはさんで反対側の座席にゆったりとすわった。エマニエルがその子どもたちをじっくり観察しようとしたとき、この客室を予約していた四人の乗客のうちの最後のひとりが入ってきて、彼女の視線がそちらに向いた。

彼女より少なくとも頭ひとつ分背が高く、鼻と顎《あご》のラインがくっきりと際立っていて、口ひげと髪が黒いその男が、エマニエルの上に軽く体を傾けて微笑みかけ、柔らかそうな黒っぽい革の、よいにおいのする書類鞄を置いた。琥珀《こはく》色のスーツとイリオンのシャツがエマニエルの好みだった。きっとエレガントで育ちのいい人だろうと思った。つまり、隣の座席の人物として期待どおりの資質を持つ人だったのだ。

エマニエルは年齢を当ててみようと考えた。四十歳、それとも五十歳かしら？　目尻に刻まれた笑いじわからすると、それなりの年齢にちがいない……。彼の存在は気取った子どもたちよりも楽しみだわ、と思った。けれどすぐに我に返って、性急な好感も嫌悪感も心から追い払う。無駄だわ。たった一晩なのだから！

やがて、子どもたちのこともその男のこともすっかり忘れてしまった。というのも、少し前から、出発のせっかくの楽しみを台無しにするような苛々《いらいら》した感情が心のなかに漂っていたからだ。スチュワーデスはほかの乗客が到着したのを機に離れていったらしく、カーテンの隙間《すきま》から、彼女の青い腰が姿の見えない乗客に押し付けられているのが見えたのだ。嫉妬に駆られた自分が嫌で、エマニエルは目を背けようとした。すると、どこからともなく悲嘆にくれた単旋律聖歌に乗って「孤独のなかで、見捨てられたなかで」というフレーズが聞こえてきて、頭から離れなくなった。妄想を振り払うように首を振ると、黒髪が頬を撫で、顔にかかった……けれど、若いイギリス人スチュワーデスが身を起こし、機体の後方を向くと、両手でカーテンを開けて入ってきた。そして、エマニエルのそばに来て聞いた。

「旅をご一緒される方々をご紹介いたしましょうか」そして、返事を待たず、男の名前を告げた。

エマニエルは「アイゼンハワー」と聞こえた気がして楽しい気分になり、双子の名前は忘れてしまった。

すると、その男がエマニエルに話しかけてきた。けれど、彼の言ったことがわかるはずがない。エマニエルの当惑ぶりに気づいたスチュワーデスが、同国人である彼らに何かをたずね、舌を出して笑った。

「困りましたね、三人ともフランス語がまったくわからないなんて。お客様にとっては、英語をブラッシュアップするよい機会になりますね！」

エマニエルは抗議したくなったけれど、スチュワーデスはすでにくるりと向きを変えて、ほかの乗客に向かって指を動かし、なんだかわからないけれど優美な合図を送っていた。エマニエルはふたたび見捨てられた状態になり、それならいっそ何も気にせずにいようと思った。その男はゆっくりと区切りながら発音することを辛抱強く続けたが、その無意味な好意にエマニエルは微笑《ほほえ》んだ。そして、申し訳なさそうに口をとがらせ、子どものような声で「英語はわからないの！」と告白した。すると、男はあきらめて口をつぐんだ。

そのとき、カーテンの後ろに隠れていたスピーカーから声が聞こえた。英語のアナウンスが終わると、フランス語が聞こえてきて（わたしのためだわ、とエマニエルは心のなかで思った）、スピーカーを通すとほとんど別人のようだったけれど、あのスチュワーデスの声だった。一角獣《ユニコーン》号の乗客に歓迎の言葉を述べ、時刻を告げ、乗務員の名前を言い、あと数分で離陸するので安全ベルトを締めるようにと言い（タイミングよくスチュワードが現れて、エマニエルのベルトを調節してくれた）、赤いランプが消えるまでタバコを吸ったり座席から移動したりしないでくださいと告げた。

ささやき声より少し大きいくらいの音で、防音措置が施された仕切り壁が震えて、ジェットエンジンが始動したのがわかった。エマニエルは飛行機が滑走路を移動していることにすら気づいていなかった。だから、飛行機が飛んでいることがわかるまでにも、かなり時間がかかるだろう。

実際、エマニエルが、飛行機が離陸したことに気づいたのは、赤いランプが消えて、隣の男が立ち上がり、身振り手振りで、どうしたわけか膝の上に持ったままでいたスーツのジャケットを上に掛けましょうかと申し出てくれたときだった。エマニエルは好意に甘えた。男はまた微笑んで、本を開くと、それきり彼女のほうを見なかった。そのとき、グラスを載せたトレイを持った乗務員が現れた。エマニエルは色を見てカクテルを選んだつもりだったけれど、思っていたカクテルではなくて、もっと強い飲み物だった。

シルクの仕切り壁の向こう側は、エマニエルがただお菓子をかじり、お茶を飲み、スチュワーデスが持ってきてくれた雑誌を読むでもなくページをめくっているあいだに（「飛ぶ」という新しいことをしっかりと心に刻めるように、二冊目は遠慮した）午後になっているはずだった。

その少し後、座席の前に小さなテーブルが設置され、奇異な形の容器に入った、なんだかよくわからない料理がたくさん運ばれてきた。トレイのくぼみにシャンパンの小瓶が置かれていたので、エマニエルはそれを小さなフルートグラスになみなみと注いだ。ままごとのような食事は何時間も続いているように感じられたけれど、エマニエルは急いで終わらせようとは思わなかったし、発見があって楽しかった。何種類ものデザート、小さなカップのコーヒー、大きなグラスのリキュールもあった。そして、テーブルが片づけられたとき、エマニエルは冒険をじゅうぶん楽しめていること、甘美な人生を享受できていることを実感していた。

気分が軽くなり、少し眠気を感じた。双子に対する嫌悪感さえなくなっていた。スチュワーデスが行ったり来たりしていて、通りかかるたびに楽しい言葉をかけてくれた。彼女がいないときも苛々することはなかった。

いま何時だろう、そろそろ眠る時間だろうかと考えた。でも実際は、地表からすでに遠く離れて、風も雲もなく、昼と夜があるのかどうかもわからない空間に到達したいま、この翼の生えた揺りかごのなかでは、いつ眠ろうと自由なのではないかと思った。

エマニエルの膝がむき出しになって、照明の拡散器《ディフューザー》から注がれる金色の光に照らされていた。スカートの裾が上がってそうなったのだが、隣の男の目がそこから離れない。

エマニエルは男を楽しませようと、その視線に向かって両膝を持ち上げた。いまさら膝を隠すなんてバカげていると思ったし、それに、そんなことができるはずがなかった。スカートは伸びない。それに、どうして急に膝を見られるのが恥ずかしくなったのだろう。いつもは膝が見える丈のドレスを好んで身に着けているのに。見えないナイロンの下で、膝の小さなくぼみが動くと、こんがり焼けたパンのような色の肌に影ができてちらついた。面倒なことが起きそうだとわかっていた。光の束の下で、真夜中のバスルームから出てきたときのようにくっつき合ってますますあらわになった膝を見ていたら、とたんにエマニエル自身もこめかみがいつもより速く脈打ち、唇に血が滾《たぎ》ってくるのを感じた。すると、瞼《まぶた》が閉じてきて、もはや膝下だけでなく肉体のすべてがあらわになって、ナルシスト的な視線の先にある欲望にゆだねられているのがわかった。その視線の前では、彼女はまったく無防備だった。

抗《あらが》ってはみたけれど、それは自己放棄の甘美さを少しずつ、さらによく味わうためのものでしかなかった。とりとめのない物憂《ものう》さ、肉体のすべてを心地よく意識するようなもの、くつろぎたい、開放的でありたい、満ち足りたいという欲望から始まったけれど、明確な夢想はまだなくて、識別できる感情もない。ただ、海辺の熱い砂の上で太陽を浴びながら伸びをするときに感じる肉体的な満足感によく似ていた。そして、少しずつ、唇の表面が輝きを増し、胸が膨《ふく》らみ、脚が緊張しはじめると、ほんの少しでも肌が触れることに敏感になり、頭のなかでイメージができあがってきた。最初はほとんど形がなく、それからもずっと脈絡がなかったけれど、粘膜を湿らせ、腰を反らせるにはじゅうぶんだった。

ほとんど感じ取れないほどの、けれど絶えることのない機体の弱い振動が、エマニエルの体のリズムに合いはじめる。膝（そこが輪郭《りんかく》のない感覚の震えの架空の震央だ）から発した波動が脚をのぼり、尻の表面やもっと上までいやおうなく響いてきて、エマニエルを震わせる。

そのあとは、妄想が不意に起こり、心につきまとった。彼女の肌に押しつけられた唇、男と女の性器（その顔はぼんやりとしたままだった）、勃起したペニス、それらは彼女に触れよう、こすりつけよう、膝のあいだに割って入ろうと焦り、脚を無理やり開かせ、性器を開いて貫こうとする、彼女を満たそうとする。前進を続ける。後戻りすることなく、次から次へとエマニエルの肉体の未知の部分に分け入っていく。そこに至る狭い道を飽きることなく探査し、けっして限界を見つけることができないように思えるけれど、彼女の内部をどこまでも深く進み、肉体で満足させ、果てしなく、彼女のなかに体液を吐き出す。

スチュワーデスはエマニエルが眠っているものと思い、そっと背もたれを倒して座席を寝台にした。座席を動かしたためにエマニエルの太腿の半分くらいまであらわになったが、カシミアの毛布を広げ、だらりと投げ出された長い脚に掛けた。すると男が立ち上がり、座席を自分で操作して、エマニエルの座席と高さを合わせた。

子どもたちはうとうとしていた。スチュワーデスは誰にともなく、おやすみなさいませと言って室内灯を消した。薄紫色の二つの常夜灯だけになり、物や人の姿がかろうじて見えるくらいの明るさになった。

スチュワーデスがあれこれしてくれているあいだ、エマニエルは目を閉じたままじっとしていた。けれど、彼女の妄想はその激しさも切迫感も失われることはなかった。彼女の右手が腹部をゆっくりと這うように進み、こらえながら、動くたびに軽い毛布が波打ち、やがて恥丘の高さにたどり着いた。けれど、こんな暗がりのなかで、誰が彼女を見ているだろうか。指の先で探り、スカートの柔らかな絹をまさぐってなかへ入ろうとするけれど、スカートが窮屈で脚を開くことができない。脚でスカートを押し広げると、ようやく薄い生地の上からクリトリスに触れることができた。そしてその探していた場所を、指でやさしく押す。

少しのあいだ、エマニエルは肉体の興奮が鎮《しず》まるのを待った。終わりを遅らせようとしたのだ。けれど、すぐに我慢できなくなって声を押し殺しながら中指でゆっくりとやさしく刺激しはじめると、オルガスムスに達しそうになった。と、そのとき、男の手が彼女の手の上に置かれた。

はっと息が止まり、筋肉と神経が締めつけられる感じがした。まるで腹部にいきなり冷たい水を浴びせられたかのようだった。エマニエルはじっとしていた。気持ちが枯れたのではなく、感情も思考もすべて停止していた。画面が暗くならないまま止まってしまった映画のフィルムのようだった。怖かったのではなく、厳密に言えば、衝撃を受けたわけでもなかった。見られてしまったことの気まずさもなかった。実際、その瞬間はその男の行動についても自分自身の行為についても何も判断ができない状態だった。起きたことを受け止め、意識が動かなくなったのだ。そして、明らかに、壊されてしまった夢想の続きを期待していた。

男の手は動かなかった。けれど、何もしていないわけではなかった。その手の重みで、エマニエルの手の上からクリトリスに圧力をかけていた。かなり長い時間、それ以外は何も起こらなかった。

男のもう一方の手がエマニエルの毛布をはぎ取り、膝の上にそっと置かれると、くぼみや膝頭を撫でまわし、そのまま止まることなくゆっくりと太腿に沿ってのぼり、やがてストッキングの縁にたどり着いた。

男の手が肌に直接触れたとき、エマニエルは初めてぴくりとして、それ以上進まないようにしようとした。けれど、自分が結局のところ何を望んでいるのか正確にはわからなかったし、それに男の両方の手があまりにも力強くて逃げられそうになかったから、上半身をぎこちなく起こし、腹部を守るように空いているほうの手を近づけ、半分だけ体を横に向けた。両脚をぎゅっと締めることは簡単だし、そのほうが効果的だとわかってはいたけれど、なぜだかわからないけれど、そんなふうに振舞うことが突然とても不作法で滑稽《こっけい》に思えて、そうする勇気もなく、巻きこまれている状況にそのまま身をまかせることにすると、ほんの短いあいだ少しだけ制していた心地よい痺《しび》れがふたたび襲ってきた。

男の手が、エマニエルの無駄な抵抗に教訓を与えるかのように、突然エマニエルから離れた。けれど、エマニエルはその突然の豹変《ひょうへん》が一体何を意味するのか考える暇さえなかった。すでに男の手はふたたび彼女の体に戻り、今度は腰のあたりに置かれて、確実に、すばやく、グログランのスカートのホックをはずし、エクレア社のジッパーを滑らせ、スカートの生地を腰から膝まで引き下ろす。そしてふたたび上に向かうと、片方の手がエマニエルのスリップの下に入ってきた（エマニエルがふだん身につける下着は、そんなにたくさん持っているわけではなかったけれど、ゆったりしたスカートをはくときに着けるガーターベルトもペチコートも薄くて軽かったし、ブラジャーとガードルは、彼女がランジェリーを買うフォーブル・サントノレのブティックでブロンドや褐色の髪の店員にかわるがわる勧められても買わなかった。店員たちはお人形さんみたいに美しくて、長い脚を見せながらエマニエルの足元にひざまずき、何種類ものビスチェやゲピエール、パンティ、ビキニショーツを試着させてくれる。彼女たちの優美な指がエマニエルの胸や太腿に沿って、繰り返ししなやかな動作で辛抱強く愛撫しながら移動し、それはエマニエルが目を閉じ、ゆっくりと膝を曲げ、帆を降ろすように、心を開いて、熱くなって、手と唇の完璧で満たされる技術に身をゆだねて、ランジェリーでおおわれた床に腰を下ろすまで続くのだった）。

エマニエルの体が、抵抗らしきものでほんの一瞬乱れていた姿勢から元に戻った。男は、サラブレッドの首まわりをやさしく撫でるかのように、平らで筋肉質な腹部を恥骨の高い膨らみのすぐ上のところまで手のひらで愛撫した。男の指は股間のひだに沿って進み、恥毛の上を通り、その面積を測るかのように三角地帯の辺をなぞる。それは下側の角が大きく開かれていて、ギリシアの彫刻家たちが受け継いできためずらしい配置だった。

エマニエルの腹部を撫でまわしていた手は、均整の取れた体に飽きたのか、つぎは太腿をさらに押し開こうとした。膝のところで丸まっていたスカートに動きを妨げられてなかなかうまくいかなかったが、できるかぎり開いてみようとした。片方の手のひらが熱を帯びて膨らんだ陰部を包み、なだめるように愛撫しながら、急ぐことなく、くちびるのひだに沿って動き、最初は軽くそのあいだに潜り、硬くなったクリトリスの上を通り、恥丘の深い草叢《くさむら》に落ち着く。そして、その手が脚のあいだを行ったり来たりするたびに、スカートが押し下げられて、さらに大きく脚が開き、男の指はさらに遠く、湿った粘膜のあいだをさらに深く押し入っていく。けれども、時おり、気まぐれなのか計算なのか、エマニエルの興奮が高まると、ためらってでもいるかのように、進む速度をゆるめた。エマニエルは喉《のど》から湧きあがってくる嗚咽《おえつ》をこらえるために唇を噛《か》み、腰を弓なりに反らせ、男が彼女にけっしてたどり着かせることなく絶えず近づけようとしているように感じる絶頂への欲望であえぐ。

男は片手だけで、自分の好きなリズムと調子でエマニエルの体をもてあそび、胸や唇には一切触れず、口づけたいとも抱きしめたいとも思っていないように見えて、自らが分け与える不完全な官能のあいだで、無頓着で冷ややかなままでいた。エマニエルは頭を左右に振り、くぐもったうめき声や祈りにも似た響きを何度も漏らした。細目を開けて、男の顔を探す。エマニエルの目は涙で輝きはじめていた。

そのとき、男の手がエマニエルの火照った体のすべての部分をしっかりと手中に収めたまま止まった。男はエマニエルのほうに体を少し傾け、もう一方の手で彼女の手をとって引き寄せ、ズボンのなかに招き入れた。硬くなったペニスを握らせ、動きを誘導し、その振幅とリズムを自分好みに調整し、速度も興奮の度合いに合わせてゆるめたり速めたり、エマニエルの直観とうまくやりたいという欲望にゆだねられる、彼女なりのやり方で操作を完成させられる、という確信が得られるまでそれを続けた。エマニエルは、最初は快楽に溺《おぼ》れた心と子どもっぽい従順さだけで手を動かしていたけれど、しだいに思いがけないほどの配慮を持って完璧にこなせるようになっていった。

エマニエルが腕を動かしやすいように上半身を前に移動させると、男も体を寄せてきて、奥から湧き出そうになっている精液をエマニエルに浴びせられるようにした。けれども、男のものを握りしめたエマニエルの指が上下するあいだ、男はさらに長くこらえ、エマニエルのほうは愛撫が続くにつれて恥ずかしさが薄れ、もはや初歩的な往復にとどまらず、突然、熟練した手つきで、大きく膨張した血管に沿ってペニスのアーチの上をすべり、可能なかぎり低い位置、つまりズボンの締めつけが許すかぎり睾丸の近くまで（ヤスリで削った爪で気づかれないように皮膚を引っ掻きながら）手を入れる。そして、湿った手のひらのなかで動きつづける皮膚のひだが、思いも寄らないほど大きくなったペニスの先端におおいかぶさるまで、淫らなひねりを加えて戻ってくる。そしてもう一度強く握りしめながら、手は下へ降りていく。包皮を伸ばしたり、勃起した肉を締めつけたり、あるいは締めつけをゆるめて粘膜に軽く触れたり、あるいはしつこく攻めたり、手首を大きく動かして撫でたり、少しずつ情け容赦なく挑発したり。亀頭が倍の大きさになり、熱情にかられ、今にも破裂しそうだとエマニエルは思った。

エマニエルは奇妙な興奮とともに、腕で、あらわになった腹部で、喉で、顔で、口で、髪で、満足したペニスがついに放出した白くて芳香のある長い噴射を受けとめた。それはけっして尽きることがないように思えた。喉を流れ、吸いこんでいるような感じがしていた。経験したことのない高揚感が彼女を捉える。恥知らずな悦楽。彼女が腕を下ろすと、男は指先でエマニエルのクリトリスをつまみ、よろこびの絶頂へと導いた。

スピーカーから耳障りな音が聞こえた。乗客が突然目を覚ますことがないようにと気づかうような小さな声でスチュワーデスが話しはじめ、飛行機があと二十分ほどで経由地のバーレーンに到着すると告げた。休憩後、出発は現地時間の午前零時、空港で軽食が出されるとのことだった。

日の出のようにゆっくりと、客室内に少しずつ明かりがともされた。エマニエルは足元に押しやっていた毛布をたぐりよせて跳ねかかった白い液体をぬぐい、スカートを腰まで引き上げた。スチュワーデスが入ってきたとき、エマニエルは背もたれを倒したままの座席にすわって、まだ身づくろいをしているところだった。

「おやすみになれましたか?」若いスチュワーデスは明るい声でたずねた。

エマニエルは、ベルトのホックをかけ終えると、

「ブラウスがしわくちゃになってしまって」と言った。

エマニエルは襟の切れ込み部分の両側についた、乾ききっていない染みを眺めていた。そして、ブラウスの襟を外側に折り返すと、片側の胸の鮮やかなバラ色の乳首があらわになった。そんなふうに首のまわりが開いたままになっていたので、四人のイギリス人の目がエマニエルの形よく突き出した胸に釘づけになった。

「お着替えをお持ちではないのですか?」とスチュワーデスがたずねた。

「持ってないの」

エマニエルは少しむくれた顔で答えた。笑い出しそうになるのをこらえているようにも見えた。ふたりの女の視線が出合い、暗黙の了解をしたようだった。というのも、ふたりとも同じように困惑していたからだ。男はそんなふたりをじっと見ていた。男のほうは、服装に少しも

乱れがなく、ワイシャツは出発のときと同じように清潔だったし、ネクタイもまっすぐだった。

「こちらにいらしてください」スチュワーデスは意を決したように言った。

エマニエルは立ち上がり、隣席のまわりをまわって（スペースはじゅうぶんにあったけれど）、スチュワーデスについて化粧室に入った。化粧室はすべて鏡張りになっていて、クッションスツールや白い革の調度品、洗濯ソーダやローションが積まれた棚があった。

「お待ちくださいね」

スチュワーデスはそう言って出ていくと、しばらくして小さなバッグを持って戻ってきた。そして、バッグのふたを開けると、小さな収納スペースから枯葉色のセーターを取り出した。オーロン、ウール、シルクの糸で織られていて、とても軽く、手のなかに収まってしまいそうな大きさのセーターだった。それを彼女が振ると、突然ゴム風船のように膨らんだので、エマニエルは驚いたようだった。

「貸してくださるの？」と聞くと、

「いいえ、プレゼントします。きっととてもよくお似合いになると思うから。お好きですよね」

「でも……」

スチュワーデスは、それ以上は言わせないというように、丸くした唇に指をあてた。やさしげな目がきらきら輝いていた。エマニエルは視線をはずすことができず、顔を近づけた。けれども、スチュワーデスはすでにくるりと後ろを向いていて、エマニエルにオードトワレを差し出した。

「これでお拭きになってください、男性の香りです」

エマニエルはまず顔と両腕、首をぬぐい、麝香《じゃこう》の香りのする液体をしみこませたコットンを胸のあいだに入れると、思い直したように、ブラウスのボタンをすべて急いではずした。

両腕を後ろに持っていって、白い絨毯《じゅうたん》の上にシルクのブラウスをすべり落とすと、大きく深呼吸した。半ば裸になったためか、軽いめまいがした。そして、スチュワーデスのほうを向くと、無邪気に喜びながら彼女をじっと見つめた。スチュワーデスはかがんで、しわくちゃになったブラウスを拾いあげると、それを顔に押し当てた。

「ああ！　なんていい香り！」スチュワーデスは悪戯っぽく笑いながら言った。

エマニエルはどきりとした。さっきまでの信じられないような光景を思い出して、いてもたってもいられなくなった。彼女の頭のなかを、檻《おり》のなかのようにぐるぐるとめぐっていた考えはただ一つ、スカートもストッキングもすべて脱いで、この美しい女性の前ですっかり裸になってしまおうということだった。指がベルトの留め具をもてあそんでいる。

「なんてふさふさした黒髪なんでしょう！」スチュワーデスはうっとりしたように言って、エマニエルの裸の背中をウエストの下までおおってしまうウエーブのかかった長い髪を楽しげにブラシで梳《と》かした。「艶々《つやつや》してる！　まるで絹みたい！　わたしもこんな美しい髪になりたいわ」

「でもわたしはあなたの髪が好きよ」と、エマニエルは言った。

ああ！　彼女もぜんぶ脱いでくれればいいのに！　エマニエルは声がかすれてしまうほどにそう望んでいた。

「飛行機のなかで、お風呂に入れないかしら？」と、エマニエルは頼んでみた。

「もちろん入れます。でも、待たれたほうがいいと思います。空港の浴室のほうがもっとずっと快適ですから。それに、お時間がございません、あと五分ほどで着陸いたします」

それでも、エマニエルはあきらめきれなかった。唇が震えていた。そして、スカートのファスナーをおろした。

「急いでお召しになってください」スチュワーデスはエマニエルにセーターを差し出しながら言った。

そして、せまい襟ぐりにエマニエルが頭をとおすのを手伝った。伸縮性のあるセーターは薄くてぴっちりしていたので、胸の先端がくっきりと浮き出て、セーターを着ているのではなくて、たんに赤褐色に塗られたかのようにはっきり見えた。スチュワーデスはそのとき初めてエマニエルの胸の見事さに気づいたようだった。

「とっても魅力的ですこと！」

スチュワーデスは思わず大きな声で言うと、笑いながら、まるで呼び鈴のボタンを押すように人差し指の先で片方の乳首をつついた。エマニエルは目をきらめかせて、

「スチュワーデスはみんな処女って、ほんと？」と聞いた。

若いスチュワーデスは小鳥のようなきれいな声で大笑いし、エマニエルが反応するまもなく、彼女の手を引いてドアを開けた。

「早く！　席に戻ってください。赤いランプが点灯しています、もうすぐ着陸です」

エマニエルは渋った。席に戻りたくなかったし、それに、客室の男と横に並んで、また顔を合わせるなんて嫌だった。

経由地の空港は、エマニエルには退屈そうに見えた。アラブの島にいるとわかっていても、何も見えなければ意味がない。消毒されて、クロムメッキが施されて、過剰なまでに照明がついていて、冷房が効いていて、気密構造で、防音処置がされている空港は、乗客が待機しているラウンジのスクリーンにまさにそのとき映し出されていたテレビニュースが伝えていた人工衛星の内部にとてもよく似ていた。エマニエルは入浴し、お茶を飲んで、お菓子を食べて過ごした。一緒にいた四、五人の乗客のなかに「彼」がいた。

エマニエルは驚いて彼を見つめながら、一時間前にふたりのあいだで起きたことを理解しようとしてみた。その出来事は、エマニエルがそれ以外に経験したことにそぐわなかった。そもそもそんなことがほんとうに起こったのだろうか？　それに、そんなことを考えていると、頭が混乱してしまう！　それに、危険すぎる！　もっとも簡単でもっとも賢明なのは、それ以上考えないことだった。エマニエルはまだ疑問が残っている頭のなかのすべての部分を空っぽにしようとした。

スピーカーから聞こえてきた声は理解できなかったけれど、ほかの乗客の動きで機内に戻る時間なのだとわかり、その頃には、自分が何を忘れようとしているのかすら、よくわからなくなっていた。

乗客が飛行機に戻ると、機内はきれいに清掃され、備品が整えられ、換気も完了していた。客室内は清々《すがすが》しい香りが漂っていた。寝台には新しいカバーが掛かっていて、大きな枕は眩《まぶ》しいほどに白く、羽毛で膨らんでいて、枕の下に敷かれた濃紺色のビロードをより魅力的に見せていた。スチュワードがやってきて、お飲み物はいかがですかと聞いた。いりませんか？　かしこまりました。それでは、おやすみなさいませ！　今度はスチュワーデスが就寝前のあいさつに来た。こういった儀式めいたことのすべてがエマニエルをうっとりさせ、確実に、急激に、確信を持って、自分がふたたび幸せな気分になるのを感じた。世界がまさしくありのままであってほしいと思っていた。そうすれば、すべてが、地球上のすべてがすばらしいものであるのにと。

エマニエルは仰向けに寝そべった。もう、脚を見せるのは怖くなかった。脚を動かしたかった。片脚ずつ交互に上げて、膝を曲げたり伸ばしたりしながら、太腿の筋肉を動かし、ナイロンが擦れる心地よい音を立てながら踵《かかと》をこすりあわせてみたりした。エマニエルは、体を動かすことで得られる肉体的な快感を隅々《すみずみ》まで味わった。そして、もっと動くことができるように、隠そうとしたりせずに、両手でスカートの生地を引っ張って、わざとさらにまくりあげた。

「結局のところ、見られる価値があるのは膝だけじゃないのよ。脚全体を見せてやるんだわ」とエマニエルはひとりごちた。「わたしの脚はほんとうに美しいんですもの。枯葉でおおわれて、よこしまな心でいっぱいになった二つの小さな川がじゃれあっているみたい。それにわたしのいいところはそれだけじゃないわ。日に当たるとトウモロコシの粒みたいにこんがり焼ける肌も好き。赤くなったりしないのよ。それにお尻も気に入ってる。胸の先っぽの小さなフランボワーズとそのまわりの赤いお砂糖も。舐めてしまいたいくらい」

室内灯が消えて、エマニエルは満ち足りた幸せな気持ちで毛布を体に掛けた。航空会社が用意してくれていたその毛布は、ぐっすり眠れるようにと松の葉のにおいがしみこませてあった。

常夜灯の明かりだけになってしまうと、エマニエルは体を横向きにして男の様子をうかがった。隣の席でふたたび横になってからずっと、あえて見ようとはしていなかったのだ。すると驚いたことに、目が合った。男はエマニエルを見つめていた。エマニエルを待っていたようだった。ほとんど真っ暗だったけれど、はっきりと見えた。しばらくのあいだ、ふたりはそうしてじっとただ静かに見つめ合っていた。出会ったときから（正確には、いつだろう？ ほんの七時間前？）、男の目には、少し面白がっているような、まるで見守ってくれているような、愛情のきらめきがあることにエマニエルは気づいていて、わたしはきっと彼のそこが気に入っているんだわと心のなかでつぶやいた。

この男と思いがけず隣り合ったことがなんだか楽しくなって、エマニエルは目を閉じながら微笑んだ。彼女は何かを欲していた。けれどそれが何なのか自分でもわからなかった。だから、自分の美しさを楽しむことからまた始めることにした。自分の姿がお気に入りのリフレインのように頭のなかをぐるぐる回る。心臓がドキドキしはじめて、黒々とした草が生い茂る岬の下、二つの川が合流する地点に埋もれた目に見えない入り江のことを考えた。川の流れがその縁を舐めるように濡らす。男が肘をついて起きあがり彼女のほうに体を向けたとき、エマニエルは瞼を開けて、口づけを受けた。唇が重なると、冷たくて、海のような塩からい味がした。

エマニエルは上半身を起こし、腕を上げて、着ているものを男が脱がせやすいようにしてやった。赤茶色のセーターの下から突然現れた自分の乳房を見て淫らな気分になった。暗闇のせいで、明るいところで見るよりもっとまんまるで大きく見えたのだ。脱がせる楽しみを奪ってしまわないように、男がスカートのホックを探しているときは助けようとはしなかった。けれど、腰を上げてスカートを足のほうへ滑らせられるようにしてやる。すると今度は、タイトなスカートが膝のまわりに巻きついたままになることもなかった。エマニエルは完全に解放されたのだ。

男のよく動く手が、薄いスリップをはぎ取る。そしてガーターベルトをはずすと、今度はエマニエルが自分でストッキングを下ろし、寝台の下に落ちていたスカートとセーターのところに投げ捨てた。

こうしてエマニエルがすっかり裸になると、男はようやく彼女を抱き寄せ、髪から踝《くるぶし》まであますところなく愛撫しはじめた。エマニエルは、欲しくなってたまらなくなり、胸が苦しくて喉が締めつけられるようだった。もう二度と息ができないのではないか、死んでしまうのではないかと思った。怖くなって声をあげようとしたけれど、男にあまりにも強く抱きしめられていてかなわず、尻に置かれた男の手が、震える小さな割れ目を押し広げ、指をなかに入れた。と同時に、男はむさぼるように彼女に口づけ、舌を絡ませ、唾を飲みこんだ。

エマニエルは、何がなんだかよくわからないまま小さなうめき声をあげた。腰の奥深いところを探る指のせいだろうか？　それとも、彼女をむさぼり、彼女が声を漏らすたびに吐息をのみこんでいく口のせいだろうか？　欲望からくる苦悩なのか、淫らな行為に対する恥ずかしさなのか、わからなかった。手のひらで包み込んだ弓なりの長い形の記憶が頭から離れなかった。見事に勃起して、荒々しくて、硬くて、赤々としていて、きっと耐えられないほどに燃えていた。エマニエルがあまりにも苦しそうな声をあげたので、男は動きを止めた。エマニエルはついに、待ち望んでいたたくましいペニスが腹の上にあるのを感じて、やさしく男に抱きついた。

　ふたりはそのまましばらくじっとしていたが、男は突然エマニエルを抱きかかえ、自分の上に引き寄せて、通路側の寝台に横たえた。イギリス人の子どもたちから一メートルと離れていなかった。

　エマニエルは子どもたちの存在すら忘れていた。ふたりは眠っていなくて、彼女をじっと見ていた。男の子が近いほうにいて、女の子はもっとよく見ようと男の子に体を寄せている。ふたりとも微動だにせず、大きく目を見開いてエマニエルを見つめていた。その目からは魅せられた好奇心しか読み取れなかった。とり憑《つ》かれたように身をゆだねているところをずっと見られていたのだと思うと、エマニエルはあまりの自堕落さにめまいをおぼえた。けれど、同時に、早くそうなって、ふたりにすべて目撃してほしいと思ってもいた。

　エマニエルは右側に横たわり、太腿と膝を曲げ、下腹部を突き出した。すると男は、後ろから彼女の腰を抱える。そして片方の脚をエマニエルの脚のあいだに滑りこませると、まっすぐに、抑えきれずに、彼女のなかへ入っていく。男のペニスは完璧に硬くなっていて、エマニエルの肉体はしっとりと濡れていて、彼女の膣のもっとも深いところに達して止まると、瞬間、安堵のため息をつく。そして男は、大きく規則的に動きはじめた。

　エマニエルは苦悶から解放され、あえぎ、男根《ファルス》に突き上げられるたびに、さらにとろけて、ますます熱くなる。ファルスはまるで彼女から栄養を摂取しているかのように大きくなり、動きの幅も精気も増していく。至福のあまり朦朧《もうろう》とするなかで、エマニエルはこの雄羊が自分の子宮のなかでこれほど長く走りつづけられたという事実に驚く。もう何か月も男性からの刺激を受けていなかったけれど、自分の体が委縮している感じがしないのが面白かった。そして、新しく発見したこの官能を、いまはただできるだけ長く、存分に楽しみたかった。

男のほうは、エマニエルの体を穿《うが》つことに飽きる様子はなかった。エマニエルは一時、男がどのくらいの時間自分のなかにいるのか知りたくなったが、知る由もなかった。

エマニエルは絶頂に達しそうになるのを我慢したけれど、そうすることに努力は必要なかったしフラストレーションもなかった。というのも、幼い頃から、待つことの喜びを長引かせる訓練をしてきたし、絶頂のときの痙攣《けいれん》よりもだんだんと過敏になっていく状態のほうが好きだったからだ。そしてその極度の緊張感を、エマニエルはひとりで見事に手に入れる方法を知っていた。クリトリスの震える弦に、弓のように軽やかに指で何時間も触れて、自分の肉体の懇願に屈することを拒み、そうして最後は快楽を追求することの圧力に負けて、死の痙攣のように恐ろしい竜巻に巻き込まれるのだ。けれど、エマニエルはそこからすぐに、より元気で潑溂《はつらつ》とした状態になって生まれ変わる。

エマニエルは子どもたちを見た。ふたりの顔から傲慢さが消えていた。人間らしくなっていた。興奮している様子はまったくなく、くすくすと笑ったりもせず、注意深く、ほとんど敬意を抱いているように彼女を見ていた。エマニエルは、子どもたちの頭のなかで起こっていることと、目撃した出来事によって感じているであろう混乱を想像しようとしてみたが、そんな考えはしだいに消えて、目くるめく感覚で満たされ、あまりにも幸せすぎて、他人のことなど気にかけていられなくなった。

男の動きが速くなり、尻をつかんでいた手に力が入って、彼女を貫いていた男のものが突然膨れて脈拍が上がり射精しようとしているのがわかったとき、エマニエル自身も連れていかれるがままにした。精液の鞭が快感を絶頂へと導く。そしてそれが彼女のなかに注ぎ込まれているあいだずっと、男は彼女の奥深くで、子宮の頸部に密着したままでいた。エマニエルは、痙攣しているあいだも頭のなかでは、吐き出されたクリーム色の流出物を口のように活発で貪欲な細長い子宮口が吸い込む場面を想像して楽しむ余裕があった。

男がオルガスムスを終えると、エマニエルも興奮が鎮まってきて、後悔のない幸福感で満たされた。ごく些細なことさえもすべてこのためであるように思えた。男のものが体から抜かれるときのすべるような感覚、男が掛けてくれた毛布の感触、寝台の心地よさ、だんだんと意識が曖昧《あいまい》になっていく心地よい眠気が彼女をおおっていることも。


飛行機は橋を渡るように夜を飛び越えたので、インドの砂漠にも湾にも、河口にも水田にも気づかなかった。エマニエルが目を開けたとき、窓の外には朝の光がミャンマーの山脈の輪郭を虹色に彩《いろど》っているのが見えた。けれども客室のなかは常夜灯の薄紫色のほのかな光が灯っていて、異国に来たことも時間が過ぎたこともまったく感じられなかった。

白いカバーが寝台から落ちていた。エマニエルは裸のまま、寒がりの子どものように体を丸めて左側を向いて横たわっていた。彼女を征服した男は眠っていた。

エマニエルはだんだんと意識がはっきりしてきたけれど、そのままじっとしていた。彼女が何を考えているのか、その表情からはまったくうかがえなかった。それからかなり長い時間が経って、エマニエルはゆっくりと脚を伸ばし、腰を反らして仰向けになり、体をおおうものを手探りでさがした。けれども、その動作が途中で止まった。ひとりの男が、通路に立って彼女を見つめていたのだ。

その見知らぬ男は、エマニエルの位置からは異様なほど背が高く見えて、信じられないほどハンサムだった。おそらくその美しさゆえだろう、エマニエルは自分が裸であることをすっかり忘れていたか、少なくとも気づまりは感じていなかった。まるでギリシア彫刻みたい、こんな傑作が実際に生きているなんて、と彼女は思った。そして、ギリシアのものではなかったが、ある詩の一節が心に浮かんだ。〝廃墟と化した神殿の神よ……〟神の足元にはサクラソウが咲き乱れ、黄色くなった葉が生い茂っていて、その台座のまわりには蔓《つる》草が巻きついていて、一陣の風が吹くと耳や額にかかる子羊のような短い巻き毛が揺れる、そんな様子を想像した。エマニエルの視線はまっすぐな鼻筋をたどり、輪郭のはっきりした唇と大理石のような顎に注がれる。二本のしっかりとした腱が首すじから半開きになったシャツのきれいな胸元まで伸びている。彼女の目は観察を続ける。すると、白いフランネルのズボンが張り裂けそうなほどに突出したものが、エマニエルの顔のすぐそばにあった。

男はかがみこんで、床に散らばっていたスカートとセーターを拾った。エマニエルもスリップとガーターベルト、ストッキング、脱ぎ散らしたパンプスを拾い集めると、体を起こして言った。

「行きましょう」

エマニエルは寝台に腰掛け、カーペットの敷かれた床に足を下ろすと、差し出された手をとった。そして、しなやかに立ち上がると、まるで高度と暗闇のせいで生きる世界が変わってしまったかのように、裸のまま歩きはじめた。

男は、すでにスチュワーデスと一緒に行ったことのある化粧室へ彼女を連れて行った。そして、シルクのキルト張りの仕切りにもたれかかると、エマニエルを自分と向き合うように立たせた。金色の茂みから顔を出したヘラクレスのように立派な蛇が目の前にまっすぐ立っているのを見たとき、エマニエルは叫び声をあげそうになった。彼女は男よりもかなり背が低かったので、蛇の三角形の頭が乳房のそばまで来ていた。

男はエマニエルの腰をつかむと、軽々と抱き上げた。エマニエルは絡めた指を男の首に巻きつけると、男の筋肉が固くなるのを手のひらで感じた。だから脚を開いて、体を降ろされたときに深紅のペニスがなかに入ってこられるようにした。涙が頬を伝ったが、男はかまわず慎重に挿入すると、彼女を引き裂いた。エマニエルは壁に膝をつけ、男の腰にもたれかかりながら、巨大な蛇が体の奥深くまで這っていけるようにした。身悶えし、しがみついている首に爪を立て、嗚咽を漏らし、あえぎ声をあげ、理解できない言葉を叫んだ。錯乱状態になっていたので、男が骨盤を荒々しく突き上げて、心臓に至るまで彼女を貫く道をほんとうに開こうとしているかのような速さで肉体的な享楽にふけっていることにすら気づかなかった。男はペニスを引き抜くと、顔を輝かせ、彼女を立たせたまま抱きしめた。濡れた男根《ファルス》がエマニエルの痛んだ肌を冷やした。

「よかった?」と男はたずねた。

エマニエルはギリシア神のような男の胸に頬を寄せた。男の精液が体のなかを流れているのを感じていた。

「愛してるわ」と彼女はささやいた。そして、

「また抱いてくれる？」と聞いた。

男は微笑んで、

「またあとで」と言った。「また戻ってくるよ。さあ、服を着て」

男が体を傾けて、エマニエルの髪にやさしくキスをすると、彼女はそれ以上もう何も言えなかった。男が去っていくのだと理解する前に、すでにふたたび孤独になっていた。

ゆっくりとした動作で、まるでそれが儀式でもあるかのように（あるいは彼女がまだ現実のリズムを完全には取り戻せていなかったから）、エマニエルはシャワーの水を体にかけ、泡で体をおおい、ていねいに洗い流し、ケースから取り出した熱くてよい香りのするタオルで肌をこすり、首とわきの下、秘部の草叢に、下草の清々しいにおいを思い起こさせる香水を吹きかけ、髪にブラシをあてた。彼女の姿は三方から長い鏡に映っていた。それを見ながら、自分がこれほどまでに生き生きとして、輝いていて、こんなにも美しいことはなかったように感じていた。見知らぬ男は、約束どおり戻ってくるだろうか。

エマニエルはスピーカーからもうすぐバンコクに到着することを知らせるアナウンスが聞こえるまで彼を待っていた。それから、悔しさでふくれ面をして混乱した気持ちのまま、服を着て座席に戻り、バッグと上着を網棚から降ろして膝の上に置いた。寝台は親切にもソファに戻してくれてあって、紅茶の入ったカップとブリオッシュの載った皿が置かれていた。エマニエルがぼんやりしたまま横を見ると、隣の男は驚いたように、

「いや、あなたは東京に行くのではないのですか？」

と英語で言ったが、その声には苛立ったような響きがあった。

エマニエルは彼が言いたかったことをすぐに察して、頭を横に振った。すると男の顔が曇った。彼は別の質問をしてきたが、彼女には理解できなかったし、答えるつもりもなかった。エマニエルは悲しげな表情で、まっすぐに前を見ていた。

男は手帳を取り出すとエマニエルに差し出し、そこに何か書いてくれという仕草をした。おそらく名前か、また会うことができるように連絡先の住所を書いてほしかったのだろう。けれど、エマニエルは頑《かたく》なな態度で、ふたたび頭を振って断った。蔦《つた》の葉のような顔をした熱い石のにおいのするあの見知らぬ男は、廃墟と化した神殿の気まぐれな天才は、彼女と一緒にバンコクで飛行機を降りるのだろうか、それとも日本まで乗っていくのだろうかと考えた。もしそうだとしても、空港でもう一度会うことができるのだろうか……

灼熱の朝の空港で飛行機から降りた乗客は翼の下でしばらく待機し、熱気のためにすでに白くなった空に浮かび上がる、コンクリートとガラスでできた近未来的な建物のほうに誘導されていく。エマニエルはその乗客のなかに男の姿を目で探した。けれど男の背丈で髪に白いものが混じりはじめた人物は見当たらなかった。スチュワーデスがエマニエルに微笑みかけたけれど、エマニエルは彼女をちらっと見ただけだった。あっというまに税関窓口のところまで押しやられていた。誰かが、通行証を見せながら柵を越えてきて、エマニエルを呼んだ。それに気づいたエマニエルはとたんに駆け出し、喜びの声をあげて夫の腕のなかに飛び込んだ。

2　緑の楽園

わたしはあなたに感覚を殺すように勧めたか？

わたしはあなたに無垢な感覚を持つことを勧める。

ニーチェ『ツァラトストラはかく語りき』

エマニエルの踝《くるぶし》が揺れているローズウォーターの入った黒いモザイクの盥《たらい》は、ロイヤル・バンコク・スポーツクラブのものだ。この男性サークルに入ることを許された妻や娘たちは、土曜と日曜の午後は競馬場の騎手の体重計測所に、透け感のあるドレスを着て現れ、そして平日はプールサイドに肌を露出した姿でやってきて、脚と胸を見せつけている。

　牝馬のようにぴちぴちした体の若い女が、組んだ腕のくぼみに顔をうずめ、エマニエルのそばに横たわりながら（エマニエルは彼女の短い髪が時おり太腿の横に触れるのを感じていた）話している。その女は赤く日焼けした肌の下に筋肉があるのが見えて、太陽の日差しのもと赤いチョーク《サンギーヌ》で描かれた彫刻家のスケッチのようだ。彼女の幸せそうな笑い声が水面に反響し、その声の美しさが彼女の打ち明け話をいっそう色めかせている。

「ジルベールったら、フリビュスチエが来てからここぞとばかりに侮辱された男を演じてるの。

わたくしが三日間外泊したことが不満なの。でもね、四日目にはおとなしくうちに戻ったのよ、フリビュスチエがいなくなっちゃったから！」

　エマニエルはこの女がアリアーヌだということを知っている。フランス大使館参事官のセイン伯爵の妻で、二十六歳だ。

「じゃあ、ダンナはどうしてへそを曲げてるの？」と、赤い布張りの長椅子にすわった別の女がO《オー》と呼んでいる退屈そうな牝犬の毛をとかしながら聞く。「自分の主義を曲げたの？」

「気に入らなかったのは、わたくしが艦長のところにいたことじゃなくて、それを前もって彼に知らせておかなかったことなのよ。わたくしを探しまわって、警察にまで行って、笑い者になったと思ってるみたい」

　若い女たちがざわめいた。熱い鉄板のようなタイルの上にならんで横たわり、ほとんど茫然自失のような状態で（こんなふうに焼かれることにいくら慣れているとはいえ）、腹ばいになっているアリアーヌとすわっているエマニエルのまわりに、燃えるように熱い肉体で星形ができている。エマニエルは女たちを見てはいなかったけれど声は聞こえていて、今のところは、女たちのこんがり焼けた体よりも、足を浸しているなまぬるい水のきらきら光る反射光に興味をそそられていた。

「どこにいてほしかったのかしらね？　察しがついたはずよ」

「でも、その気になれば、この国には気晴らしできる場所がたくさんあるわ！」

「最後にわたくしを見たのは船上パーティの終わる頃だったって言ってたから。自尊心のあるふたりは争わないでわたくしの体を共有することに決めたみたいだった」

「ほんとにそう決めたの？」

「知らないわよ」

アリアーヌは上半身を起こして、エマニエルに声をかけた。エマニエルは、またしてもここにいる女たちのゆとりとずる賢さに感嘆せずにはいられなかった。ブラジャーの背中のホックをはずすのは、表向きは陶器のような肌に日焼けの跡が残らないようにするためだったけれど、実際は無邪気そうに肘をついて体を起こし通りすがりの男友だちに挨拶をするときに、重力の法則を利用してシルエットを美しく見せるためなのだ。

「あなた、またとないチャンスを逃しちゃったのね」とアリアーヌは言った。「だって、バンコクでは今世紀最初で最後のことなのよ。先週末に小型の戦艦がシャムの海軍に敬意を表するとかいう理由で川に停泊に来たの。あなたにも見てほしかったわ、サテュロスみたいな乗組員たちを！　それに、ディオニュソス的な艦長も！　三日間、カクテルパーティやディナー、ダンスなんかが続いたのよ」

若いフランス人女性たちの厚かましさ、軽々しい口調、甲高い笑い声に、エマニエルは怖気づいた。驚いたことに、この並はずれた社会にいざ立ち向かおうとしてみると、パリでの経験はほとんど役に立たなかった。祖国から離れた人たちの暇を持て余す様と贅沢さは、パリのオートゥイユやパッシー地区に住む上流階級の人たちのもっとも浪費される時間やお金よりももっとけたはずれなものに思えた。女たちは、あけすけな自慢話をしながら、怠惰な暮らしではあっても、それを存分に味わって生きていたのだ。そしてすべてのことが、女たちは、どこにいようと、何歳だろうと、外見や条件がどうであろうと、誘惑することとされること以外に関心がないということを物語っていた。

女たちのうちのひとりが、肩から腰にかけて蜃気楼のようにおびただしい量のぼさぼさの髪をもつれさせながらのんびりと立ち上がり、プールの縁に来ると、伸びをしてあくびをしながら、脚をVの字にして立った。白いビキニの股の部分は靴紐のように細く、はみ出た恥毛が太陽に照らされていて、突然目を引かれたエマニエルはセックスの形が見えることに気づいた。ふっくらとしたセックスは、若い女のその純粋な顔立ちと優美な体のラインのせいで、より一層ふしだらに見えた。

「ジャンはそんなにバカじゃないわよ」と女は言った。「奥さんを呼び寄せる前に、フリビュスチエがいなくなることを知ってたんだから」

「それは残念ね」アリアーヌがほんとうに残念そうに言う。「彼女はすごく気に入られたはずだもの」

「でも、エマニエルをパリにいさせたほうが安全だなんて、ジャンがどうしてそう思っていたのかわからないわ。彼女がパリで放っておかれるはずがないじゃない！」と裸同然の若い娘が皮肉っぽく言った。

アリアーヌはますます興味深そうにエマニエルを見た。アリアーヌの仲間のひとりが落ち着きはらって言う。

「たしかに。彼女を一年もひとりにしておいたんだから、ダンナは嫉妬深くないってことね」

「一年じゃないわ、六か月よ！」とエマニエルは訂正した。

そして、すぐ目の前に立つ彼女の陰部のふくらみをじっと眺めた。あまりに近くにあって、少しかがめば唇で触れられそうだった。

「自分の赴任と同じ時期に連れてこなくて正解だったと思うわ」とO《オー》の飼い主の女が口をはさんだ。「だって彼はこの数か月ずっとほとんど北部にいたんだもの。それにまだ家がなくて、バンコクに戻ってくるたびにホテル住まいだったんだから。そんな生活はあなたたちには向かないわ」

そしてこう付け加えた。

「別荘はどう？　すごく素敵だって聞いたけど」

「あら！　まだ完成していないのよ。家具も足りなくて。とくに気に入っているのはお庭ね、大きな樹木がたくさんあって。ぜひ見にいらして」とエマニエルは丁重に答えた。

「いくらなんでも、一年の四分の三もバンコクでひとりきりになるなんてことはないわよね？」とアリアーヌの取り巻きの誰かが訊いた。

「それはないわ」エマニエルは苛立ち気味に答えた。「もうエンジニアたちが落ち着いたから、ジャンは北部に行く必要がなくなったの。本社での仕事もかなりあるだろうし。ずっとわたしと一緒にいると思うわ」

「まあ！　この街は広いのよ」伯爵夫人は安心させるように微笑んで言った。

エマニエルは街が広いということがどういうことなのか理解できていないようだった。そこでアリアーヌが説明した。

「彼は、昼間は仕事で忙しいはずよ。だからあなたは色男たちと好きなだけ遊べるわ。それに、この国の逞《たくま》しい男たちはわたくしたちの夫みたいに忙しくないの。あなた運転できる？」

「ええ、でもこの迷路みたいな道をあえて自分で走ってみようとは思わないわ。地理がわかるようになるまでは、ジャンが運転手をつけてくれるの」

「生活に最低限必要な場所は早くおぼえないとね。案内するわ」

「ということは、アリアーヌがあなたの気晴らしに付きあうってことね！」

「イヤだわ！　エマニエルはそんなことのためにわたくしの助けなんていらないわよ。それより、エマニエルの色っぽい話が聞きたいわ。自堕落な生活を思いっきり楽しめるのはやっぱりパリだもの」

「話すことなんて何もないわ」エマニエルは弱々しく答えた。

幸運なことに、アリアーヌの独特の言葉づかいがエマニエルの気分を明るくしてくれた。そうでなければ、エマニエルは自分を哀れに感じていただろう。

「ねえ、落ち着いて」エマニエルの打ち明け話を一番聞きたそうにしている女が言った。「ほかでは言えないようなものすごく淫らな話をしてくれていいのよ。わたしたち、口が堅いから！」

「何をお聞きになりたいの？　わたし、フランスにいるあいだずっと、一度も夫を裏切ったことはなかったわ」エマニエルはきっぱりと、落ち着きを取り戻して言う。

それを聞いた女たちは、一瞬しんとなった。その発言の真偽を探っているかのようだった。エマニエルの真摯な調子に驚かされたのだ。伯爵夫人は少し不愉快そうにこの新顔を見つめている。この子は上品ぶってるのかしら？　でも、着ているものは……。

「結婚してどのくらい？」と、アリアーヌはたずねた。

「ほぼ一年です」エマニエルは答える。

そして、女たちに若さに嫉妬させようと、こう付け加えた。

「十八で結婚したの」

そして突然、女たちにふたたび言い返されるのを怖れて、さらにこう言った。

「一年の結婚生活で、半分は別々に暮らしていたのよ！　だからジャンに会えてほんとうにうれしいの、おわかりでしょう？」

エマニエルの目が、自分でも驚いたことに、女たちからそらす間もなく、涙で曇った。若い娘たちは、同情を示すかのようにうんうんとうなずいた。でも実際は、「この女、私たちの世界の人間じゃないわ」と思っていた。


「ミルクセーキを飲みにいらっしゃらない？」

エマニエルは、いきなり起き上がった女にすぐには気づかなかった。けれどすでに、その新しく見た顔のしっかりとした表情、ほとんど保護者のような落ち着きに、楽しい気分にさせられた。というのも、それと同時に子どものような顔でもあったからだ。

子どもというほど幼くはないわね、とエマニエルは考えを改める。少女は彼女を守るかのようにしっかりとそこに立っていた。たぶん十三歳くらい、でも背丈はほぼ同じだ。ちがうのは体の成熟具合で、少女はまだ生のままでほぐしきれていないものがある。おそらく、きめの粗い肌が子どもっぽく見える一番の理由だろう。太陽の光に当たっても艶がなくて、アリアーヌのように温かみのある色でもなく、洗練された優雅な肌ではない。エマニエルは一見して、ざらざらしていると思ったほどだ。でも、正確にはそうではなくて、鳥肌のような、むしろぶつぶつの小さな穴が開いた肌だった。とくに腕がそうだ。脚のほうが艶があった。少年のような美しい脚だったが、それは足首のくっきりと見える腱や膝、引き締まったふくらはぎ、筋肉質な太腿のせいだった。女の脚を見たときに一般的に湧き上がる少し厄介な感情よりも、その均整の取れた形と軽やかな力強さが、見ていて心地よかった。だからエマニエルにしてみれば、辛抱できなくなった男の体に向かって従順な体の扉を開こうとする手の愛撫によってその脚が乱されるところを想像するよりも、砂浜を走っていたり、飛び込み台のスプリングボードの上で飛び上がったりしているところを思い描くほうがたやすかった。

スポーツマンのような、鍛《きた》えられてくぼんだ、心臓のようにぴくぴく動く腹部や、整った筋肉の張りを見ても同じ印象を受けたし、三角形の布の小ささは、ヌードダンサーが舞台で身に着けるものくらいだったけれど、卑猥ではない。

ツンとした小さな胸もそれほどではなく、形ばかりのビキニのリボンでかろうじて隠されている。「かわいい」とエマニエルは思った。「でも、どうして裸のままでいないのかしら。そのほうがずっとかわいいし、誰も悪い考えを起こしたりなんかしないのに（よく考えてみると、そこまでの確信はない）」と。そして、こういう若い胸の肉体的快楽はどんなものだろうと考え、自分の胸がまだ膨らんでいなくて突き出てもいなかった頃に味わった快楽を思い出してみて、その胸はよく見れば見るほど無視できないもののように思えてきた。エマニエルの判断にまず影響を与えたのは、アリアーヌの胸とのコントラストだったかもしれない。あるいは、細い腰まわりか、小学生のような体つきか……。

あるいはおそらく、ピンク色の胸の上で跳ねる長くて太い三つ編みのせいだったかもしれない。この三つ編みがエマニエルを魅了した。彼女はこんな髪を見たことがなかったのだ。とてもきれいなブロンドで、ほとんど目に見えないほど細い髪だった。藁《わら》でもなく、麻でもなく、砂でも、金でもなく、プラチナでも、銀でもなく、灰でもない。何にたとえたらよいのだろう。生糸だろうか、でも刺繍《ししゅう》に使うような真っ白い糸ではない。それとも夜明けの空か。あるいはオオヤマネコの雪のように白い毛並み……。エマニエルは緑色の瞳に出合って、ほかのすべてを忘れてしまった。

　切れ長の目が斜めにこめかみに向かって伸びているところがめずらしく、ヨーロッパ人の明るい色の頬に誤って置かれたのではないかと思われるほどに見事な緑色で、とても輝いていたのだ！

　エマニエルはそこに、灯台の光が方向を変えながら照らすように、皮肉、深刻さ、理性、並はずれた威信の光を見たかと思うと、突然の心配り、さらには憐み、そしてまた、陽気な揶揄《やゆ》、空想、天真爛漫《てんしんらんまん》さ、結託の光、そして抗しがたい誘惑の炎が、代わる代わる現れては消えていくのが見えた。

「リリス（古代ユダヤの伝承に登場する、女性の姿をした悪魔もしくは悪霊の名前。しばしば最初の女、アダムの最初の妻とされる。そもそもは、古代メソポタミアの伝承に登場する悪霊的な存在とされている）の目だわ！」と、エマニエルは考えた。

　もちろん、この少女に、美しい悪霊、汚名を着せられた夜の鳥を見たわけではなく、始まりの物語でイヴに先立つ女性を見たのだ。リリスは創造されるやいなや、飛び去った。従順で、敬虔《けいけん》で、好奇心のないアダムは、リリスを失望させた。以来、リリスは死すべき人間の心のなかでずっと生きつづけている。そして今、エマニエルは幼い頃に空想のなかで考え出したような彼女、つまり、必要な妹、正当な恥辱、見せしめであり、笑いながら天使のように肩をすくめる彼女を見つける。エマニエルの上空と周囲のシャムの空は、翼のざわめきで密かに活気づく。芽吹いたばかりの葉の色をした視線のおかげで、目をくらませるような空気のなかに突如現れるのは、戻ってきた驚異だろうか。太陽の最初の朝に善悪の知識の木が緑色に変わり、防御が破られたのはこのためなのだろうか。中性的な細さと無邪気な声がふたたび地上の楽園を乱すことになるのだろうか。果たされなかった約束は、ついに欲望を正当化するのだろうか。

「わたしはマリー・アンヌ」

そして、おそらくはエマニエルが彼女をじっと見つめていて返事を忘れていたので、マリー・アンヌはもう一度誘った。

「わたしの家にいらっしゃらない？」

今度は、エマニエルは彼女に微笑んで、立ち上がった。そして、ジャンがクラブに迎えに来て一緒に行かなければならないところがいくつかあるから、今日は一緒に行くことができないと説明した。戻ってくるのも遅くなりそうだった。けれどもエマニエルは、マリー・アンヌが翌日に会いにきてくれたらうれしいと話した。どこに住んでいるのか知っているかしら？

「ええ」とマリー・アンヌは短く答えた。「わかったわ。じゃあ、明日の午後ね！」

エマニエルはそれを機に、女たちの集団から離れた。夫を待たせたくないからというのを口実にした。そして、小屋のほうに急いだ。

＊

「ゲストルームは数日で準備できるだろうか？」食事の席に着いたとき、夫がエマニエルにたずねた。

開閉式の壁は今のところ折り畳まれていて、長方形の池に、朝にはピンクや薄紫、白、青の蓮の花が、夕方には緑色の萼《がく》が揺れているのが見える。

「今すぐにでも使えるわよ。あとはカーテンと、わたしがベッドに置きたいと思っているマルチカラーのクッションを準備するだけ。あ、そうだ！ ランプもだわ」

「来週の日曜日には完璧な状態にしておいてくれるかな」

「ええ、準備しておくわ。何日もかからないと思う。どなたかいらっしゃるの？」

「ああ、クリストファーだ。知ってるだろう……マレーシア担当なんだよ、一か月前からね。きみが来る前に招待してあったんだが、さっき返事が来てね。すべてうまくいったよ。会社が彼をタイ国に派遣するというんだ。数週間、彼と一緒に過ごせるよ。会うのは三年ぶりになるかな。いい奴だよ」

「ダム建設の後、あなたとアスワンに残ったのは彼じゃなかったかしら？」

「ああ、唯一怖気《おじけ》づかなかった男さ」

「今でもおぼえてるわ。いかに真面目な人かって、話してくれたわよね……」

ジャンは、妻のふくれ面を見て笑った。

「たしかに真面目だ、でも性格が暗いわけじゃない。僕は好きだよ。きみも気に入ると思う」

「何歳なの？」

「僕より六つか七つ年下だね。当時、オックスフォード大学を出たばかりだった」

「イギリス人？」

「いや。でもそうかな、ハーフなんだ。母親がイギリス人でね。だけど彼の父親は、会社の創設者のひとりなんだよ。だからといって、父親の力を頼りにするような奴じゃない。それどころか、働き者だ。信頼できる男さ」

エマニエルは取り戻したばかりの仲睦まじい生活を早くも他人と共有しなければならないことに少しがっかりしていた。それでもすぐに、夫にとってとても大切なこの訪問客を温かく迎えようと決心した。がっしりした体格の、日に焼けた開拓者のような、人を安心させる微笑みを浮かべたクリストファーの写真を思い出し、結局のところ、お客として迎えるなら、後からきっと日射病や蚊から守りながら街の見どころを案内しなければならない、年老いて腹の出た社長たちよりも彼を迎えるほうがいいと思った。

エマニエルは、まだジャンを知らなかった頃の、危険な時代の写真を見たがり、詳細についてたずねた。もしあのときジャンが殺されていたら、彼の妻になることはなかった。そう考えると、胸が締めつけられて、食事が喉を通らなくなった。

若い使用人が、新しい女主人に敬意を表して赤い歯の年老いた料理人が三日がかりで準備した艶やかなお米と花のフリッターに続いて、エッグカスタードを詰めたココナッツを持って、テーブルをまわっていた。その使用人はつま先を交互に前に上げながら歩き、一歩進むごとに飛び上がるように跳ねた。エマニエルはそれが少し怖かった。ほとんど物音を立てず、あまりに力強く、あまりにしなやかで、あまりに順応性が高く、あまりにもいつもきちんとそこにいて、まるで猫のようだった。

マリー・アンヌは米国製の白い車でやってきた。ターバンを巻いて黒い髭をたくわえたインド人の運転手は、彼女を降ろすとすぐに去っていった。

「帰りは送ってくれる、エマニエル？」と、マリー・アンヌが尋ねた。

昨日よりずいぶんくだけた口調になっていて、エマニエルはどきりとした。そしてその声が、三つ編みや肌と調和していることに、前日よりはっきりと気づいた。エマニエルは少女を抱きしめ両頬に口づけたい衝動に駆られたが、何かがそれを押しとどめた。青いブラウスの下のツンと尖《とが》った小さな胸のせいだろうか。あるいは緑色の目？　ばかばかしい！　マリー・アンヌはエマニエルのすぐそばに立っていた。

「おバカさんたちの言うことは気にしないで」とマリー・アンヌが言った。「あの人たち、ほら吹きだから。あんなこと言ってるけど、十分の一もやってないよ」

「もちろんよ！」エマニエルはそう答えたが、一瞬何のことだかわからなかった。そして、マリー・アンヌは明らかにプールにいた年上の女たちのことを言っているのだと気づいた。「テラスに行きませんか？」

エマニエルはすぐに、本能的にていねいな言葉づかいをしてしまったことを悔やんだ。マリー・アンヌがうなずいたので、ふたりは二階に上がった。

寝室のドアの前を通るとき、エマニエルはふと、ジャンが枕元に置いているエマニエルの大きなヌード写真のことを思い出した。エマニエルは足を速めたが、間に合わなかった。マリー・アンヌはすでに、部屋と踊り場のあいだの網戸の前で立ち止まっていた。

「ここがあなたの部屋？　見てもいい？」

　マリー・アンヌは返事を待たずに、ドアを押し開けた。エマニエルは彼女に続いた。マリー・アンヌはぷっとふき出して笑った。

「なんて大きなベッドなの！　何人で寝るの？」

　エマニエルは顔を赤らめた。

「二つのベッドをくっつけてあるのよ」

　マリー・アンヌは写真を見ていた。

「あなた、きれい。誰が撮ったの？」

　エマニエルは嘘をつきたくなった。ジャンが撮ったと言いたかったけれど、言えなかった。

「夫の友人の芸術家よ」

「写真、ほかにもある？　これだけってことはないわよね。セックスしてる写真はないの？」

　エマニエルは少し顔をそらした。この少女はどういう娘《こ》なんだろう。大きくて澄んだ目とさわやかな笑顔でエマニエルを見つめ、友だちのような口調で話し、感情を表に出さず、驚くような質問をしてくる。そして最悪だったのは、おそらくその視線のせいで、エマニエルは自分自身も真実を話すしかない、この娘には、自分がそれを望めば、大切な秘密の告白を引き出す力があると感じたことだった。エマニエルは自分を守るかのように、突然ドアを開けた。

「こちらへどうぞ」

またしても、堅い言葉を使ってしまった。

マリー・アンヌは、ふっと笑った。ふたりはテラスに出た。黄色と白のストライプのテントが日差しをさえぎってくれていた。近くを流れる川から生温かい微風が吹いている。

「あなた、なんて運がいいの！　バンコクでこんな条件の家はほかにないわ。なんて素敵な眺めなんでしょう！　ほんとに気持ちいい」

マリー・アンヌが大きな声で言った。そして、しばらくじっと動かずに椰子《やし》の木とホウオウボクの揺れる風景を眺めていた。それから、自然な仕草で、ウエストを締めつけていたラフィア椰子の高価なベルトをはずし、籐《とう》の肘掛け椅子の上にほうり投げると、すぐさま色鮮やかなスカートのファスナーを下ろした。スカートは足元にすとんと落ちた。少女は、タイル張りの床の上にスカートの布でできた円から外に飛び出した。ブラウスはショーツのサイドスリットよりも低い位置のヒップのところまであって、前後からはレースの飾りのついた深紅の細い縦布しか見えなかった。マリー・アンヌはデッキチェアにぐったりとすわりこむと、すぐに雑誌を手に取った。

「フランスの雑誌なんて、ほんと久しぶり。どこで手に入れたの？」

マリー・アンヌは心地よい姿勢ですわりなおし、両脚をそろえて伸ばした。エマニエルはため息をつき、頭のなかの混乱した考えを振り払い、マリー・アンヌと向かい合ってすわった。するとマリー・アンヌが突然笑い出した。

「何なの、この物語？〈ミミズクの油〉って何？　いま読んでもいい？」

「ええ、いいわよ」

マリー・アンヌは夢中になって読みはじめた。開いた雑誌で、顔が隠れてしまった。

じっとしている時間は長くは続かなかった。すでに、彼女の体は若馬のようにぴくっと跳ね上がるように動きだしていた。片膝を立て、左の太腿を上げてもう片方の太腿に押しつけ、椅子の肘掛けにだらりと預けた。エマニエルはショーツの隙間から視線を滑りこませようとしてみた。マリー・アンヌの片方の手が雑誌から離れ、ためらうことなく、開かれた脚の間に入り、ナイロンを広げ、とても低いところのある一点を探す。どうやらその場所を見つけたらしく、そこでしばらく動きが止まる。そして、手がふたたび上へ移動し、通り過ぎるときに肉の間の割れ目を見つけた。布地を引き伸ばす膨らみの上で戯れ、それからまた下へ戻り、尻の下へ滑りこみ、ふたたび旅を始めた。けれど、今度は中指だけが下りてきて、ほかの指は優雅に上げられ、まるで開いた鞘翅《さやばね》のように中指を縁取った。手首が突然曲がり、動きを止めるまで、中指は肌に触れていた。エマニエルは心臓があまりにドキドキして、その音が聞こえてしまうのではないかと思った。唇の間で舌をとがらせた。

マリー・アンヌは戯れを続けていた。その指はさらに奥深くへ進み、肉を引き裂く。そしてまた動きを止め、円を描き、ためらい、軽くたたき、ほとんど目に見えない動きで揺さぶる。エマニエルの喉から抑えきれない音が漏れた。マリー・アンヌは雑誌を下ろし、エマニエルに微笑んだ。

「自分で、しないの？」マリー・アンヌは、驚いたように言った。そして首を傾げ、こざかしそうな目で見た。「わたし、本を読むときはいつも自分でするの」

エマニエルはとっさに言葉が出ず、ただうなずいた。マリー・アンヌは雑誌を置き、下腹部を反らせると、両手を腰に当てて赤いショーツを太腿まで下ろし、空中で脚をぶらぶらさせて脱いだ。そして、体の力を抜いて、目を閉じて、二本の指でピンク色のくちびるを開いた。

「気持ちいいわね、この場所。そう思わない?」マリー・アンヌは言った。

エマニエルは今回も同意した。マリー・アンヌは普通の話をするときと同じ調子で言う。

「時間をかけてするのが好きなの。だから上のところを触りすぎないようにしてる。くちびるの部分を行ったり来たりするのがいいのよ」

そう言って、言葉どおりに手を動かした。最後は、下腹部を弓のように反らせると、小さなうめき声を漏らした。

「ああ! もう我慢できないわ!」

マリー・アンヌの指がクリトリスの上でトンボのように震えた。うめき声が叫びに変わる。荒々しく太腿を開き、突然、手を挟んだまま閉じる。長い間、ほとんど悲痛なほど叫びつづけ、あえぎながら倒れ込んだ。少しして呼吸がもとに戻ると、目を開けて、

「ほんとうに気持ちよすぎるわ!」と満足そうに言った。

そして、もう一度頭を下げると、中指を割れ目にゆっくりと、そっと入れた。エマニエルは唇を噛んだ。指が完全になかに入ってしまうと、マリー・アンヌは長いため息をついた。彼女は健康で、良心にやましいところなどなく、成しとげたことの満足感で輝いていた。

「あなたもやってみて」と、マリー・アンヌはそそのかすように言う。

エマニエルは、まるで出口を探すかのようにためらった。けれど、彼女の混乱は長くは続かなかった。突然立ち上がると、ショートパンツを脱ぎはじめ、脚からすべり下ろした。その下

には何も着けていなかった。オレンジ色のセーターが黒い陰部の光沢を浮かび上がらせている。

エマニエルがふたたび横になると、マリー・アンヌが足元に来て、ふかふかのクッションスツールにすわった。ふたりとも同じ格好になっていた。上半身は服を着ているけれど、下腹部と尻はむき出しだった。マリー・アンヌはエマニエルの陰部をすぐ近くでじっと見つめた。

「どうやってするのが好き?」マリー・アンヌはたずねた。

「みんなと同じよ!」エマニエルは、太腿にかかるマリー・アンヌのかすかなため息に気をとられながら言った。

少女の手がエマニエルの上に置かれたら、緊張からも、気まずさからも解放されただろう。けれど、マリー・アンヌはエマニエルに触れなかった。

「やってみせて」とだけ、マリー・アンヌは言った。

少なくともマスターベーションは、エマニエルにとって即座の安らぎが得られるものだった。彼女と世界とのあいだに幕が引かれたように思えて、指が脚のあいだでいつもの使命を果たすと、彼女のなかに平和が訪れるのだった。けれど今回は、待つ喜びを長引かせようとはしなかった。すぐにでも自分の基盤を、よく知っている場所を取り戻す必要があって、オルガスムスというまばゆいほどの逃げ場以上のものを知らなかった。

「どうやって楽しみ方をおぼえたの?」マリー・アンヌは、エマニエルが落ち着くのを待って尋ねた。

「自分ひとりでよ。手が自然と見つけたの」エマニエルは笑いながら言った。

彼女は上機嫌で、おしゃべりをしたい気分になっていた。

「十三歳で、もうやり方を知ってた?」マリー・アンヌは疑うように尋ねる。

「ええ、もっと前から! あなたはちがうの?」

マリー・アンヌはそれには答えず、質問を続けた。

「どこを愛撫するのが好き?」

「ああ! いくつかあるわ。場所によって感じ方がちがうの。入口とか、なかの部分とか、奥のほうとか、あなたはどう?」

マリー・アンヌは、またしても質問を無視して言う。

「クリトリスだけなの?」

「まさか、そんなことはないわ! そのすぐ下の小さな穴、わかる? 尿道。そこもすごく敏感なの。指先で触れるだけで、すぐにいっちゃう」

「ほかにはどんなことをするの?」

「くちびるのなかを愛撫するのが好きね。いちばん濡れるところ」

「指で?」

「それとバナナで(エマニエルの声が自慢げだった)。奥まで入れるの。まず皮をむいてからね。熟したバナナはダメよ。長くて青い、水上マーケットで売っているようなのがいいのよ!」

その快感を思い出して、エマニエルは失神しそうになった。自慰の快楽の残像に心を奪われ、もうひとりの存在をほとんど忘れてしまっていた。指で陰部をこねまわす。その瞬間、何かが奥深くまで入ってくれたらと願った。横向きになり、マリー・アンヌのほうを向く。瞼を閉じ、脚を大きく開いた。なんとしてももう一度、快感を得たかった。合わせた指で陰唇の内側をこする。満たされるまで数分間、激しく規則的な動きを繰り返した。

「ほら、わたし何回も続けてできるのよ」

「よくそうするの？」

「ええ」

「一日に何回くらい？」

「日によるわ。だって、パリにいた頃は、明るい時間は外に出ていたから。大学に行ったり、お店でショッピングしたり。朝はせいぜい一回か二回、目を覚ましたときと、お風呂に入ったとき。それから夜は眠る前に二、三回。それと、寝ているあいだに目が覚めたとき。でも、バカンス中はほかにすることがないから、もっとたくさんしてる。それに、ここではきっと毎日がバカンスね！」

それからふたりは黙ったまま、互いに寄り添いあい、包み隠さず打ち明けたことから生まれた友情を味わっていた。エマニエルはこういうことを話せたこと、臆病な自分を克服できたことがうれしかった。そして何よりも、見ることが好きで、よろこびを得ること知っているこの少女の前で自慰をしたことが、自分ではあえて認めないけれど、幸せだった。心のなかではすでに、マリー・アンヌをあらゆる美点で飾り立てていた。そして、なんてかわいいのだろう！と思っていた。その妖精《エルフ》のような目も……。それに、下部の顔にふくれ面をかたどる物思わしげな割れ目は、ほかの部分と同じように表情豊かで、よそよそしくて、肉付きがよかった。それから、恥ずかしがることなく、むき出しであることも気にせずに開いた太腿も……。

「何を考えてるの、マリー・アンヌ？　深刻そうな顔をして！」

エマニエルはそう言うと、からかうように、三つ編みを引っぱった。

「バナナのことを考えてるの」と、マリー・アンヌは答えた。

マリー・アンヌが鼻にしわを寄せると、ふたり一緒に息が切れるほど笑った。

「処女じゃないって便利ね」とエマニエルが言う。「以前はバナナじゃなかったのよ！　何が欲しいのか、わからなかったんだもの」

「男の人とはどうやって付き合いはじめたの？」マリー・アンヌが尋ねた。

「処女を奪ったのはジャンよ」エマニエルは言った。

「その前に、誰ともしたことがなかったの？」マリー・アンヌがあまりに驚いたように言ったので、エマニエルは申し訳なさそうに答えた。

「ええ。でも、そうでもなかったかな。ごく普通に、男の子たちの愛撫は受けてたわ。でも、何をどうするのかまだよくわかっていない子たちだったから」

エマニエルは落ち着きを取り戻して言った。

「ジャンはすぐにわたしを抱いたわ。だからわたしは彼を愛したの」

「すぐに？」

「ええ。知り合って二日目に。最初の日、彼がわたしの家に来たの。両親の友人だったのよ。ジャンは面白そうにずっとわたしを見つめてた。わたしを怒らせようとしてるみたいだった。それから、わたしとふたりきりになるようにもっていって、あれこれ質問してきたわ。どれくらい付きあったことがあるかとか、セックスするのが好きかとか。すごく困ったんだけど、でも彼にはほんとうのことを話した。あなたに対してと同じ感じでね。で、彼も正確な説明を求めてきた。それから、次の日の午後、素敵な車でドライブに連れて行ってくれたの。彼はわたしに近くにすわるように言うと、運転しながらすぐにわたしの肩や胸を撫でまわしてきた。そしてついに、フォンテーヌブローの森の小道に車を停めて、初めてキスをした。なぜだかわからないけれど、彼は、これから起こることについてわたしを完全に安心させるような口調で言ったの。〝君の処女は僕のものだ〟って。それからしばらくのあいだ、わたしたちは何も話さず、動きもせず、抱き合ったままそこにいた。わたしの胸の高鳴りもだんだん鎮まっていった。幸せだった。ほんとうに夢に見るようなことが起きたの（実際は一度も夢に見たりしなかったけれど）。ジャンがわたしに自分でパンティを脱ぐように言ったから、急いでそれに従った。処女を失うことに受け身でいたくなかったから。彼はわたしを車のシートに寝かせた。ルーフが開いていたから、木々の緑色のてっぺんが見えた。彼は車のドアの内側に立っていた。愛撫から始めたんじゃなかった。いきなりわたしのなかに入ってきた。だけど、痛かった記憶はないの。それどころか、あまりに気持ちよくて気を失ってしまったの、あるいは眠ってしまったのか、もうおぼえてないわ。いずれにせよ、そのあとふたりで食事をした森のなかのレストランに行くまでのことは何もおぼえてないのよ。すばらしかったわ！　それからジャンは部屋をとった。そして夜中までセックスをしていたの。あっというまにおぼえたわ！」

「ご両親はなんて？」

「ああ！　何も！　次の日、わたし、あちこちで、もう処女じゃないのよ、恋人がいるのよ、って叫んでた。両親は、それが普通だと思ってるみたいだった」

「それで、ジャンはあなたに結婚を申し込んだの？」

「それはないわ！　彼もわたしも結婚のことなんて考えてなかった。まだ十七歳にもなっていなかったし。バカロレアに合格したばかりだったのよ。恋人がいて、誰かの〝情婦〟でいるっていうことにじゅうぶん満足していたの」

「じゃあ、どうして結婚したの？」

「ある日ジャンが、いつものように穏やかに、シャムに転勤になるんだって言ったの。わたし、悲しくて倒れてしまいそうだった。でも、彼がすぐに、なんの前触れもなく言ったの。〝出発前にきみと結婚したい。向こうで家の準備ができたら、来てほしい〟って。」

「そのとき、どう思った？」

「おとぎ話みたいで、現実とは思えなかった。思いきり笑ったわ。その一か月後、わたしたちは結婚した。両親は、わたしがジャンの情婦になるのは自然だと思っていたのに、彼がわたしと結婚すると言ったら大泣きしたの。彼が年を取りすぎていて、わたしが若すぎるから、それに〝無邪気すぎる〟からって。どう思う？　でも彼が両親を説得したの。彼が何を言ったのか知りたかった。父は気難しい人だったから。わたしが数学科を中退することをあきらめきれなかったはず」

「え？」と、マリー・アンヌが言う。

「大学で数学を始めた年だったの」

　マリー・アンヌは大笑いした。

「なんてこと！」

エマニエルは困ったような顔をして言った。

「何がそんなにおかしいの？　わたし、天文学者になりたかったのよ」

つかの間、電光石火の回想がエマニエルを物理学の空へ連れ去った。ほかに心惹かれたことがあって、エマニエルは学ぶことをあきらめたのだった。ふたたび口を開いたとき、彼女の声には、来るべき空間への憧憬と、そのことをずっとあきらめないという決意が表れていた。

「今でもそう思ってる。落ち着いたら、また星を追いかけるわ。この国には天文台があるはずよ。それに、天文学を教えてくれる教授だっているはず」

マリー・アンヌは、今ここで話すような内容ではないというようにすばやい身振りで話を切って、地上の授業に戻った。

「結婚したばかりの頃はどうだった？」

「ジャンは結婚後すぐに出発するはずだったんだけど、運よく六か月延期になったの。そのおかげですぐには離ればなれにならなくてすんだのよ。恋人だった期間と同じだけ、合法的な妻でいられた。結婚していることが情婦でいることと同じくらい楽しいってことに気づいた。最初は、夜にセックスするなんておかしいと思ったけれど」

「それで？　ジャンがいないあいだはどこで生活していたの？　ご両親の家？」

「まさか！　ドクトゥール・ブランシュ通りの彼のアパルトマン、というより、わたしたちのアパルトマンね」

「あなたをたったひとりで残していって、彼は心配じゃなかったのかしら？」

「心配って？　何が？」

「何が、って。あなたが彼を裏切るってことよ！」

エマニエルは、なんて突飛なことを言うのかしらと思ったようだった。

「心配なんかなかったと思うわよ。そんなこと話したこともなかったわ。ジャンは、頭に浮かんだこともなかったんじゃないかしら。それに、わたしも」

「でも、その後は、したんでしょう？」

「どうして？　してないわよ。たくさんの男に言い寄られたけど、滑稽なだけで……」

「じゃあ、彼女たちに言ったことは冗談じゃなかったの？」

「彼女たちって？」

「昨日のこと、もう忘れちゃったの？　ダンナ以外の男と寝たことがないって、言ってたでしょ」

エマニエルはほんの一瞬ためらった。それだけでマリー・アンヌは即座に警戒した。くるりと向きを変え、膝をついて肘掛にもたれかかり、怪訝《けげん》な表情を浮かべた。

「一つも真実はなかったのね」マリー・アンヌは裁くように言った。「あなたの顔を見ればわかるわ。正直そうな顔をしてるけど！」

エマニエルはどう答えたらよいかわからず、口ごもった。

「だって、そんなことは言ってないわ……」

「なんですって！　ダンナを裏切ったことはないって、アリアーヌに言わなかった？　だからあなたと話したいと思ったのよ。だって、あなたのこと信じてないもの。よかったわ！」

エマニエルは言い訳を続ける。

「そんな！　あなた、間違ってるわ。わたし、絶対にそんな言い方してないもの。パリにいるあいだはずっとジャンに貞淑だった、って言っただけ。それだけよ」

「それだけよ、ってどういうこと？」

マリー・アンヌはなんでもないふうを装っているエマニエルの顔を探るようにじっと見つめた。そして急に戦略を変え、甘ったれた声で言った。

「だとしたら、あなたはどうして貞淑にしていたの？　我慢する理由なんてなかったのに」

「我慢していたわけじゃないわ。そういうことをしたいと思わなかっただけ。簡単なことよ」

マリー・アンヌは口をとがらせ、もう一度考えてから尋ねた。

「ということは、誰かとしたくなっていたら、してたってこと？」

「そうよ」

「証拠は？」マリー・アンヌは、口げんかをしている子どものように攻撃的な声で言った。

エマニエルは、煮え切らない様子で彼女を見ていたけれど、突然言った。

「したわ」

マリー・アンヌはひどく驚いたようだった。飛び起きて、あぐらをかいてすわりなおすと、両手を膝に置いた。

「ほらね」憤慨した顔で、気を悪くしたような口調で言う。「してないって、信じ込ませようとしたよね！」

「パリではしなかったの」と、エマニエルは強調するように言った。「飛行機のなかでしたのよ。ここに来る飛行機のなかで。わかった？」

「誰と?」と、マリー・アンヌは、これ以上何も信用したくないというような表情で言った。

エマニエルは少し時間をおいてから、こう答えた。

「ふたりの男と。名前は知らない」

興奮を巻き起こすつもりだったなら、もっと激しい言い方をしなければならなかったのだろう。というのも、マリー・アンヌはまったく動じなかったからだ。そして、なおも質問を続けた。

「あなたのなかで達したの?」

「そうよ」

「あなたのなかの、すごく深いところまで入った?」

「ええ! そうよ」

エマニエルは本能的に下腹部に手を置いた。

「自分でしてみて、そのときの話をしながら」マリー・アンヌは命令するように言った。けれど、エマニエルは首を横に振った。突然、言葉を失ってしまったかのようだった。マリー・アンヌは批判的な目でエマニエルを眺めまわす。

「さあ、話して!」

エマニエルは従った。最初はいやいやながら、困惑したように、そしてやがては、自分の話に興奮して、たのまれてもいないのに、それどころか、どんな些細なことも忘れないようにしながら話した。そして、ギリシア彫刻のような男がいかに彼女をよろこばせたかを語ったところで、話すのをやめた。マリー・アンヌは何度か姿勢を変えながら、エマニエルの話を熱心に聞いていた。けれども、とくに心を動かされたようには見えなかった。

「そのことをジャンに話した？」と、マリー・アンヌは訊いた。

「いいえ」

「そのふたりとまた会った？」

「まさか！」

マリー・アンヌは、さしあたり、これ以上もう何も訊くことはないようだった。


エマニエルは、お茶の用意をさせるために女中を呼んだ。ゴーギャンの夢からそのまま出てきたような若い娘で、黒い髪に花を飾り、黄土色の肌に深紅の腰布《サロン》を巻いている。エマニエルはショートパンツを、マリー・アンヌはパンティをはいた。色鮮やかなスカートは床に脱ぎ捨てたままだった。マリー・アンヌが、エマニエルの裸の写真を全部見たいと言い出したので、エマニエルはそれを取りに行った。すると、写真を見たマリー・アンヌはすぐにまた食いついてきた。

「ねえ！　カメラマンと何もなかったとは言わないわよね？」

「そんなこと！　わたしに触れもしなかったわよ」とエマニエルは言い返した。

そして、いまいましげにこう付けくわえた。

「それに、そんなチャンスもなかったわよ、男の子を好きな人だったから」

マリー・アンヌは、ふくれ面をした。けれど、まだ疑っているようで、写真をもう一度探るように眺める。

「わたしはね、アーティストっていうのはつねに、写真を撮る前に、モデルとセックスするものだと思うのよ。女を好きじゃない人に頼むなんて、どうかしてるわ」

「わたしが選んだわけじゃないのよ」エマニエルは本気で腹を立てはじめた。「彼がわたしを撮りたいって言ってきたの。言ったでしょ、ジャンのお友だちなのよ」

マリー・アンヌは、過去を消し去るような仕草をした。

「誰かいい人に描いてもらうべきね。年を取ってからじゃ遅いわよ」

マリー・アンヌが「誰かいい人」という言葉から思い描いているであろう人物像と自分自身の老いが迫った姿を思い浮かべて、エマニエルは笑ってしまった。

「ポーズをとるのが苦手なのよ。写真でもそうなんだから、絵なんて無理よ！」

「じゃあ、ここに来てから男と何もしてないの？」

「どうかしてるわ！」エマニエルは憤慨して言う。

マリー・アンヌは心配そうな、ほとんど落胆したような顔をした。

「でもやっぱり、そのうちに恋人を見つけるべきよ」そう言ってため息をついた。

「そんなに必要なことかしら？」エマニエルはむしろ面白がって言った。

マリー・アンヌのほうは、まったく冗談を言っている雰囲気ではない。苛々したように肩をすくめた。

「へんな人ね、エマニエル」マリー・アンヌは言った。

そして、少し沈黙した後で、

「でも、オールドミスみたいに生きていくつもりじゃないでしょう？」

そう言って、怒ったように繰り返した。

「へんな人ね、ほんとに！」

「でも、わたしはオールドミスではないわ。夫がいるもの！」エマニエルはおずおずと言った。

マリー・アンヌは、今度はただ冷たい視線を返しただけだった。どう見ても、話の内容にがっかりしているようだった。明らかに、これ以上議論することはあきらめたようだった。ところが、今度はエマニエルが話を終わりにしたくないと思ったらしく、もう一度雰囲気をつくろうとした。

「もう一度パンティを脱がない、マリー・アンヌ？」

マリー・アンヌが頭を振ると、三つ編みが揺れた。

「いやよ、もう行かなくちゃ。（そう言って立ち上がった。）送ってくれる？」

「そんなに急ぐの？」エマニエルは心配そうに言った。

けれど、マリー・アンヌの決心が変わらないことはわかっていた。

車のなかで、マリー・アンヌはエマニエルに気づかうような視線を向けた。

「ねえ、人生を無駄にしてほしくないのよ、こんなに美しいんだから。そんなふうにお上品ぶってるなんて、まったくバカげてる」

それを聞いたエマニエルは、大声で笑った。マリー・アンヌはエマニエルに皮肉を言う隙を与えなかった。

「その年齢で、窓のない飛行機のなかでちっぽけな冒険をしただけなんて信じられない。あなたってほんとにおバカさんよ」

マリー・アンヌは悲しそうに頭をふった。

「あなた、絶対に普通じゃないわ」

「マリー・アンヌ……」

「ああ！　そうじゃないのよ。つまり、過去を嘆いても仕方ないってこと」

緑色の灯台は絶対的な力を誇示するように輝いている。

「たった今から、せめてわたしの言うとおりにしてくれる？」

「いったい何をしろっていうの？」

「わたしが言うことぜんぶよ」

「そうね！」エマニエルは魅せられたように言った。

「誓う？」

「わかったわ！　それであなたが楽しいなら」

エマニエルはずっと笑っていたけれど、マリー・アンヌはあいかわらず難しい表情をしていた。

「アドバイスが必要？」

「いいえ、けっこうよ！」

妖精《エルフ》の目は、事の重大さを分析していた。エマニエルは、不躾《ぶしつけ》な態度をとりつづけていたけれど、マリー・アンヌに抗おうなどという気はなかった。車が、マリー・アンヌの父親が経営している銀行の前で停まると、彼女が言った。

「今夜、真夜中ちょうどに、もう一度オナニーしてみて。わたしも同じ時間にするから」

エマニエルは合意のしるしに、ウインクした。そして身をかがめると、マリー・アンヌに口づけた。

マリー・アンヌは車を降りると、遠くから大声で叫んだ。

「忘れないでね！」

マリー・アンヌの姿が見えなくなって初めて、エマニエルは自分からは何も彼女に尋ねなかったことに気づいた。この三つ編みの少女が今後、エマニエルの秘められた生活のすべてを知ったとしても、エマニエルはマリー・アンヌのそれがどんなものなのか、まったく知らないままだろう。エマニエルは、彼女が処女なのかどうか尋ねることすら忘れていた。


その夜、夫がシャワーを浴びて寝室に入ってきたとき、エマニエルは大きなベッドの端で、全裸で、神妙な様子で待っていた。エマニエルは夫の腰に抱きつくと、ペニスを口に含んだ。するとほんの数秒で、大きくまっすぐに膨らんできた。エマニエルはそれを唇ではさみ、行き来を繰り返す。そしてじゅうぶんに硬くなると、頭を傾けて、皮膚の表面を走る青みがかった血管を唇で押しながら、縦に舐める。ジャンが、トウモロコシを食べているみたいだと言ったので、エマニエルはその真似をして、小さな歯を立てて噛んだ。そしてすぐに、睾丸のきめの細かい肌をそっと口に含みながら、両手で持ち上げ、舌先をその下に滑り込ませ、別の血管を愛撫する。唇が触れてより一層強く鼓動するのを感じる温かい血液を貪り、ますます密接に探り、丹念に調べ、行ったり来たり、ファルスの先端に突然のぼったりする。そしてそれを、息が詰まりそうになるほど深く、喉の奥まで押し込む。そこで、ファルスを引き抜くことなく、どうしようもなく、舌で包み込み、撫でながら、ゆっくりとした動きで吸い込む。

エマニエルは夫の腰に腕を巻きつけ、規則的な動きでペニスを吸うたびに情熱が高まっていく。唇と舌の興奮が乳房と性器へと広がっていく。温かい口のなかでペニスを湿らせている唾液のような液体が、閉じた太腿のあいだをたっぷりと伝うのを感じる。快感でうめき声をあげ、部分的なオルガスムスで気持ちが和らぎ、フェラチオを続けることができるようにするために、唇をペニスから一瞬引き離すけれど、半開きになった尿道口を舌でやさしく愛撫することはやめない。それからもう一度、ぴくぴくと脈打つ、ふたりをつなぐ橋を飲みこむ。

ジャンはエマニエルのこめかみを両手ではさんだけれど、それは彼女の動きを誘導したり、リズムを調整したりするためではない。彼女を信頼し、彼女の思うままに快楽を共有することに磨きをかけさせたほうがいいとわかっている。彼女のこの交わり方は、ほかの誰とも似ていないのだ。いつかきっと、エマニエルは夫を焦らすことに興じるだろう。どこにもとどまらず、敏感な場所を次から次へと飛びまわり、生贄《いけにえ》の喉からうめき声や祈りを引き出すけれど気にはせず、びくっとさせ、息を切らし、錯乱状態に追い込み、正確で鮮やかな最後の仕草で行為を完成させるまで。けれど今日は、彼女はもっと穏やかな満足を分け与えたいのだ。昂《たかぶ》っているペニスを強く握りすぎることなく、唇で吸っているところに指で圧力を加え、手を規則的に動かす。そうすることで、体から精液を解放し、できうるかぎり空にする。ジャンが果ててしまうと、エマニエルはゆっくりと、彼の奥深いところから引き出すことに成功した美味しい液体を飲みほす。けれど、最後は、喉を鳴らしながら、熱い舌の上で溶けていくのを味わう。

エマニエル自身はもうすでにオルガスムスを迎えていたので、クリトリスを唇で挟まれただけで達してしまいそうになる。

「この先はまたあとにしよう」

「いや、いやよ！　もう一度飲ませて！　おねがい！　おねがいだから、また口に入れて。あ
あ！　まだ口のなかにあなたが流れているわ、ねえ、ねえ、おねがい！　すごくいいの！

もっとほしいの！」


「わたしがいなかったとき、ほかの女の人たちも同じくらい上手だった？」少しして、並んで
横になったときにエマニエルが聞いた。

「何を言ってるんだ？　きみと比べるような女はいないよ」

「シャムの女性も？」

「シャムの女もだよ」

「わたしをよろこばせようと思って、そんなことを言ってるんじゃないの？」

「そんなことはないって、わかってるんだろう？　もしきみが一番じゃなかったら、はっきり
そう言って、きみが一番になるように手助けするさ。だが、ほんとうに、これ以上きみに教え
ることはないよ。愛する技巧は限界に達してる」

それでもエマニエルは納得がいかないようだった。

「どうかしらね」

そう言って、眉を寄せる。声の調子が、彼女の疑いが見せかけではないことを示していた。

「とにかく、もっと極めたいの！」

ジャンが大きな声で言う。

「誰かに何か言われたのか?」

エマニエルは答えない。ジャンはなおも言う。

「僕の言っていることが信じられないのかい?」

「そんなことないわ!」

「それじゃあ、教え方がよくないのか? 急に不満げになったような気がするんだが。僕が教えていることだけでは足りないのかもしれないね?」

エマニエルは慌ててジャンを安心させようとする。

「あなたったら! あなたほどうまくわたしに教えてくれる人はいないわ。でも、うまく説明できないのだけど……。セックスには、何かもっと大切なものがある気がするの、たんにうまくやるだけじゃなくて、もっと大切で、もっと知的な何かよ」

「献身とか、思いやりとか、やさしさとか?」

「ううん、ちがう! その大切な何かは、肉体的な愛に関係していると思うの。でも、もっと知識があればいいとか、もっと技術的な巧さがあればいいとか、もっと情熱があればいいとか、そういうことではなくて、たぶんそれよりも心の状態、考え方の問題だと思うの」

エマニエルはそこでひと息ついた。

「実際、限界の問題なのかどうかわからない。逆に、もしそれが視点の問題、ものの見方の問題だったとしたら?」

「愛に対するちがった考え方ということ?」

「愛だけじゃないわ。すべてよ！」

「もっとわかりやすく説明してくれないか？」

エマニエルは困ったように唇を噛み、真珠のように光沢のある爪に髪を巻きつけ、思索にふけろうとした。

「無理よ。だって、頭のなかでうまく整理できていないんだもの。進歩しなくちゃいけないことがあるの、ほんとうの女になるために、ほんとうにあなたの女になるためには、わたしにはまだ足りないものがあって、それを見つけなくちゃいけないの。でもそれが何なのかわからないのよ！」

エマニエルは嘆く。

「たくさんのことを知っていると思っていたけど、知らないことと比べたらどうなのかしら？」

エマニエルは苛立って額にしわを寄せる。

「まず必要なのは、もっと聡明になること。だってそうでしょ、わたしは何も知らない、無邪気すぎる。初心《うぶ》すぎるのよ。いやだわ、自分を初心だと感じるなんて！　どこをとっても初心すぎて、知らないことばかりで、恥ずかしいったらないわ」

「穢《けが》れのない天使だね！」

「いやよ！　穢れがないなんて！　穢れがなくなんかないわ。初心だからって、穢れがないとはかぎらないけど、必ず愚かだわ」

ジャンはたまらずエマニエルを抱きしめた。それでもエマニエルは続ける。

「偏見でいっぱいだわ」

「自分の無邪気さを嘆くきみの話を聞いているのもなかなかいいものだね、その貞淑な唇でうっとりさせてくれたばかりだというのに！」

エマニエルは笑顔を見せた。だが、納得したのだろうか？

「ああ！　若い娘《こ》たちがこんなふうに知性を身につけるのだとしたら、少しも時間を無駄にしないようにしてあなたから学ぶわ」エマニエルは深いため息をつきながら言った。

話を聞いていたジャンの体に変化が現れ、そのことにエマニエルが気づくのに長くはかからなかった。すぐにでも約束を実行に移したかったのだろう。エマニエルは立ち上がると、濡れた歯のあいだから舌を突き出した。けれどジャンが彼女を引き留めた。

「その口からしか知性が身につかないと、誰かが言ったのかい？　おぼえておきなさい。それは思わぬときにやってくるものなんだ」

ジャンがエマニエルにおおいかぶさり抱こうとすると、エマニエルにも同時に抱かれたいという欲望が湧きあがった。エマニエルは自分の指でセックスを開く。そしてペニスを導き、自分のなかに沈める。膝を立てて、ジャンの体を挟み、離す。硬くなったペニスは、ふたたびエマニエルの腹に、それから喉に、奥深く進む。口のなかでも同時に感じたい彼女は、現実を補う想像力の豊かさと、舌で唇を舐めることで、甘い精液を味わっていると信じこむ。精液を飲む自分を夢想し、腹部の快感が喉を満たす。そして懇願する。

「わたしのなかで出して！」

子宮口が男根《ファルス》とつながり、吻管のようにそれを吸い込むのを感じる。ジャンに射精してほしくて、腹と尻のすべてを使って体液を出させようとする。全身の筋肉が連動し、柔軟で俊敏な動物と化したエマニエルは、ジャンの体にしがみつき、快感に震えあがらせる。けれどジャンは彼女に打ち勝ちたくて、先にいかせようとする。長く大きくなったペニスで、速く、激しく、容赦なく突く。彼女のあえぎ声を聞きたくて、匂いたち、熱を帯びる彼女を感じたくて、そして、もがき、鞭で打たれたかのように跳ね、背中に爪を立て、ついに叫び声をあげる彼女を見たくて、歯を食いしばる。強く、長く叫んで、しまいには声も息も絶え絶えになったエマニエルは、突然静かに押し黙り、朦朧《もうろう》とし、穏やかになり、体の感覚がほとんどないまま、けれどもすでに、心に興奮が戻り、頭に血がのぼり、ふたたび痙攣することを渇望している。

しばらくは動かないで、とエマニエルは願う。ジャンはそれを知っていて、そのままじっとしている。彼女がささやく。

「このままあなたをわたしのなかに感じて眠りたい」

ジャンはエマニエルに頰を寄せる。髪が唇を撫でる。ふたりはどのくらいの時間そうしていたのかわからない。そして、ジャンは耳元でエマニエルがあえぐ声を聞いた。

「わたし、死んでしまったの？」

「いや。生きているよ。きみのなかに僕がいる」

ジャンがエマニエルを抱きしめると、彼女は身震いした。

「ああ！　そうね、わたしたちひとつなのね。わたしはあなたの体の一部。あなたはわたしから生まれた男なのよ」

エマニエルはジャンの唇に自分の唇を重ね、すべての力とやさしさをこめて口づけた。

「もう一度入れて！　もっと深く！　わたしを開いて……わたしのなかで感じて！」

エマニエルは頼みこむように言って、理性を失った自分を同時に笑った。

「女にしてちょうだい！　ああ！　愛してるわ！　女にして、おねがい！」

ジャンがゲームに加わる。

「好きなようにやってごらん、きみの番だよ。さあ、教えてくれ。手ほどきしてくれ。きみのように気持ちよくなれる方法を教えて」

エマニエルはささやく。「ええ！」そして翻《ひるがえ》す。

「あとで！　まずあなたの好きなようにやってみて。何も訊かずにやって」

エマニエルはもっと身をゆだねて、自分を抱く人の好みに合わせて、抱かれていることをもっと完全に感じられるようになりたかった。相手の意のままになり、意見を求められることもなく、弱くなって、楽になって、積極的に従い、ただ体を開くだけ……。同意すること以上の幸せがあるのだろうかと、エマニエルは密かに高揚する。そう考えるだけでオルガスムスに達しそうになる。

そして、自分が打ちのめされた獣で、背骨が砕かれ、脚が動かず、天命を全うした、征服者の危険な保護を受けた幸福な戦利品であると気づいたとき、彼女は言う。

「ねえ、わたし、あなたの望む女かしら？」

ジャンはただエマニエルを抱きしめる。

「わたし、もっとあなたの望むような女になりたいの！」

「毎日、どんどんそうなっているよ」

「ほんとう？」

ジャンが自信を持って微笑むのを見て、エマニエルは心配するのをやめた。夜気が血管をめぐり、ぐったりとして、唇を閉じる。そして、知性をかき乱す快感と戦おうとする。

「きっとマリー・アンヌだわ、わたしをこんなに不安にさせたのは」エマニエルは思わずつぶやいて、自分で驚く。ジャンに言いたかったのは、そのことではなかったのだ。

ジャンも驚いて言う。

「なぜマリー・アンヌなんだ？」

「あの娘《こ》って、とってもふしだらなのよ」

エマニエルはそれ以上話したくなかった。マリー・アンヌは、彼女のなかで無限に根を張り、枝を広げ、樹液を出して、考えるよりも急速に成長しつづけていたのだ。けれどジャンは執拗だった。彼女のなかでふたたびゆっくりと動きはじめ、放出する準備を始めると言った。

「突然、人生の奥義を彼女に教わろうとでも思ったのかい？」

「それもいいかも？」

エマニエルの考えを聞いたジャンは面白がって言った。

「彼女の才能をもうためしてみたのか？」

エマニエルは少したためらい、結局は、信じてもらえるかどうかは気にせずに、別の世界のことで頭がいっぱいになっているふりをした。

「いいえ」

そして自らの夢がたどり着く海岸に似つかわしくはないイメージを思い浮かべて笑った。

「でも、ためしてみたいわ！」

ジャンは寛容になって言った。

「そうだね」

そして、エマニエルを惑わす。

「ぼくの貞淑な奥様はマリー・アンヌと愛し合ってみたいんだろう？　そのことで悩んでいるんじゃないのか？」

エマニエルは、目を開けずに自分を理解させたいときに身振りや言葉を誇張するように、大げさに、はっきりと首を縦に振った。

「それだけじゃないけれど、でもたしかにそれもあるわ」

ジャンはやさしくからかう。

「あんな小娘と！」

けれどエマニエルは、甘やかされた子どものように思いきり口をとがらせ、すでに見せた夜の顔はどこかに消えて、波のくぼみから聞こえてくるような、遠くて弱々しいくぐもった声で、抗議するように言う。

「そうしたいって思う権利はあるでしょう？」

ジャンはエマニエルのなかに入る。与えるものがあまりに多く、奥深くまで貫き、大いに楽しんでいることに驚く。

ふたりは肩と腰を触れ合わせ、並んで横たわる。エマニエルは、一滴も漏らすまいとして動かなかった。

「眠りなさい」とジャンが言う。

「待って……」

　遠くの部屋で、チャイムのかすかな音が規則的に聞こえる。ゆっくりと、エマニエルの手が腹部に下りて、指でクリトリスに触れ、精液で満たされたセックスに入っていく。エマニエルの閉じた目の前で、マリー・アンヌの太腿がわずかに開かれる。夢想するひとつひとつの仕草に、同じ愛撫で応える。マリー・アンヌが降伏するとわかると、エマニエルは、夫の腕のなかにいたときよりもさらに大きな声で叫ぶ。ジャンは、起き上がって片肘をつき、エマニエルが裸のまま快楽にふける姿を眺めて微笑む。エマニエルは輝いていた。片方の手はなかに入れたまま、もう片方の手は両方の乳房を交互に愛撫する。額、瞼、唇が穏やかな眠りに落ちたように動かなくなったあとも、両脚はずっと震えつづけていた。

3　乳房、女神、そして薔薇の花

わたしの腕のなかで、わたしは別の女になった。
　　　ポール・ヴァレリー『若きパルク』

ここで、夕暮れまで。夜の薔薇は壁を向くだろう。
時間の薔薇は音もなく散るだろう。
明るい舗道は思いのままに、
陽光を愛するこの歩みを導くだろう。
　　　イヴ・ボヌフォワ『昨日は荒寥と支配して』

エマニエルはスポーツクラブに行きたかったけれど、それは泳ぐためであって、他人の陰口を聞くためではなかった。だから、午前中に行った。エマニエルは、プールを縦方向に十回、時間を気にすることなく、しなやかに泳いだ。その時間には男たちの姿もほとんどなく、視線を気にする必要もなかった。頭の上で繰り返し腕を動かすと、ストラップのついていない水着から乳房がはみ出す。体を転がすようにして横向きになると、水の流れが乳房の形を浮き立たせ、その肌をサテンのように見せる。乳房の先端のまわりに円形の細い溝ができて、乳輪の縁が環礁《かんしょう》のように盛り上がって見えた。果肉の傷つきやすさを思い起こさせ、口のなかに汁気の多い味を呼び起こすこのような細かなことがなければ、乳房が描く曲線は心を揺さぶるには完璧すぎて、彫像の乳房のような印象を与えかねなかった。

泳ぎ終えて息を切らした状態で、エマニエルが梯子《はしご》のクロムメッキされた支柱を両手でつかんだとき、上り口がふさがれているのに気づいた。アリアーヌ・ド・セインがエマニエルにおいかぶさるようにして、プールのきらきら光る縁に立ち、大声で笑っていた。

「とおせんぼ！」と、アリアーヌは叫んだ。「白くてきれいな脚を見せて！」

エマニエルは「バカな女」のひとりに見つかってしまったことに苛立った。けれど、できるかぎり穏やかに微笑んだ。アリアーヌが言う。

「あら、真面目な奥様たちが市場に行っている時間に、泳いでいるの？　どうして隠れてこそこそするのかしら？」

「そんなこと！　あなただってここにいるじゃない」エマニエルはそう言って、梯子をのぼろうとした。

けれど邪魔者はすぐには通してくれそうにない。

「あら！　わたくしはちがうのよ」アリアーヌは謎めいたふうに言う。

エマニエルは説明を求めなかった。

アリアーヌはエマニエルの魅力を落ち着いて細かく分析し、

「あなた、完璧なプロポーションね！」と、感嘆して言う。

アリアーヌが確信に満ちた口調で言ったので、エマニエルは、結局のところ、彼女はそんなに悪い人ではないのだと思う。たぶん少し頭のおかしい人なのだろうけれど、活力を与え、強くしてくれる人でもあるのだ。エマニエルはもう無理に愛想よくする必要はないと考えた。

アリアーヌがようやく梯子から離れた。エマニエルはプールの縁に上がった。そして、落ち着いて指先で乳房を、あるいはもっと正確に言えば、乳房の下半分を水着のなかに戻して（先端がほとんど全部見えたままだった）、アリアーヌのそばにすわった。背の高い北欧系の青年がふたり近づいてきて、英語で話しはじめた。アリアーヌは上機嫌で答えている。エマニエルは何も理解できなかったけれど、ほとんど気にならなかった。アリアーヌが、突然エマニエルのほうを向いて尋ねた。

「このふたり、どう思う？」

エマニエルがふくれ面をしたので、アリアーヌは青年たちに、気に入られなかったようだと伝えた。ふたりはどうやら気分を害したようでもなく、げらげら笑った。けれども、立ち去ろうという気はないようだった。エマニエルは、まったくくだらない男たちだと思った。しばらくして、アリアーヌが何かを決心したかのように立ち上がり、エマニエルの腕を引いた。

「この人たち、苛々するわ。飛込台に行きましょう」と、アリアーヌが言った。

アリアーヌとエマニエルは八メートルの高さをのぼると、ロープマットでおおわれた台の上に並んで腹ばいになった。アリアーヌは水着の上、それから下をすばやく脱いだ。

「あなたも裸になったら？」と、アリアーヌが言った。「ここなら、人が来れば見えるから、余裕があるわ」

けれど、エマニエルはアリアーヌの前で裸になる気になれず、濡れた水着はくっついて脱ぎにくいとか、日差しが強すぎるとか、あまり説得力のない言い訳を早口で言った。

「そうね」とアリアーヌはあっさり認めた。「だんだんと慣れていったほうがいいわ」

それから、ふたりは半ばまどろんだ。エマニエルは、なんだかんだと言っても、アリアーヌにはよい面があると思った。エマニエルは話さなくても一緒にいられる人が好きだった。けれど、しばらくして沈黙を破ったのは彼女自身だった。

「プールやカクテルパーティ、ピエールやポールのところで夜を過ごしたりする以外は何をしているの？　結局、少し時間を持て余すようなことになるんじゃないかしら？」

アリアーヌは、何をバカげたことを言っているのだろうとでもいうように、口笛を吹いた。

「あら！　気晴らしならいくらでもあるわよ。映画館とかナイトクラブとか、そんなもののことじゃないのよ。乗馬やゴルフ、テニス、スカッシュ、川での水上スキー、あるいは運河でぼうっとしたり、寺院を訪れたりもできるわ。寺院は千個近くあるから、一日に一つずつ見て回れば、三年は時間をつぶせるわよ。残念ながら海は——海水浴ができる本物の海のことね——百五十キロも離れているけど、旅行してみてもいいと思うわ。ビーチがすばらしくてね、果てしなく長くて広くて、椰子の木が立ち並んでいて、人けがなくて、貝殻が散らばっているの。夜になると海の水が信じられないくらいきらきら輝いて、小さいものがいっぱい光っているの。珊瑚《さんご》が足をくすぐるし、サメがやってきて、あなたの手から餌を食べるのよ」

「見てみたいわ！」エマニエルはそう言って高笑いした。

「サメのいるところで愛し合えば、セレナードを聞かせてくれるわ。日中は、太陽の下で砂にくすぐられながら、あるいはサトウキビの木陰で。あなたの騎士が愛を語るあいだ、あなたをあおいでくれる少年がいるのよ。夜は、波が寄せるぎりぎりのところで砂浜に横たわって、その舌で背中を撫でられて、恋する男の顔で星の光から目を守るの。ああ！　女であることの幸せを嚙みしめるのよ！」

「わたしが正しく理解できていればだけど、この国ではそれも人気のスポーツなの？」と、エマニエルは悪気なく訊いた。

アリアーヌは謎めいた笑みを浮かべてエマニエルをじっと見つめ、しばらくしてから答えた。

「ねえ、あなたって……」

何か秘密めいた可能性を思いついたかのように、そこで言葉を切った。エマニエルは笑いながら彼女のほうを向いた。

「何を言わせたいの？」

アリアーヌは黙ったまま考えていたけれど、突然、新しく来たこの女は信頼できると判断したようだった。彼女の声からそれまでのような上流社会特有の皮肉っぽさが消えた。アリアーヌはエマニエルに親しげな笑みを見せた。

「あなた、色事が好きそうだものね。かまととぶっているけど、そうじゃないのよ。まあ、よかったわ。ほんとうのことを言うと、わたくしすぐにあなたに興味を持ったの」

エマニエルはこの言葉をどう受け止めたらいいのかよくわからなかった。ほとんど無意識のうちに、守りの姿勢になった。気をよくしたというより、むしろ気分を害されていた。自分の率直さを疑われるのが嫌だったのだ。ということは、ここではずっと淑女ぶっていると思われていたの？　そう考えて、最初は笑ったけれど、しだいに苛々しはじめた。

「ここで、気に入られたいとは思わないの？」アリアーヌが、言葉以上に口調でたずねた。

「ええ、気に入られたいわ」エマニエルは答えた。

自分が危険な道に踏み込んでいることは自覚していたけれど、それ以上に貞節を疑われることを怖れていた。

アリアーヌが敬意の笑みを浮かべたけれど、不安は拭いきれなかった。

「それじゃあ、夜、誘うわ。ご主人には奥様仲間の食事会があるって言えばいい。何が用意されているかは来ればわかるわ。宇宙のどこを探したって、アリアーヌの騎士たちほど女性に親切で果敢な戦士はいない。機知に富んでいて、若くて、体格がよくて、突きも切りもうまいんだもの。怖がることはないわ。いいわね？」

「でも」エマニエルは、煮え切らない様子で言う。「あなた、わたしのことをほとんど知らないじゃない。あなたは……」

アリアーヌは肩をすくめた。

「じゅうぶん知ってるわ！　これ以上観察しなくたって、あなたは女も男もくらくらさせてしまうくらい美しいってわかっているもの。それに、わたくしが話しているのは美に精通している人たちのことよ。彼らのこともあなたのことも信頼していなかったら、あなたを彼らに紹介しようとは思わないわ。そういうことよ」

「それなら……」エマニエルは、ためらいがちに尋ねる。「あなたのご主人は？　お友だちのこととかで気を悪くしたりしないの？」

アリアーヌは天真爛漫に笑った。

「妻の恋人を憎むなんて、よほど下品な夫がすることよ」アリアーヌは大仰に言う。

「ジャンがそれを普通だと思うかどうかはわからないわ」

「じゃあ、ご主人には内緒にしておくのね」

アリアーヌはそう言って飛び起きると、エマニエルに近寄り、腰に腕をまわして抱きしめた。

「ほんとうのことを言うって誓ってくれる?」

エマニエルは体を引いて、目をしばたたかせた。硬くて温かい乳房が肩に触れて、エマニエルは少しうろたえた。

「まさかとは思うけど、この魅力的な体にご主人以外の人を迎え入れたことがないなんて言わないわよね? いいわ、じゃあ、そのたびにご主人に話していたの?」

エマニエルは責めさいなまれていた。ほらまた告白を聞き出そうとしているわ! でも、弁解したところでどうなるの? ほんとうの自分より無邪気な女に見せかけなければならないの? エマニエルは首を振って、アリアーヌの質問に否定的に答えた。アリアーヌは、楽しげにエマニエルの耳に口づけた。

「ほらね」アリアーヌは勝ち誇ったように言い、誇らしげにエマニエルを見つめる。「バンコクに来たことを後悔させないって、約束するわ!」

その口調には、エマニエルが協定を結ぶことを受け入れたかのような響きがあった。エマニエルは逃がれようとした。それがいちばん急迫した問題に思えたのだ。

「待って、聞いて! わたし困るわ」

エマニエルは突然大胆になって言った。

「恥ずかしいからとか、道徳の問題だとかじゃないの。そうじゃないのよ。でも……せめてそういう考え方に慣れる時間をちょうだい。徐々に慣れていくわ」

「もちろんよ」とアリアーヌは言う。「何も急ぐことはないわ。太陽にだって……」

アリアーヌは急に何かを思いついたようで、唇にかすかな笑みを浮かべると、起き上がってすわった。

「さあ、マッサージに行きましょう」と、アリアーヌが言った。

そして、ビキニをふたたび身に着けると、少し軽蔑した感じで、赤ん坊に話しかけるかのような口調で、こう付け加えた。

「怖がらないで。女性しかいないから」

エマニエルは車をクラブに置いたまま、アリアーヌのオープンカーに乗った。ふたりは、中国語で書かれた看板が立ち並び、排気ガスが充満する通りを、自転車タクシーやバイクタクシーを追い越しながら三十分ほど走った。そして、絹織物店やレストラン、旅行代理店に並んで立つ、平屋建ての新しい建物の前で車を停めた。ファサードにはエマニエルの知らない文字が刻まれている。分厚いガラスのドアを押して入ると、ヨーロッパにあるものとほとんどちがわない外観の、温浴施設の受付ホールになっていた。花柄のキモノを着た日本人女性が丁重に迎えてくれ、胸の前で手を合わせてふたりに何度もお辞儀をした。それから、湯気とオーデコロンのにおいが漂う廊下を案内してくれた。その女性はドアの前で立ち止まると、もう一度、体を二つに折って頭を下げた。口がきけないのだろうかと、エマニエルは思った。

「ここに入って」と、アリアーヌが言う。「すばらしいマッサージ師ばかりだから。わたくしは隣の部屋にするわ。一時間後にまた会いましょう」

エマニエルはひとりきりにされるとは思っていなかったので、少し戸惑いを感じた。日本人女性が開けてくれたドアの向こうは、天井の低い、小さくて清潔な浴室に通じていて、白いナース服を着たアジア系の若い女が、浴槽とマッサージベッドのあいだにすらりと立っていた。その女は、旅からようやく戻ってきた鳥のような顔をしていた。彼女もまた大げさなお辞儀をして、二言三言何かつぶやくと、それが聞こえていようといまいと気にする様子もなく、エマニエルの傍に寄り、ていねいな指づかいでブラウスのホックをはずしはじめた。

エマニエルが服を脱ぐと、女は浴槽に入るようにと身振りで示した。浴槽は青みがかったよい香りのする湯で満たされていた。女は湿らせた布をエマニエルの顔に掛け、肩、背中、胸、腹を石けんで手順よく洗った。泡立ったスポンジが脚のあいだを通ったとき、エマニエルは身震いした。

シャムの女は、エマニエルの体を洗い終え、温かいバスタオルで拭うと、エマニエルをクッション入りのマッサージベッドに横たわらせた。そしてまず、手の小指側の側面で、小さく速く全身を叩き、それから筋肉を揉みほぐし、ふくらはぎと腰を力を入れて押し、足の指の指骨を引っ張り、時間をかけて首を揉み、頭を叩いた。エマニエルはまどろみながらも、リラックスして満足しているのを感じていた。

マッサージ師は、戸棚から煙草の箱ほどの大きさの器具を二つ取り出して、手の甲に置いた。するとすぐに、独楽《こま》が回るときのような音が出た。振動する女の手のひらはゆっくりと裸体の表面を這い、へこみやしわのあるすべての場所に入り込み、首のくぼみ、わきの下、乳房のあいだ、尻の割れ目へと、うっとりするほどなめらかに滑り込んでいく。そして、太腿の内側でいちばん感じやすい場所を探す。エマニエルは全身を震わせた。両脚を開き、独特のしとやかさで腰をほんの少し持ち上げ、子どもがキスをするときのようにそのくちびるを差し出す。けれど、女の手はそこから離れ、乳房に向かい、巧みに行ったり来たりして、平織り《パーケル》に光沢を与えるためのアイロンのように何度もなぞる。エマニエルが、ほとんど聞こえないほどの小さなうめき声をあげはじめると、女の手は乳首をつかみ、撫でまわし、その先端に軽く触れたり、押したりして、乳房の厚みに押し込む。エマニエルの体に電流が走り、腰を舐めるように流れていく。エマニエルは体を弓なりに反らし、しばらくむせび泣いた。オルガスムスが遠ざかり、静まり、エマニエルがぐったりとして動かなくなるまで、女の手は、胸の先の感じやすい部分を愛撫しつづける。

瞼を閉じて、エマニエルは胸の鼓動を聞いていた。そのリズムはアフリカの太鼓を思わせた。ぴんと張った太鼓の皮はキスにはキスで応えるだろう。「でも、どんなキスかしら？」エマニエルはいまいましそうに考える。「わたしの全身は、まるですべてセックスのように扱われてきたわ！　それなら、こんなにも形がよくて、絹のようになめらかなセックスは、なんの役に立つというの？　膨らみやくぼみになんの意味があるの？　どうしてこの若い女は下腹部の茂みのもっと下の部分には触れないの？　わたしのあそこのくちびるは、ほんとうの唇と同じくらい長くて美しくて、舐めるのに適しているというのに、この口のきけない女の閉ざされた口は、そこに口づけようとしない！　もしも彼女がそうしたくないというのなら、自分でするわ。

彼女の前で！　裸の女が目を閉じたとき、何を求めているのかを見せてやるわ」

計画を実行に移す間もなく、少しずつ感じ取っていた奇妙な感覚が、彼女の思考をさまよわせる。騒々しい心臓のリズムに答えるように、壁の向こう側から反響が聞こえる。何かの物音ではなく、むしろ声、あえぎ声、くぐもったうめき声、苦しげな声のようなものだ。アリアーヌではない、男だ。男は今、部屋を隔て、時宜《じぎ》を得ず気を散らすようなものから客を守る防音素材の壁を通り抜けるほどの大きな声で叫んでいる。

少しのあいだ耳を傾けていたけれど、エマニエルはもはやそれがほんとうに叫び声なのかどうか確信が持てなかった。経験豊かな運転手である彼女はコネクティングロッドがノッキングしているのではないか、ピストンにオイルが行き届いておらず、不具合が増幅しているのではないか、と考えた。いや、ちがう！　エマニエルはもう一度修正する。壁の向こう側では、エンジンが動かなくなっているのではなく、男がきっと息を詰まらせているのだ。

首を絞められているのか？　犯人は誰？　被害者はマッサージ店の客なのか？　そうでなければ、反対に、客がマッサージ師に暴行したのだろうか。ということは男のマッサージ師もいるのだろうか？　アリアーヌは、ここには女性しかいないと言っていた。けれど、アリアーヌの言うことをいつも信じていていいのだろうか？

エマニエルは、自分のことを理解してもらえるとは思っていなかったけれど、シャム人の若い女にこのことを尋ねてみた。その間、彼女の手は、胸から肩、太腿から踵へと移っていった。そして、患者からの問いかけに、取り澄ましたような笑顔で答え、それから今度は彼女の言語で、質問のような文章を話した。と同時に、ほっそりとした指をエマニエルの下腹部に向けて動かし、許しを待つかのように、眉根を寄せてエマニエルを見つめた。エマニエルは安堵し、熱望し、幸福な気持ちで、「うん」とうなずく。振動マッサージ器で重くなった女の手は、もっとも快感を与えられる方法を熟知していて、セックスの表面とひだのなかで、慣れた動きを丹念におこなった。穏やかな予防措置を講じず、休息を与えず、結果を確信しつつ、電気振動の威力に、触れたり、擦ったり、引っ掻いたりと妙技を加えた。

エマニエルはすべての力を使って堪えたけれど、その抵抗も長くは続かなかった。彼女はふたたび、マッサージ師の顔に恐れのようなものが表れたほど、とても激しく絶頂を味わった。女の手が離れてしばらくしてからも、エマニエルはまだむせび泣きながら、白いマッサージベッドの縁をぎゅっと握りしめて、身悶えしていた。

「壁はいちおう防音になっているけど、意味がないわね」出口で再会すると、アリアーヌが言った。「いざ始まったら筒抜けよ。これでもう、数学のほうが好きだなんて言わないわよね」

マリー・アンヌは四日続けて午後にエマニエルの家にやってきた。そしてそのたびに、より詳細な質問を浴びせ、エマニエルが夫と交わす行為や、エマニエルが毎日見る自由奔放な夢想について、新たな情報を求め、手に入れた。

「もしあなたが想像のなかでしたすべての男に、現実の世界でも自分を捧げたら、あなたは完璧な女になるでしょうね」と、あるときマリー・アンヌが指摘した。

「そんなことしたら死んじゃうわ」エマニエルは笑って答える。

「どうして?」

「ひとりでするのと同じくらい、男とセックスできると思う？」

「できるんじゃない？」

「だって、男に抱かれるのは疲れるわ！」

「自分でするときは疲れないの？」

「疲れないわ」

「今は、何回するの？」

エマニエルははにかんだように笑う。

「昨日は、たくさんしたわよ。少なくとも十五回はしたわ」

「同じくらい男とする女もいるわ」

エマニエルはうなずく。

「ええ、知ってる」と、彼女は言った。けれど、そうしたいとは思っていないようだった。

「結局、男って、いつもそこまで刺激的なわけじゃないのよ。だるいし、つらいし、痛いときもある。女がいちばん感じる方法をかならずしも知っているわけじゃないもの……」

逆説的だけれど、エマニエルが少女にあえて率直に言わなかった秘密のようなものがあった。マリー・アンヌが理解しているのかどうかはわからなかったけれど、エマニエルは時おりそれをぎこちなくほのめかした。彼女自身、内気さや思慮深さというものをなかなかうまく説明できなかった。マリー・アンヌの行動のなかでそれを正当化できるものが何もないように思えたからだ。マリー・アンヌは来るとすぐに着ているものを脱ぐ。エマニエルが勧めると、まったく戸惑う様子もなくブラウスを脱ぐのだ。そして、ふたりはその後、葉むらに囲まれたテラスで全裸のまま過ごすのだった。けれども、エマニエルは自分が感じている情動を自分への愛撫を増やすことでしか表現できなかった。眠れなくなるほど望んでいたのに、エマニエルはマリー・アンヌに触れようとしなかったし、彼女に触れさせようともしなかった。奇妙な羞恥心と、奇妙な慎みのなさが心のなかでせめぎあっていた。そしてついに、混乱しながらも深く考えることを拒みながら、この異様な控え目さは、実は知らないうちに彼女自身の直感によって新しく生み出されたすぐれた上品さなのではないかと思うようになっていた。あらゆる本能や理性に反して、こんなふうにマリー・アンヌの体を奪うことが、結局は肉体的な抱擁よりももっと微妙な味わいや倒錯的な魅力を持つのではないかと考えるようになったのだ。その結果、本来なら自分を苦しめるようなこの状況——相手の嗜好になんの見返りも与えることなく、少女が気まぐれでエマニエルを意のままにするという状況——のなかで、エマニエルは思いがけない官能的なよろこびの源を発見したのだ。

未知の快楽が、彼女にとってつねにもっとも自然でもっとも価値を置いてきた肉体的欲望のフラストレーションから生まれたように、彼女の恋人が自分の性生活について驚くほどの秘密主義を貫いていることから、それとは別の官能的な価値が明らかになった。エマニエルは、マリー・アンヌのことを何も知らない、あるいはほとんど何も知らないままだという気楽さから、淫らな行為をしている光景を自分が見ているより誰かに提供することのほうが、精神的にも肉体的にも性的快感を得ているということに気づいていた。そして、恋人に毎日会いたくて仕方がなかったけれど、それは今や、彼女の裸を眺めたり、淫らな遊びを見たりする興奮よりも、マリー・アンヌに見守られながら、長椅子に横たわり自分で愛撫する、限りなく破廉恥《はれんち》で、それゆえより甘美な興奮のためだった。マリー・アンヌが帰ってしまっても、魔法は消えなかった。エマニエルは、自分のセックスをじっと見つめる緑の瞳を思い浮かべながら、日が暮れるまで、マスターベーションを続けた。

ふたりが初めて会った日の翌水曜日、エマニエルはマリー・アンヌの母親の家へお茶に招かれた。もったいぶった家具が置かれた客間には、十人ほどの「奥様がた」がいたけれど、誰もかれもまったくぱっとしない人たちばかりだった。エマニエルは、絨毯の上におとなしくすわって模範的少女の義務を果たしているマリー・アンヌを見て、彼女とふたりきりになれないことを残念に思っていたけれど、そこにとても優雅な若い女が現れたとき、エマニエルの好奇心がよみがえった。一見して、エマニエルと同じくらい場ちがいな気がしたのだ。

その若い女は、エマニエルが好きだったパリのマヌカンたちを思い出させた。背が高くすらりとしていて、思わせぶりな憂いがあり、どこか近づきがたく、身持ちが堅い感じがしたのだ。「薔薇のように」わずかに開いた口、並はずれて大きな目の上の琥珀色の眉、甘くカールしたまつげが、ありえないほどの無邪気さを醸《かも》し出していて、虚勢を張っているようにも見えた。エマニエルは、自身が「経験」と呼ぶものによって、完全に気取ってはいても実は慎み深いところがあること、美しくあることに対して妥協を許さない考え方が称賛に値するものであること、真珠のような光沢を帯びたまなざしの気のない様子の下に激しい情熱が隠されていることを理解できるのは、ここではきっと自分だけなのだと思うと、堪えがたかった。そして、

「もっとも傲慢なモニュメントから借用した」女友だちらの仮面に、ボードレールが「線を動かす運動」を非難して言おうとしたものを見つけたことを思い出していた。大理石の女神たちは肉体となったが、人間は彫像への欲望を持ちつづけ、たどり着くことのできない楽園と生命のない神々しか信じようとしないため、崇拝された肉体はふたたび石になるのだ。

そう考えたことで、エマニエルはそのとき、小学生が熱狂するのに近い味わいと、試着室の大人びためまいとが同居する、どっちつかずの気持ちになっていた。彼女自身が芸術作品になってみたいと考えていた。粘土のような状態でバンコクにやってきたのだから、ここで形を見つけるのもいいだろうと思っていた（エマニエルは体の形というより、心の形のことを考えていた――体形は変えたいと思う理由がなかった）。そして、それがどんな形なのか、具体的には思い浮かばなかったのだけれど、いつか自分の人生がかけがえのないものになり、青銅の複雑な髪形のように満足できて、灰色の目のように勝利に満ちたもの、そして、体のラインに逆らったデザインで、襟を閉じれば腕の動きがぎこちなくなってしまうようなテーラードスーツのように大衆の評価などなんとも思わないものになることを願っていた。とはいえ、この灼熱の気候のなかでのおずおずとした動作は、女の気まぐれな気質の前では、自然の力が混乱し慣習が破綻《はたん》していることを証明する以外の意味はないと思いたくなるのだった。

母親が招待客を紹介する前に、マリー・アンヌは立ち上がって、話し声が聞こえないように、エマニエルを客間の隅に引っ張っていった。

「あなたに紹介したい男がいるの」マリー・アンヌは任務を果たしたかのような満足げな表情

で言った。

エマニエルは思わず吹き出して笑う。

「いったいどういうこと？　〝紹介したい男〟ってなんなの？」

「イタリア人でね、とってもハンサム。ずっと前から知ってる人なんだけど、あなたにふさわしい人かどうか確信が持てなかったの。だからよく考えて、それで、あなたに必要なのは彼だって思ったのよ。ぐずぐずしないで会ってみて」

この切迫した調子こそがまさにマリー・アンヌの流儀なのだけれど、それがエマニエルをまたしても元気づけた。エマニエルはその人物がどんな人であれ、〝自分に必要な人〟なのかどうかわからなかったけれど、マリー・アンヌをがっかりさせたくはなかった。だから、気づかいに感謝はしないまでも、彼女の計画に興味があるように見えるように最善を尽くした。

「ハンサムって、どんな人？」エマニエルは尋ねた。

「フィレンツェの侯爵よ。きっと、これほどの人には会ったことがないと思う。細身で背が高くて、鷲鼻で、黒い目が深くて鋭くて、肌は暗い色で、ごつごつした顔……」

「まあ！」

「何？　嫌なら信じなくてもいいけど。でも、彼に会ったらそんなバカみたいに笑ったりしないはずよ。彼も獅子座なの」

「彼も、って、ほかに誰がいるの？」

「アリアーヌとわたしよ」

「ああ！　それで……」

「髪はあなたと同じで黒くて艶々してる。銀髪が混じってるけど、それが粋《いき》でいい感じなのよ」

「灰色の髪？　老人じゃないの！」

「もちろん。あなたに合う年齢よ、ちょうどあなたの二倍で三十八歳。だから急いでって言ってるの。来年になったらもう手遅れよ。それに、来年は、彼はもうここにはいないでしょうね」

「その人はバンコクで何をしているの？」

「何も。とても聡明な人なの。国じゅうを歩きまわっていて、何でも知ってる。遺跡の発掘にも行くし、仏陀《ぶつだ》の時代の研究をしてる。博物館の管理をしている人が見たことのないものを博物館で見つけたこともある。たしか、そのことについて本を書いたんじゃなかったかな。でも、さっきも言ったけど、とくに何もしていないの」

エマニエルは突然マリー・アンヌの話をさえぎって言う。

「ねえ、あの素敵な娘《こ》は誰？」

「素敵な娘？」

「ええ、さっき来たばかりの娘よ」

「どこ？」

「ここよ、マリー・アンヌ！　バカじゃないの？　ほら、見て、すぐ目の前……」

「ビーのこと？」

「なんて言ったの？」

「ビーって言ったの。おかしいのはあなたのほうよ」

「ビーっていうの？　変わった名前ね！」

「あ！　名前じゃないわ。英語で蜂のこと。綴《つづ》りがB・e・e。わたしはB・iって書くほうが好きだけど。そのほうがわかりやすいじゃない？」

「でも、ほんとうはどうやって書くの？」

「わたしが言ったみたいに書くのよ」

「まじめに答えて、マリー・アンヌ」

「だから、ほんとうの名前じゃないって言ってるでしょ。わたしが〝ビー〟っていう名前を付けたの。いまはもうみんなほんとうの名前を忘れちゃったわ」

「そんなこと言わないで、教えて」

「聞いてどうするの？　発音できないと思うよ、難しくて。すごく珍妙な英語の名前だから」

「でも、ビーとも呼べないわ」

「呼ぶ必要ないわよ」

エマニエルは驚いたようにマリー・アンヌを見つめ、ためらってから、聞いた。

「イギリス人なの？」

「いいえ、アメリカ人。でも、わたしたちみたいにフランス語を話せるから安心して。訛《なま》りもないのよ、つまらないけど」

「あなたは彼女があまり好きじゃないみたいね」

「彼女？　わたしの親友よ！」

「じゃあ、どうして彼女のことを一度も話してくれなかったの？」

「わたしが知ってるすべての娘《こ》の話はできないわよ」

「でも、そんなに好きな娘だったら、ひと言ぐらい話してくれてもよかったのに」

「そんなに好きって、どういうこと？　友だち、ただそれだけよ。友だちだからって好きとはかぎらないわ」

「マリー・アンヌ！……あなたの言っていることは理解できないわ。ほんとうのところ、あなたは自分のことを何もわたしに話したくないのよ。わたしがあなたの友だちと仲よくなるのが嫌なんだわ。嫉妬？　友だちを取られるのが怖いの？」

「大勢の娘と時間を浪費することがあなたにとって何の得になるのかわからないわ」

「おかしなことを言うのね！　わたしの時間なんて、そんなに貴重なものじゃないわ。あなたの話を聞いていると、わたしの人生がもう残り少ないみたいに思えるわ」

「あ！」

　マリー・アンヌはエマニエルが動揺するほど真剣に考えているようだった。

「まだそこまで老いぼれていないわ」エマニエルは言う。

「そうだけど、あっというまよ」

「それで、そのビーは――わたしは英語で書くほうがかわいいと思うわ、少なくとも意味があるし――、あなたの計算では彼女ももうお墓に片足を突っ込んでるの？」

「二十二歳と八か月よ」

　エマニエルはさらに尋ねる。

「結婚してるの？」

「まさか」

「でも、わたしより年上よね？　どうするつもりなのかしら」

マリー・アンヌは何も言わなかった。

「彼女をわたしに紹介するつもりはなさそうね」エマニエルは言った。

「じゃあ、ついてきて！　くだらないことを言うかわりにね」

マリー・アンヌがビーに合図をすると、ビーが近くに来た。

「こちらが、エマニエル」マリー・アンヌは、悪巧《わるだく》みの発案者を明かすかのように言った。

大きな灰色の瞳は、間近で見ると、知性と自由を感じさせた。ビーは、自分自身が支配されることを簡単に許すのと同じように、他人を支配することについても気にかけていないようだった。エマニエルは心のなかで、マリー・アンヌはきっとこのことで苦労しているのだろうと思った。復讐された気分だった。

ふたりは何でもない月並みな話をした。ビーの声は視線とよく調和していた。落ち着いた話し方で、けっして言いよどむことがなかった。親しみやすい明るさで心が温められた。エマニエルは、この娘は表情も口調も幸せそうだと思った。

エマニエルは、ビーが毎日何をして過ごしているのか知りたくなった。たいていは街を散歩したりしているようだった。バンコクで、ひとりで暮らしているのだろうか？　そうではなくて、ビーは一年前に、アメリカ大使館で海軍武官をしている兄を訪ねてきたそうだ。当初は一か月の予定だったが、結局はまだここにいる。急いで帰る理由もないということだった。

「長い休暇に飽きたら、結婚してアメリカに帰るわ。働きたくないの。何もすることがないのが好きなのよ」と、ビーは言った。

「婚約しているの？」エマニエルが訊く。

この質問がビーにはおかしかったようだ。とても率直でとてもかわいい笑いだった。

「ご存じかしら、わたしの国では、結婚する前日に婚約するの。前日まで自分が誰と結婚するのか知らないってわけ。明日、明後日に隠居するつもりはないから、自分がどんな選択をするのか教えたくても教えられないのよ」

「でも、結婚って隠居じゃないわ」エマニエルが異を唱える。

ビーは甘えるように微笑んで、ただ「あら！」とだけ、疑うように言った。そしてこう付け加えた。

「隠居は悪いことではないわ」

エマニエルは思わず、何から隠居するのか訊きたくなった。けれども、失礼なことを言いたくなかった。尋ねたのはビーのほうだった。

「こんなに若いのに結婚して、幸せ？」

「ええ！　幸せよ」エマニエルは答えた。「間違いなく、これまでの人生で最高のことだと思ってるわ」

ビーはまた微笑んだ。エマニエルは、ビーから発せられる人柄のよさに心をうばわれていた。その顔のエナメル質の美しさ（化粧を一切していないかのように見えた――けれど、これほどまで完璧に自然な感じに仕上げるには、どれだけの熱心さと忍耐が必要で、ブラシやクリームをうまく扱う時間がどれだけ必要かということをエマニエルは知っていた）は、ほとんど気づまりなほど完璧になりすぎていたけれど、ステンドグラスを通して差し込む太陽の光のように彼女から快活さが注がれるとすぐに忘れてしまった。それだからもはや、この女性はなんて美しいのだろう！　ではなく、なんて好感の持てる女性なのだろう！　と言いたくなるのだった。けれど、エマニエルはさらに、この女性はなんて幸せそうなのだろう！　と考えることを好んだ。そして、この状態がふたりを近づけるのだと感じていた。というのも、彼女自身が幸せであることを自覚していたからだ。そして、不幸は彼女に恐れを抱かせたので、苦しみをさらけ出したり不平をこぼしたりする人を心から愛することができなかった。エマニエルは自分のこうした性格の特徴を恥ずかしく思うことがあった。それは心の冷酷さを示すものではなくて、美に対する疑い深い、ほとんど強迫的な情熱に過ぎなかったのだけれど。

マリー・アンヌが奥様がたと話しているあいだ、エマニエルはビーのそばを離れなかった。重要な話はしなかったけれど、互いに一緒にいることに喜びを感じているのは明らかだった。エマニエルは、マリー・アンヌが彼女に構わないでいてくれたこともうれしかった。ジャンが迎えに来たとき、エマニエルは帰らなければならないことが残念だった。マリー・アンヌが忙しそうな口調でさようならを言いながら、「また電話するわ！」と言った。エマニエルは、ビーに電話番号を聞くべきだったと、遅まきながら思った。ビーの電話番号を聞き忘れたことでひどく落胆してしまい、夫からの質問に答えることができなかった。

どうしてなのか自分でもはっきりと説明することはできなかったけれど、エマニエルはアリアーヌにまた会うのが怖かった。スポーツクラブで彼女に会う危険を冒すよりも、午前の水泳の時間をあきらめることを選んだ。エマニエルがジャンに、アリアーヌのことをどう思うかと聞くと、とてもきれいだと思うと答えた。ジャンはアリアーヌの熱情的なところと気取りのなさが好きだという。ジャンはアリアーヌとセックスをしたことがあるのだろうか。エマニエルはその答えが知りたかった。いや、ないだろう、けれど、もしそんな機会があっても、それ以上のものは求めなかっただろう。エマニエルは、いつもは夫がほかの女とうまくいっていることをむしろ誇りに思っていたけれど、今回ばかりは——あらゆる論理に反して、というのも、実際、夫はアリアーヌをものにできなかったのだから——嫉妬の激しい痛みを感じて、それをジャンには微塵《みじん》も見せないように努力したのだけれど、一日中その嫉妬に毒されているようだった。

この会話の直後、アリアーヌから電話がかかってきた。アリアーヌは、二日間降りつづいている雨に茫然としているけれど、「すばらしいアイデア」を思いついたのだという。アリアーヌはエマニエルにスカッシュを教えてくれると言った。スカッシュって何？　テニスの一種だけれど、まさに、屋内のスポーツだから雨が降っていてもできるのだという。エマニエルはきっと気に入るわ。ラケットとボールを持っていくから、ショートパンツとスポーツシューズを履《は》いて三十分後にスポーツクラブで待ち合わせましょうと言った。

エマニエルが断る口実を考える間もなく、アリアーヌは電話を切った。結局、これまで聞いたこともなかったこのスポーツは、もしかしたら楽しいかもしれないと自分に言い聞かせ、けっこう喜んで準備をした。

スポーツクラブで会ったとき、ふたりは黄色いコットンシャツに黒のショートパンツという同じ格好をしていることに気がついた。ふたりはどっと笑った。

「ブラジャーしてる？」アリアーヌが聞いた。

「しないわよ」エマニエルが答えた。「ひとつも持っていないもの」

「ブラボー！」アリアーヌは興奮して、びっくりしているエマニエルの腰のあたりを両手でつかみ、軽く地面から持ち上げた。エマニエルはアリアーヌがこれほど力持ちだとは想像もしていなかった。

アリアーヌが声高に言う。

「戯言《ざれごと》を信じちゃダメよ。テニスや乗馬をするときは、乳房をあの嫌らしい袋に入れてちゃんと吊り上げてないと形が崩れるなんて。まったく逆よ。スポーツは乳房を強くするの。鍛えれば鍛えるほど堅く引き締まるのよ。わたくしのを見てごらんなさい」

そう言ってシャツをまくり上げ、ほかの人たちが行き交う通路の真ん中に立った。女狩人の胸像を拝むことができたのは、エマニエルだけではなかった。

スカッシュのコートは、一見したところ、ごく普通のものだった。床と四つの仕切り壁と天井。廊下から見ると一種の地下牢のようだった。ふたりは梯子《はしご》を使ってコートに降りた。その梯子は一番上の段を中心に回転し、天井に張りつくようになっていて、ふたりが地面に足を着くとスプリングによって自動的に持ち上げられた。コートから出るときには、ロープを引いて、梯子をまた降ろさなければならない。アリアーヌの説明によると、このゲームは、柄が長く面が小さいラケットを使って、硬いゴム製のボールを交互に壁に打ちつけるものだという。

小さな黒いボールは、アリアーヌがスマッシュするととても速く飛ぶので、エマニエルは狂ったように壁から壁へと走り回らなければならず、ほどけた髪が顔にかかって、大声で笑った。三十分もすると、エマニエルもかなりボールを打ち返せるようになったけれど、脚の力が抜けて、息が続かなくなった。全身汗だくだった。アリアーヌは休憩の合図を出し、梯子を下ろした。そして、梯子にくくりつけておいた肩掛けかばんからタオルを二枚取り出した。それからシャツを脱ぎ、体をごしごし拭くと、エマニエルのところに行って、乾いたタオルでエマニエルの胸と背中を拭いた。エマニエルは息を切らして、されるがままになっていた。汗で濡れたエマニエルのシャツは、わきのところまで巻き上げられていたけれど、シャツを脱ぐために両腕を上げる元気がなかった。アリアーヌがエマニエルを傾いた梯子にもたせかけると、エマニエルは浮かれて、磔《はりつけ》にされるふりをして、両手両足を大きく広げた。

アリアーヌはエマニエルの乳房を軽くさすり、汗がすっかり乾いてしまってもさすりつづける。エマニエルは息が切れ、疲れ果てて、咽頭が焼けるような喉の渇きを感じていたけれど、充血する不快な感覚がそこに加わった。すると突然、アリアーヌがタオルを床に落とし、自分の腕をエマニエルの腕の下に滑り込ませ、体をぴたりとくっつけた。エマニエルは、アリアーヌの乳房の先端が自分の乳首を求めるのを感じ(乳房の先端が触れ合うやいなや、エマニエルは我慢ができず大きな快楽に身をゆだねた)、ショートパンツの生地を通して恥骨が押しつけられているのがわかった。エマニエルが梯子にもたれかかっていたので、数センチ低い身長が同じくらいになり、ふたりの口がちょうど同じ高さになる。アリアーヌはエマニエルに口づけた。エマニエルがこれまで一度も経験したことのない濃厚なキスで、アリアーヌは唇や舌、口のなかのくぼみや突起、口蓋、歯を代わる代わる、わずかな表面も逃さまいとするかのように探った。あまりにも長く口づけていたので、それが数分間だったのか数時間続いたのか、エマニエルにはわからなかった。少し前まで喉をひりひりさせていた渇きは、もう感じなくなっていた。エマニエルはゆっくりと動きはじめる。クリトリスが花開き、硬くなり、相手の頑丈な下腹部に逃げ場を求めるように、体を移動させる。クリトリスの勃起が強くなり、もはや破裂寸前の巨大なつぼみのようになったとき、エマニエルは無意識のうちにアリアーヌの片方の太腿を両脚ではさみ、骨盤全体をしなやかに動かして、セックスをこすりつけはじめた。アリアーヌは、エマニエルが感覚の高まりすぎた緊張のはけ口を求めているのがわかっていたので、しばらく好きにさせておいた。それから、唇を離すと、しばしばそうするように、いたずらがうまくいって喜んでいるかのような笑みを浮かべて、エマニエルを見た。エマニエルは、その視線に困惑しながら、けれど同時に、ふたりの抱擁にアリアーヌがほとんど感傷的になっていないことに安心した。もう一度口づけてほしかった。アリアーヌの乳房が離れていかなければいいのにと思った。けれど、アリアーヌは突然、そこに着いたときと同じようにエマニエルの腰の上のほうをつかむと、体操するときのように腰を動かして、梯子の上に持ちあげた。エマニエルの踵が梯子にかかる。エマニエルはアリアーヌが乳房に口づけてくれるのかと思った。エマけれど、アリアーヌは顔を近づけてはこず、からかうような目でただじっとエマニエルを見つめていた。何が起きているのか、エマニエルがきちんと理解する間もなく、アリアーヌの手がエマニエルのショートパンツのなかに入り込み、エマニエルの濡れたセックスをつかんだ。

アリアーヌの指は唇と同じくらい器用で、熟練していて、よく動いた。クリトリスにそっと触れ、それから二本の指をくっつけて肉体の奥深くに思いきり押し込む。粘膜の壁を伸ばし、子宮の抵抗する隆起部分をマッサージし、見事な活動と判断力を見せた。エマニエルはできるだけ快感を味わえるように力を振り絞り、突き進んでくる手の前で体を開き、差し出し、抵抗することなくオルガスムスに導かれていく。そして、体から溶岩流があふれ出し、どろどろした熱いものがアリアーヌの腕に沿って流れていくような感覚をおぼえた。そうして、無意識のうちに、梯子から滑り落ちると、アリアーヌがエマニエルを抱き起こし、強く抱きしめた。もしそのときエマニエルがアリアーヌの目を見ることができていたら、その目にもはや揶揄の色などないことに驚いただろう。

けれども、エマニエルが我に返ったときには、アリアーヌはいつものいたずら好きな気質と快活さを取り戻していた。そして、エマニエルの肩に手を置き、大声で笑いながら、けれどやさしく聞いた。

「あなたの脚、もう一度梯子をのぼる力が残っているかしら?」

エマニエルは突然ひどく混乱し、不貞腐《ふてくさ》れた子どものような顔でうつむいた。するとアリアーヌが指で顎をつまんで持ち上げた。ふたたび、すぐ近くに寄った。

「ねえ」とアリアーヌは、エマニエルがこれまで一度も聞いたことのない、ほとんど喉が詰まったような深刻そうな声でつぶやく。「もうほかの女とこういうことをしたの?」

エマニエルは平気そうにしていたけれど、でも、実際は自分でも理解できないほどに混乱していた。そして、聞こえないふりをすることにした。けれど、アリアーヌは高圧的かつ魅惑的に執拗に迫ってきた。

「答えて！　女の人と一度もセックスしたことはなかったの？」

世間体と不誠意のイメージを思い浮かべながら、エマニエルは頑なに口をつぐんだままでいた。アリアーヌはエマニエルに近寄り、唇を重ねた。

「わたくしの家に来て、いいわね？」アリアーヌがささやいた。

けれどエマニエルは首を縦には振らなかった。

アリアーヌは、反抗的なエマニエルの顎をしばらく手で支えていたけれど、それ以上何も言わなかった。そしてついに彼女から離れたときには、快活な視線と子どものようにむくれた表情からは何も読み取れず、エマニエルが拒否したことに失望しているのか、彼女に腹を立てているのかわからなかった。

「のぼって」アリアーヌはエマニエルの鼻先をくすぐった後で言った。

エマニエルは後ろを向いて梯子をのぼった。アリアーヌもそれに続いた。エマニエルはまだ濡れているセーターを腰まで下ろした。

「あら、あなたのシャツ、下に置いてきちゃったのね！」エマニエルが気づいて、すぐに言った。「わたしが取ってこようか？」

（エマニエルは後になって、アリアーヌに初めて親しげな言葉づかいで話したことに気づいた）。

けれどアリアーヌは、見下すようにして言った。

「放っておいて！　その必要はないわ。使いものにならないから」

アリアーヌは肩にタオルをかけたけれど、胸の前で合わせようとはしなかった。そして、片手でラケットと多色のキャンバス地のバッグをゆらゆらさせながら持つと、エマニエルと一緒にガレージに向かって歩いた。もう片方の手で、アリアーヌはエマニエルの手を握っていた。いくつかのグループがすれ違いざまに合図を送ってくると、アリアーヌは裸の胸をさらにあらわにしながら、陽気に挨拶を返した。エマニエルは突然、地球上のすべての人が自分たちを見ているような気がしてきた。もはや恥ずかしさと不安しかない。アリアーヌから急いで離れると、もう彼女には会わないと、もう一度心に決めた。

車の前に来ると、アリアーヌはエマニエルの手を離し、向き合って立った。そして、ようやくタオルの端を胸の前で結んだ。アリアーヌは、何かを問い詰めるような、何かを期待しているような表情でエマニエルを見つめていた。その皮肉たっぷりの雄弁術に言葉はいらなかった。エマニエルはふたたび頭を下げた。彼女の困惑、思考の混乱はうわべだけのものではなかった。アリアーヌは執拗に頼むことはなかった。体を傾け、エマニエルの頬に軽くキスをした。

「じゃあまたね」アリアーヌは陽気に言った。

そして車に飛び乗ると、手を振りながら走り去った。

アリアーヌが行ってしまうと、エマニエルは彼女を引き留めるために何もしなかったこと後悔した。もう一度、彼女の乳房を見たかった。それに、彼女の乳房を体で感じたかった。エマニエルは突然裸になりたくなった。そして、アリアーヌも裸になって、ふたりとも全裸になって、何もかも脱ぎ捨てて、寄り添いあって横になりたかった。乳房と乳房を、セックスとセックスを触れ合わせたかった。そして、アリアーヌの手で、脚で、唇で、彼女の体で愛撫されたかった……。もしアリアーヌがいまここに戻ってきてくれたら、ああ！　エマニエルはよろこんで彼女にすべてを捧げただろう。

同じ日に、クリストファーがやってきた。写真で見るよりもずっとハンサムで、アングロ・サクソンのラグビー選手のような風貌で、屈託なく笑った。適当に梳かしたようなブロンドの髪は、竜巻と戦っているかのようだった。エマニエルはすぐに打ち解けて、ずっと昔からの友人の傍にいるような感覚になった。庭を案内しながら、片方の腕は夫の腕の下に、もう片方の腕はクリストファーの腕の下に滑り込ませた。クリストファーとの過ごし方について、エマニエルは前もってジャンと話してあった。

「あなた、クリストファーをずっと働かせるつもりじゃないでしょうね！　運河《クロン》に連れていきたいし、泥棒市場も案内したいわ……」

「でも僕は休暇でここに居るのではありませんから」クリストファーはうれしそうに言った。ジャンに再会したことと彼が幸せな結婚生活を送っているのを知ったこととの二重の喜びで、クリストファーにとってはもっともよい日曜日になった。クリストファーはエマニエルに対する称賛の気持ちを隠そうともしなかった。

「無法者のジャンはほんとうについてるよ！」クリストファーはエマニエルに熱い視線を浴びせながら大声で言った。「徳を積むようなことは何もしていないのにね！」

「よかったわ」エマニエルはふざけて言う。「ご立派な夫なんて嫌ですもの！」

三人は夜遅くまで、楽しくにぎやかに過ごし、寝たのはエマニエルが睡魔《すいま》に負けて、一階のテラスをおおうブーゲンビリアの下の肘掛け椅子で丸くなって目を閉じてからだった。雨は降っていなかった。オオヒキガエルも鳴いていなかった。星は乾季特有の色をしていた。八月の中旬にはよくこうした束の間の休息の時間が訪れるのだ。

エマニエルはいつも裸で眠る。けれど、寝室の広いバルコニーでジャンと朝食をとるときには、パリを発《た》つ前に（試しに着てみたい気持ちもあって）たくさん購入した丈の短いネグリジェを着る。今朝エマニエルが着ていたのは、プリーツ加工された透け感のあるもので、肌の色とほとんど同じ色合いのものだった。裾は太腿の付け根あたりまでしかなく、ウエスト部分で三つのボタンで留めるようになっている。少しでも風が吹くとめくれあがってしまう。エマニエルは突然笑いはじめた。

「なんてこと！　お客様がいらっしゃるのを忘れていたわ。もう少しきちんとしたものを着たほうがいいわね」

エマニエルは、そう言って着替えようとした。けれど、ジャンが口をはさんだ。

「それは絶対にダメだよ。きみはこのほうがずっと素敵なんだから」

エマニエルに異論はなかった。結局のところ、ずっと前からいろいろな人に裸を見られることに慣れていたので、こういう格好で人前に出ることに抵抗はなかったのだ。この点では、夫の態度は彼女の子どもの頃の態度の延長のようなものだった。エマニエルの両親も彼女自身も、彼らの前に出るときには部屋着をはおらなければならないという考えはばかばかしいと思っていた。エマニエルが結婚後にネグリジェを買ったのは、恥じらいがあったからではなく、媚《こ》びを売るためだった。

クリストファーはお客を迎えた側よりも居心地が悪そうだった。エマニエルの正面にすわっていたので、ネグリジェのプリーツを通して太陽が輝かせているエマニエルの乳房から目が離せなくなってしまっていた。乳房の先は血の染みで穴が開いているようにも見える。エマニエルが立ち上がって、ビスケットやフルーツ、蜂蜜を運んできたとき、朝の心地よい風が通り抜け、透かし編みのランジェリーの隙間からへそが見えて、アストラカンの三角形がクリストファーの顔のすぐ近くまで来たので、彼はスズランの香りを嗅ぐことができた。

クリストファーは手が震えてしまいそうだったので、あえてティーカップを口に運ばなかった。気が動転していて、「もしいま立ち上がらなければなくなったら、僕はどうなるんだろう？　あるいは誰かがテーブルクロスを剝がしに来たら？」と考えた。

エマニエルは楽しくなって、男たちがタルティーヌを食べ終える前に自分の部屋に戻った。それで、クリストファーは落ち着きを取り戻すことができたのだった。


男たちは夕食の時間まで戻ってこないはずだった。エマニエルは一日中ひとりで家にいたくなかった。そこで、車に乗って街の中心部に出かけた。一時間、これといった目的もなく車を走らせ、道に迷い、ときどき車を停めて店に入ったり、舗道にすわっているハンセン病患者を怯《おび》えたように見つめたりした。蝕《むしば》まれた手首で体を支え、切断されて残った太腿を引きずりながら、汚れた地面を後ずさりするように移動している。エマニエルはその光景を目の当たりにして気が動転し、車のエンジンをかけることができなかった。欠けていない脚と健康でかよわい手で、どこへ行くつもりだったのか、どうやって車を操作すればよいのかわからなくなり、動けないままじっとそこにいた。それと同時に、動揺した自分を恥じていた。

――わたしはこの人を恐れながら、排除している。かつてハンセン病患者を監禁し、すでに死んでいるかのように見つめ、不名誉なレッテルを貼っていた祖国の人たちと同じように、残酷な振る舞いをしている。シャム人はそれほど不公平ではない。病人を罪人のようには扱わない。世話をする。避けたりせず、指をさすこともない。道で会っても、騒ぎ立てたりしない。食べ物や飲み物を与える。残されたわずかな日々を過ごすために好きな場所へ行かせる――。

けれど、こうやって自分を責めても、気休めにもならなかった。するとそのとき、それほど遠くないところにある中国人の店から、見おぼえのある人影が出てくるのが見えた。エマニエルは助けを求めるような叫び声をあげた。

「ビー!」

その若い娘は振り返って、うれしそうな、驚いたような仕草をした。そして、車のところに来た。

「あなたを探していたのよ」エマニエルが言った。

同時に、それはほんとうのことだと気づいた。

「あらそう!　見つけられてよかったわね」とビーはおどけて言った。「だって、ここにはめったに来ないんだもの」

ぜったいい、ビーはわたしが言ったことを信じていないわ、とエマニエルは悲しく思った。

「ランチを一緒にどうかしら？　ふたりで」エマニエルは祈るような声で提案してみた。それがあまりに切実な様子だったので、ビーは一瞬答えに詰まった。

　そこでエマニエルが続けた。

「いい考えがあるわ！　うちに来て！　食べるものはたくさんあるから。それにわたしの家をまだ知らないでしょ」

「このあたりを案内してあげてもいいけど？」ビーが言う。「すぐ近くに小さいけど趣のあるタイ料理のレストランがあるの。ご招待するわ」

「ううん」エマニエルは固辞した。「また今度にする。せっかく会えたから、今日はわたしの家に来てほしいの」

「じゃあそうするわ！」

　ビーは車のドアを開けて、エマニエルの横にすわった。

　エマニエルは気持ちが晴れやかになった。突然、自分を取り戻し、自分の欲望を確信し、愛するものを誇らしく思い、もはや待つことも偽ることもできないという感覚になった。うれしくて大声で叫び出しそうになりながら、安全運転かどうかも構わず、人がひしめく街のなかを、車を走らせた。わけもなく、大声で笑った。自身が光を放っているようだった。頭のなかで希望の歌をうたった。おお、わたしの大地よ！　おお、翼のある呼び声に応じたわたしの美しき人、おお、あなたはわたしの美しき人、わたしのやさしく美しき人！　おお、翼のある呼び声に応じたわたしの大地よ、おお、わたしの美しき人、わたしのやさしく美しき人よ！　翼のある呼び声に応じて約束してくれたわたしの入江、わたしの美しい人、おお、わたしのやさしく美しき人よ！　美しい人よ、わたしの大地、わたしの入江、わたしの翼！

エマニエルは、波に濡れた重い髪を揺らしながら、遭難者のようなやさしさで腕を伸ばし、幸せにむせび泣きながら、やさしい大地の美しい海辺に口づけた。ついに、ついに！　濡れた髪に包まれた彼女を波が打ち上げた大地はとてもやさしく、損なわれた胴体とむき出しの脚にとてもやさしく、ゆだねた体を快く迎えてくれた。ある世界から別の世界へと転がり落ちて以来、学んだことも、学んだけれど忘れてしまったことも、八月の夜の魔力ですべて忘れてしまっていた。つねに変わらぬ夜明けの光が彼女の唇を金色に染めていた。


ビーが感嘆とやや困惑したようなまなざしでエマニエルを見つめていた。優雅で現代的な内装が気に入ったようだった。そして、エマニエルがパリで学んだ日本式のフラワーアレンジメント、陶器の家具、珊瑚や貝殻で飾られた半透明の石の飾り鉢、部屋の中央に置かれて場所ふさぎになっていて、挑発的で、奇異な鉄の葉でガタガタ音を立てている、錬鉄製の大きなモビールを褒めた。

ふたりは手早く昼食をすませた。エマニエルは言葉を失っていた。歓喜に満ちた視線は片時もビーから離れなかった。

それから、焼けつくような太陽に照らされながらも、ふたりで庭に出た。エマニエルはビーの手を引いて、挿し木や苗木のあいだを通り抜け、低木が花を咲かせたときの景色の美しさを語って聞かせた。

エマニエルは一輪の薔薇を茎を長くして手折り、ビーに差し出した。ビーは赤い花冠を指で包み、頬に押し当てた。エマニエルはその薔薇に唇を近づけ、キスをした。

ふたりが屋内に戻ると、顔や首筋から汗が流れていた。

「シャワーを浴びましょうか？」エマニエルが提案した。

ビーもいい考えだと賛成した。

そうして部屋に入るとすぐに、エマニエルは火がついたように急いで着ていたものを脱ぎ捨てた。ビーは、エマニエルがすべて脱いでしまうまで服を脱ごうとしなかった。

「なんてきれいな体なの！」

ビーはまずそう言って、ゆっくりと襟のボタンをはずした。そして、エマニエルと同じように素肌に直接着ていたブラウスを半分まで開くと、今度はエマニエルが驚きを隠せずに叫んだ。

ビーの胸はまるで男の子のようだったのだ。

「ぺったんこでしょ」と、ビーは言った。

ビーはまったく気にしていないようだった。むしろ、エマニエルが驚いているのを楽しんでいた。エマニエルはというと、バラ色の乳首をじっと見ていた。とても小さくて、弱々しくて、子どものもののように見えた。ビーはそれほど真剣にではなく尋ねた。

「醜いと思う？」

「いいえ、思わないわ！　それどころか、素敵だわ！」エマニエルがあまりに熱意をこめて強調するように叫んだので、ビーはほろりとした笑みで答えた。

「でも、あなたは微妙な態度を示すことだってできるわ。こんなにすばらしい乳房を持っているんだもの。わたしたち、驚くほど対照的よね？」

けれどエマニエルは狂信的な転向者だった。

「乳房が大きいからって、何かいいことがあるかしら？」エマニエルは戒《いまし》めるように言う。「雑誌の表紙はそればっかり。でも、あなたの乳房はほかの女性のものと全然ちがう。とってもかわいいわ！」

エマニエルの声が少し小さくなる。

「こんなに刺激的な胸は見たことがないわ。冗談で言っているんじゃないのよ」

「じつはわたし、自分でも面白がっているの」ビーが脚に沿ってスカートを下ろしながら言う。あまりに小さすぎるのは嫌だけど、でも、まったくなかったら滑稽だと思わない？（ビーは突然饒舌《じょうぜつ》になったように見えた。エマニエルは彼女がこんなにも長く話すのを聞いた記憶がなかった）。それに、長い間ずっと、胸が大きくなるのを恐れながら生きてきた。そんなことになったら、人格がすべて失われてしまうんじゃないかって思ってた。だから毎晩祈ったの。〝神様、どうかわたしにほんとうの胸を与えないでください！〟って。わたし、すごくいい子にしていたから、神様は願いを聞いてくれたのよ！」

「よかったわね！」エマニエルは叫んだ。「あなたの胸が大きくなっていたら、大変だったわ。こんなあなたが大好きなんだもの！」

エマニエルはビーの脚にも驚かされた。まるでファッションデザイナーのファイルから抜け出てきたかのような、まったく本物とは思えないほど長くてきれいな脚だったのだ。細いヒップとウエストのしなやかな細さが、繊細で気品のある印象をさらに高めていた。けれどエマニエルがさらに驚いたのは、ビーがパンティを脱いだとき、剃毛した陰部が異常に隆起していたことだった。エマニエルは、平らな腹部からその起伏がこれほど際立っているものも、女性のものでこれほど膨らんでいるものも見たことがなかった。この世でこんなにも洗練されていて、こんなにも挑発的なものはないとエマニエルは思った。毛がないことでセックスの割れ目があらわになっていて、高くそびえ、深くはっきりとくぼんでいて、曖昧なところがなく目に映った。堂々と曝《さら》された女性らしさと青年のような胸のコントラストは、ビーの体がまんべんなく日焼けしていることと相まって（したがって、ビーの全身が太陽の光に曝され、この両性具有の裸体をほかの人たちが好きなように見つめていることを想像せずにはいられなかった）、挑戦的な輝きを放っていた。そして、ビーの冷ややかな優美さとは裏腹に、下腹部の滑らかで割れ目のある膨らみはとても官能的で、誘うような動きで前に突き出していて、エマニエルは自分のセックスがまるで手で探られているに感じた。ビーを今すぐに自分のものにしなければならない、この挑発的な溝を自分のために開かせなければならない、この割れ目を……とエマニエルは心に決めた。ああ！　この割れ目！　この割れ目、その光景を見るだけで体が震える。生きた珊瑚で縁取られたその割れ目、その美しさ！　宇宙が発明した体のなかでもっとも美しい部分。地球上の生命が造形したこの傑作。何も、どこにも、これほど愛されるべきものはないのだ！……

エマニエルはビーに望みを伝えようとして口を開いた、けれど、それと同時にビーは浴室のほうを向いた。

「シャワーは？」ビーが言った。

エマニエルにはもう策略は必要ないように思えた。そして、ビーの動きを止めるために言った。

「ベッドに来て」

ビーはドアの前で立ち止まり、躊躇《ちゅうちょ》しているようだったが、ついに笑った。

「でも、さっぱりしたいわ、眠りたくないの」ビーは言った。

エマニエルは、ビーは今の言葉をほんとうに昼寝の誘いだと思ったのだろうか、それとも無邪気なふりをしているだけなのだろうかと考えた。そして裸の友人の目を見つめ、そこになんの下心もないことがわかって絶望した。

エマニエルはビーのところへ行き、ドアを開けた。

「それじゃ、シャワーの下で愛し合いましょう」エマニエルはきっぱりと言った。

4　カバティーナ、あるいはビーの愛

時よ止まれ、お前は美しい！

ゲーテ『ファウスト』

シーツが乱れたベッドを彼女が去ったときのままにしておこう
彼女の体の形が私の傍らにそのまま残っているように。
明日まで、風呂に入らず、服も着ず、髪も梳かさないだろう
彼女の愛撫が消えてしまわないように。
今朝も今晩も、何も食べないだろう
そして唇には、口紅も白粉もつけないだろう
彼女のキスがそのまま残っているように。
雨戸は閉めたままにしておこう
そしてドアを開けることもないだろう
残された思い出が風と共に去ってしまわないように。

ピエール・ルイス『ビリティスの歌』〈生き続ける過去〉

浴室には数種類のシャワーが備え付けてある。天井にひとつと壁にひとつ固定してあり、三つめの小さいものは、環状の長い管の先についていて、手に持って好きな方向に向けることができる。交差する雨の下で、ふたりの女は体を寄せ合って立ち、水の冷たさに叫び声をあげる。エマニエルは髪を守るために頭の上で髪をまとめているので、ビーと同じくらいの背丈に見える。

エマニエルはビーに、この可動式のシャワーをどんなふうに使うのか教えてあげると言った。そして右手で管をつかむと、左腕をビーの腰に回し、脚を開くように命じた。

ビーは言われたとおりにする。エマニエルは生温い水をビーのセックスに向けて下から上に斜めにかけ、徐々に近づけ、指がクリトリスを刺激するときのようにリズミカルに、巧みに、節度なくふるわせ、あるいはらせんを描くように動かす。彼女はこの遊戯のルールを熟知していた。水は滝となって、ビーの脚のあいだを流れ落ちる。エマニエルは目を上げて尋ねる。

「いいでしょ?」

ビーはその問いかけを無作法だと感じたようだった。一瞬ためらい、何か言いたそうにしたけれど、考え直したのか、結局はただうなずいた。そして、次の瞬間こう言った。

「ええ、とっても」

エマニエルはシャワーを確実に動かしつづけ、上半身を傾け、片方の乳首を口に含んだ。ビーの手が頭に置かれるのを感じる。押し戻そうとしているのか? それとも、抱きしめようとしているのだろうか? エマニエルは人形のような乳頭を唇ではさみ、舌先で刺激し、吸ってみる。するとそれはすぐに硬くなり、倍以上の大きさになった。エマニエルは勝ち誇ったように体を起こして言う。

「ほらね……」

けれど、ビーは黙ったままでいる。ビーの顔から平静を装った表情が消えていた。美しい灰色の目がさらに大きくなり、唇は厚みと輝きが増していた。ほとんど子どものような清らかな顔、エマニエルがそれまで知らなかった激しくて美しい衝撃的なビーが、声も立てず、震えもせず、体のリズムが快楽の激しさを裏切ることもなく、絶頂に達する。

エクスタシーがあまりに長く続いて、エマニエルは、ビーは自分の存在を忘れてしまっているのではないかと思ったほどだった。それから徐々に、恍惚の表情が消えて、エマニエルはこの官能が永遠には続かないことを悲しんだ。そして、目の当たりにしたビーの変貌におじけづき、言葉を失っていた。ビーがエマニエルに微笑む。

エマニエルはビーの首に両腕をまわし、唇に口づけた。ビーの体を自分の乳房に感じたとき、エマニエルは歓びのあまりうめき声をあげた。水に濡れたふたりの肌の清々しさは、触れ合うだけで愛撫されているような心地よさがあった。エマニエルはビーを強く抱きしめ、ゆっくりと恥骨をビーの恥骨にこすりつけた。

ビーは、エマニエルが求めている快楽を見抜いていた。エマニエルの腰に手をまわし、尻をやさしく押して、腹の上に引き寄せる。開いた口には、エキゾチックな果実のようにみずみずしくて甘い、特異な風味が満ちている。そのとき、抱きしめている美しい体のなかを痙攣が駆けのぼるのを感じた。ビーは力を尽くして、彼女を助ける。エマニエルの唇が愛の響きを持つ言葉をささやくのが聞こえた。

「エマニエルは知性的で、何にでも好奇心旺盛で、いつも機嫌がいい。だけど、それが理由で彼女と結婚したわけじゃないんだ」と、二本の赤い轍《わだち》を残しながら走るジープのなかで、ジャンがクリストファーに言った。

肌が汗でべとべとしていて、重苦しい空気で喉が焼けるようにひりひりした。小さな橋を渡ると、少年少女が水に入って、甲高い声で笑いながら互いに水をかけ合って遊んでいた。

「見てごらん、まさに映画に出てくる東洋だろう？」

ジャンがエンジンを止める。ふたりは渓谷に下りて、冷たい水で顔を洗った。すると子どもたちがよろこんで飛び跳ね、彼らを指差して、声をそろえて叫びはじめた。

「Farang《ファラン》！　Farang《ファラン》！」

「何と言っているんですか？」クリストファーが尋ねた。

「たんに、〝ヨーロッパ人！　ヨーロッパ人！〟と言っている。僕らの国の子どもたちが〝中国人！　中国人！〟と叫んでいるのと同じだね」

肩にかかる長さの濡れた黒髪の少女が彼らのところへやってきた。その少女は地面に置いてあった黄褐色の肌によく映える鮮やかなブルーのサロンを拾いあげ、腰に巻いて歩いてきた。

「タン・ヤーク・スー・ソムオ・マイ・チャ？」少女は魅惑的な微笑みを浮かべながら、外国人に尋ねた。「どうしてほしいのかわからないな」ジャンが言った。

少女はパンノキの木陰に置いてある籠《かご》を指差した。見ると、籠のなかには大きなグレープフルーツのような果実が入っている。

「ああ！　わかった。ザボンを買ってくれと言ってるんだ。悪くないね」

ジャンはうなずいて、

「アオ・コ・ダイ！（いいよ）」

と、はっきり区切るように発音して言った。

すると少女は、籠のあるほうへ駆けていって、自分の頭より大きな果実を持って戻ってきた。

そして、五本の指を広げて手を挙げた。

「ハー・バーツ（五バーツ）」

「了解、かわいい子だね」

そう言って、ジャンが五ティカル札を差し出すと、少女はそれを入念に調べた。

「計算はだいじょうぶかな？」ジャンが聞いた。

「カー！（はい）」

少女はこの二カ国語での会話にまったく気後れしていなかった。クリストファーが驚いて言った。

「この子はフランス語がわかるのかな？」

「それはないだろう。だが、ちょっとした会話なら大丈夫そうだ」

少女は、何かを尋ねるような表情で、果実を顔の高さまで持ち上げた。

「ポク・ハイ・マイ・チャ？（むきましょうか？）」

ジャンは、わからないというしるしに両腕を広げた。少女はあいているほうの手でざらざらした果皮のまわりに架空の球体を描き、その皮をむく仕草をした。

「ああ！　そうか、いいねえ」ジャンは同意した。「親切にありがとう」

少女は籠のほうを向いて、カーブした先の細いブロンズ刃の小さなナイフを手に持つと、地面にすわって脚を組み、スカートの上にグレープフルーツを置いた。

ジャンとクリストファーは草の上に少女と向かい合ってすわった。

「性格的なことでエマニエルと結婚したわけじゃないと言っていましたが、それなら美しさのためですか？　それならわかります」クリストファーが聞いた。

「たぶんね、だが、それだけでここまで惹かれたわけじゃないよ」

「それじゃあ、何が決め手だったのですか？　家事の能力ですか？」

「いや、肉体的な才能だね。彼女ほどセックスが好きな女に出会ったことがないんだ。しかもあんなにうまい女にね」

クリストファーはショックを受けた。この手の話は悪趣味なものに思えたのだ。けれど、その続きが聞きたくてたまらなかった。

「まったく、運がいい人だ」クリストファーは、力を振りしぼって言った。「でも、危険もあるんじゃないですか？　その……、なんと言ったかな？　彼女の持つ才能は、ほかの人がそれに気づくこともあるだろうし……その気にさせられて……彼女を利用しようとしたり、あなたから奪いたいとか」

「僕のものではないものを僕から奪うことはできないよ」ジャンはきっぱりした口調で言う。

「彼女は僕の所有物ではない。僕だけの美ではないんだ」

クリストファーの顔に、理解できないといった表情が浮かんだ。ジャンは付け加えて言う。

「ひとり占めするために結婚したわけじゃない」

少女が皮をむいて小分けしたグレープフルーツを両手の上に載せて差し出した。ジャンは小さくお辞儀をしてひとつ取り、おいしそうに味わった。

「食べないのか?」ジャンがクリストファーに聞いた。クリストファーは、差し出されたグレープフルーツを機械的につまんだ。彼はぼうっと景色を見ていた。ジャンはさらに言う。

「エマニエルと僕は世界に興味があるんだ。そして世界をもっと知りたいと思っているんだよ」

ジャンは笑って、快活に言った。

「やることがたくさんあるんだよ!」

少女の手からもう一切れグレープフルーツを取り、こう締めくくった。

「チームでの仕事を正当化するためにはかなりね」

クリストファーはジャンの答えがよく理解できなかったので、話を戻した。

「愛の資質について話す前に、エマニエルは知性的だと言っていましたよね。あなたにとって、おおよそ知性的とはどういうことなのですか?」

ジャンは思いついた答えの要素を適当に寄せ集めてまとめているような感じがした。

「そうだな、たとえば、誰かがすでに見つけたものとは別のものを探すこと。それから、権威者の論証に、適切なタイミングで反抗することができること。既成の観念に抵抗すること。模範や流行に夢中になりすぎないこと。知性というのは、スローガンや合言葉、禁止事項、横断幕、行列、キャンペーンを敬遠させるもの。拍手喝采や罵声（ばせい）を控えめにするように忠告するのも知性だ」

「なるほど……、すべて経験的なものですね！　それなら、知的な女性を科学的に見分ける方法を教えてくれませんか。たとえば、あなたの奥さんのような」

「彼女は僕が見ているものしか見ないわけじゃない。それに、僕が信じていることをすべて信じているわけじゃないんだ」

クリストファーは感じのよくない、うなるような声を発した。それに気づいたジャンが言った。

「この話はやめにしよう！　偏見を持たないようにと言っているのに、きみはフェミニストなんだね」

クリストファーは、フェミニズムという言葉がジャンの神経を逆なでしていることは知っていた。ジャンは、今回ばかりは、その理由を説明した。

「男女の不平等については、話で聞いて知っているくらいだが、それはほんとうの問題ではない。男女間の争いははるか昔からあって、家事の分担よりももっと多くの苦しみの原因となっている衝突の、部分的で、局所的で、付随的な側面にすぎない。この対立は、かつてないほど時勢にあっていて、おそらく熱力学の法則が僕たちの暴徒に飽きるまで燃えつづけるだろう」

「さて、それでは、本題に入りましょう」クリストファーが切り出した。

「それは、人間を二つの世界に分けることによってもたらされる問題で、収益と超限順序数とかけ離れているのと同じくらい隔たりのある相容れないものだ。一方には権威の世界があり、もう一方には肌をあらわにした男女がいる。権威の世界では、年功と権力を利用して、受け継がれてきた考えを押しつけ、あらかじめ確立された道徳的秩序を変わらないまま維持する。誰によって確立されたものなのかはわからないが、それによって支配的な衒学《げんがく》者たちは、それが永遠の秩序だと主張することができる。教皇は神々の役割を引き継いだ」

「神々は」とクリストファーが言う。「神々は非難された少数派だった。現代の神々の代わりも同じだ。不信心者の数にくらべれば、その数はごくわずかだ。無限集合に対するイプシロン（ゼロに近い任意の微小量）のようなものだ」

「ちがう！」ジャンが叫んだ。「思想の支配者に従う下っ端は、想像しうるすべてのレジスタンス戦士たちよりも大きな全体を形成しているからだ。すばらしいのは、従うことが好きで、列をなして歩くことに夢中で、順応すること、真似ること、維持すること以外には何も望まない人々の集団だ。歌をうたいながら追随する者たちが、せめて、それほど打ち沈んでいなければいいのだが。けれど、ほか人との違いや独立性が彼らを憂鬱な気分にさせるのだ。指導者の力は規律正しい人々の悲しみの上に立っている。信じやすい人たちは、すべてのことが昔は今よりよかったという話を聞いて悲しんでいる。この何十億人もの泣き言をいう人たちが、そこに行って見るよりも信じることを好むのはなぜか、説明できるかい？」

クリストファーは、ぼんやりしたままグレープフルーツの最後の一切れをかじったが、それでもはっきりと言った。

「ぼくは、知りたくない人たちの不幸に同情はしません。誰も生まれたときより愚かになって死ぬ必要はないんです」

「ああ、そうだとも！」ジャンはため息をつく。「だが、田舎で政治を論じるな。それからザボンをぜんぶ食うのはやめろ」

クリストファーは口に入れたものを飲みこんでから、話に戻った。

「エマニエルはそうすると、理解することを好む女性だということですか？　つまり、あなたやわたしと同じように。特別なことは何もない」

「何もないんだ、実際はね」ジャンは困惑したように笑ったが、突然いきり立ったように見えた。「たしかに、きみや僕と同じように、知識が別の世界から自分のもとにもたらされたとか、あるいはこれからもたらされるとは考えていない。それにその知識が、貧民のための無料給食のように、聖職者や布教者、軍隊から配られることを期待しているわけでもない。危うく一緒に殺されそうになった古き良き時代を懐かしんでいるきみや僕とはちがって、彼女はあまり懐古趣味はないよ。火の戦争でメダルを授与された曾祖父母と比べれば、自分は必ずしも不道徳ではないと考える傾向にある。そして、いずれにしても自分のほうが幸せなのだろうと思っている。しかし何よりも、彼女は自分が後世の男女よりもあらゆる性的関係においてはるかに不利な立場にあると信じて疑わない。少なくとも彼女は、自分が持つであろう子どもたちから何かを学ぶためにできるかぎりのことをするだろう。愛も含めて」

ジャンはひと息ついて、あざ笑うような口調で言った。

「彼女がすでにかなり知っているテーマだけどね」

クリストファーは妙に緊張した面持ちのまま、ぶつぶつ呟くように言う。

「僕の印象ですけど、もしあなたがアダムの立場だったら、彼のようにうまく立ち振る舞うことはできなかったでしょうね」

「僕はイヴの味方だっただろうね」ジャンは言った。「禁断の果実が好きで、公園の管理人を嫌う女性が完全に悪いということはない」

子どもたちは輪になってすわり、無言で彼らを見つめ、ときどき肘でつつき合ったりしていたが、やがて涙を流すほどに笑い出した。

「僕らをバカにしてるのかな」クリストファーが言った。

甘い果肉が舌をうるおしてくれたが、喉はひりひりしたままだった。クリストファーは内心、言いたいことが言えなかったことを悔しがっていた。「僕はなんてバカなんだ！　僕にとって唯一大切なことをジャンに聞けなかったじゃないか。エマニエルが知性や哲学についてどう考えているかなんてまったく気にしない。僕が知りたいのは、彼女がどうやってセックスをするかということだけだ。ジャンの野郎、僕をもっとその気にさせるために欲望をかき立てたんだ。もっと詳しくいろいろ教えてくれと言えばよかった。エマニエルがどうやって彼をイカせるのかとか、彼女がどうやってイクのかとか。彼女の才気ある美しさで仰々しく僕を誘惑する代わりに、彼女のアソコがどんな味なのか教えてくれたらよかったのに！　彼女がどうやって指や乳房を使ってペニスを愛撫するのか教えてくれたら！　彼女はどうやってオナニーをするんだろう？　彼の前でするんだろうか？　他人の前で？　頻繁に？　くそっ！　彼女のアナルのことを教えてくれよ！　舌のことも。ペニスを吸ってくれるのか？　唇で？　喉で？　きみの精液をたくさん飲むのか？　週に何回？　一日に何回？　彼女はその味が好きなのか？　精液はみんな味がちがうのか聞いてみたことがあるのだろうか？　今までで誰の精液がいちばんうまかったのだろう？　僕のを味わってみてくれるように勧めてくれよ。僕を愛撫するように、僕のモノを吸うように、彼女に言ってくれ。彼は、それに乗じて僕が彼の妻と寝ることはないとわかっている。いずれにせよ、ヴァギナに入れないとわかっている。あるいは、完全には入れないと。ヴァギナの入口を少し開くだけだ。そこにほんの少し入れるだけ。亀頭を入れるだけだ。なかに押し込むことはしない。すぐには。口ほどには深く入れない。ほんとうに少しずつ進むだけだ。ペニスの半分まで。三分の二以上は入れない。あるいはそれよりもう少しだけ。おかまを掘るときのように。おかまを掘った日に、彼女を抱こう。いずれにしても、彼女のヴァギナの奥まで僕のペニスを突っ込むなら、彼女が絶頂を迎えたら、それと同時に抜く。彼女の奥深くで射精しないように気をつけるよ。いや、べつにいいんじゃないか？　エマニエルがジャンの子を身ごもろうが僕の子を身ごもろうが、何もちがわないだろう？　それに、もし彼女と僕が毎日彼女とセックスをしたら、遅かれ早かれ彼女は妊娠して、三人ともが誰の子かわからないままだろう。それは重要なこと？　彼女にとっては、きっと重要じゃない。ジャンにとってはなおさらだ。結局のところ、それは僕にとって重要なだけだ。僕の精子で妊娠してほしい。彼女が妊娠したことが確実になるまでは、ジャンはエマニエルの口のなかでしか出さないかもしれない。僕は子宮のなかで、朝も晩も。今日すぐにやろう、今すぐに、帰ったらすぐに」

　思い浮かべるイメージがだんだんと揺るぎないものになっていき、そこにはとても切迫した甘美さがあって、クリストファーは、精神的にも肉体的にも、もはや抗おうとしなくなっていた。もはや古い良心の咎《とが》めなどなかったし、自責の念に駆られて破滅に向かうのではないかという不安もこれっぽっちもなかった。それどころか、気持ちは満たされていた。「いいじゃないか、友人の奥さんのことをこんなふうに考えるなんて」別の女の愛人になることを想像するのは、彼にとってあまりいいことではないということはわかっていた。

クリストファーはジャンに対しても複雑な気持ちになっていた。ジャンは、クリストファーがエマニエルとセックスをすること、なんならジャンよりもっと頻繁に、もっと大胆に愛し合うことをよろこぶだろう。「ジャンは彼女とアナルセックスはしないだろう」とクリストファーは確信していた。彼は、ほかの女とはほとんどしたことがないけれど、エマニエルとは何度もするだろう。ジャンは妻が友人にできるだけ多くの快楽を与えるように、そして彼女自身もたくさんの快楽が得られるように仕向けるだろう。そして、クリストファーがエマニエルの美しさ、官能性、愛を、頭もセックスも破裂してしまうほどに楽しんでいることを誇らしげに言いまわるのだ。

クリストファーは、この見事な調和がこれまで不完全だった関係に完璧さをもたらすと信じて疑わなかった。ふたりの仲間意識は、よくよく考えると、無秩序のなかに成り立っていた。今後はすべてが秩序だったものに、絶対的な秩序のすばらしい友情に変わるのだろう。

「自分の妻を友人と共有しないとしたら、まったくおかしな友人だよ！」クリストファーはその論理に酔いしれながら考えた。「それに、未来の父親としてもおかしい！　友人が妻のおなかに子を宿らせるのを望まないなんて！」ジャンて奴は、なんてすごい男だったんだ！　ふたりが出会えてほんとうによかったよ！　もしクリストファーがいま、エマニエルとセックスしたいという気も狂わんばかりの欲望を抱いているとしたら、(彼は心から疑問に思ったのだが)それは彼女に対する興味もあるが、少なくともジャンに対する愛情によるものなのではないだろうか?

ジャンがザボンをもうひとつ買おうかと言っているのが、クリストファーにはほとんど聞こえていなかった。ジャンは水閘門《ロック》とキロワットの話をしていた。シャムの少女が歯のあいだから赤い舌を突き出しながら、二個目の果実を芸術的に、一所懸命に皮をむいていた。クリストファーはぼうっと少女を見ていた。クリストファーの目に映る彼女とジャンは肉体的な確実性、存在感、同一性を完全に失ってしまっていた。この灼熱の土手で彼に見えていたのは、エマニエルの丸い乳房と引き締まった尻、心を惑わすありのままの下腹部だった。もはや勃起したペニスのことしか頭になかった。

ジャンが勢いよく立ち上がって、そろそろ車に戻る時間だと告げた。そのときになってジャンは、クリストファーの白の薄い亜麻布のショートパンツの下で人目を引く変化が現れているのに気づいた。ジャンは驚いて唇を丸め、大笑いしながら言った。

「おやおや! きみにそんな趣味があるとは知らなかったよ。これからは小さな女の子には紹介しないようにしなくちゃいかんね」

冷やかすように少女を近くに呼んだけれど、少女がその状況に気を悪くしている様子はまったくなかった。

「いいかい!」ジャンは続ける。「もう少し青くなくなるまで待つんだ。この子はまだ八歳にもなっていないんだからね!」

*

エマニエルはビーの体を石鹸で洗った。方法をよく心得ていて、ビーの股間にするりと手を滑り込ませる。するとビーがそれを押しとどめるようにして言う。

「だめ、いや、ずっとは嫌よ、エマニエル！　疲れちゃうわ。少し休ませて」

エマニエルはビーの体についた石鹸を洗い流し、タオルで拭いた。そしてささやく。

「ベッドへ来て！」

ビーが何も言わないので、エマニエルはとっさに取り乱したようになった。すると、ビーがエマニエルの瞼に口づけた。

「部屋へ行きましょう」ビーが言う。

浴室を出て部屋に入ると、エマニエルはビーを大きなベッドに押し倒し、その上におおいかぶさって、額、頬、首筋にキスを浴びせる。耳たぶ、乳房をそっと噛む。ベッドの下に体を滑らせ、カーペットに膝をつき、ビーの下腹部に顔をうずめる。

「ああ！」ビーがうめき声をあげる。「きもちいい！」

エマニエルは、隆起した張りのある恥丘に両頬を交互にこすりつける。そして鼻、唇。

「ああ！　好きよ！」

ビーは動かず、黙ったままだ。エマニエルは不安になって聞く。

「こういうこと、だいじょうぶ？」

「ええ」

「それなら、ねえ、わたしの恋人にならない？」

「でも、エマニエル……」

ビーはそこで言葉を切って、ほどけた髪を撫で、待った。

エマニエルはビーの長い脚を開き、股間に軽く触れる。ビーはため息を漏らし、両腕を体の横にだらりとおろして、目を閉じる。エマニエルは、処女のセックスのように固く閉じたきれいな切れ目に舌先で触れる。ヴァギナのまわりを湿らせ、内側を舐め、クリトリスを探し、吸い、振動で刺激する。唾液でゆるめ、小さなペニスのようにくちびるのあいだを往復させる。自分の膣に折り曲げた中指を滑り込ませる。あいたほうの手で、ビーのセックスに入り込む。指がびしょぬれになる。濡れた指を尻の割れ目に這わせると、ビーの尻が持ち上がり、エマニエルはいちばん小さな穴のなかに入っていけるようになる。そのときはじめて、ビーが叫んだ。エマニエルが舐め、吸い、手を動かしているあいだずっと叫びつづけている。エマニエルのほうが先に音を上げた。そして、ふたたびビーの体の上に横たわる。ふたりとも言葉を発する力は残っていないようだった。


しばらくして、エマニエルの願いを聞き入れることなくビーが服を着たとき、エマニエルはビーの首に腕をまわして言った。

「何か言って。真実だけを言ってほしいの！」

ビーは肯定するようにただ微笑んだ。

エマニエルは言う。

「愛しているわ」

ビーは金色の瞳の奥を見つめ、何と答えるべきなのか、エマニエルがどんな真実を期待しているのかを探っている。けれど、すでに、エマニエルの重々しい悲痛とも言えるような表情は甘ったれたふくれ面に変わっている。

「ほんとうにわたしのことが好き？　だって、ちがうの、待って、まず話を聞いて、ほかのお友だちと同じくらいわたしのことが好き？　それ以上に好き？　わたし、あなたを気持ちよくしてあげられた？」

今度は、ビーは素直に笑う。それを見て、エマニエルは腹を立てた。

「どうしてわたしをバカにするの？」エマニエルは不満そうに言う。

「聞いて、エマニエル」ビーはささやいて、エマニエルの唇に近づく。「大きな秘密があるの。今日わたしたちがしたこと、初めてだったの」

「シャワーのこと？　それとも……」

「ぜんぶよ！　つまり、女の人とセックスをしたことがなかったの」

「そんな！」エマニエルは言い返す（額にしわを寄せた）。「信じられないわ！」

「信じてもらわないと困るわ、真実なんだから。それと、もうひとつ言っておきたいことがある。今日の午後まで、あなたに出会うまで、そのことをちょっと滑稽だとすら思っていたの」

「でも……」エマニエルは啞然として、口ごもって言う。「セックスするのが好きではなかったってこと？」

「したことがなかったのよ」

「ありえないわ」エマニエルは、ビーが笑い出すほど強い調子で叫んだ。

「どうして？　そんなに慣れているように見えたってこと？」ビーは小声で、いつもとはちがうほとんど揶揄するような共犯者の口調で訊いて、エマニエルを狼狽させた。

エマニエルは、ビーが親しげな口調になっていることにも気づいた。

「だって、驚いているようには見えなかったわ」

「驚いてはいなかったわ。あなただったから」

「え？」エマニエルは言う。

そして、じっくり考えた。それから、まるで夢から覚めたかのように、それまでの会話をすべて忘れてしまったかのように尋ねた。

「ビー、わたしのことが嫌い？」

ビーは微笑みもせず、エマニエルを見つめる。

「すごく好きよ」

エマニエルはもうひとつ訊いた。彼女にとって重要なことだったからというよりは、沈黙を破るための質問だった。

「それで……経験してみてどうだった？　よかった？」

ビーは不意に決心したような表情になった。

「今度は、わたしがあなたを気持ちよくしてあげるわ」

エマニエルが答える間もなく、ビーは毅然とエマニエルの腰をつかむと、力まかせに押し倒した。口でするのと同じように、セックスにキスをする。頭を横に傾け、自分の唇をエマニエルのもうひとつのくちびると平行になるようにする。舌を差し出し、従順なひだのなかに行けるところまで深く深く滑り込ませる。一気に、エマニエルは愛と快楽に同時に満たされたように感じる。突然のオルガスムスに驚いたビーは、とっさに体を引いた。けれど、エマニエルが痙攣して震えつづけているのを見ると、もう一度口を近づけ、流れ出る汁をていねいに舐めた。そして、体を起こすと、笑いながら言った。

「この泉の水を飲んでみたいと思う日が来るなんて、考えたこともなかったわ！　ほら、いまは大好きよ」

電話の音がビーの言葉をさえぎった。電話をかけてきたのはマリー・アンヌで、これからここに来るという連絡だった。ふだんなら、エマニエルは大喜びしただろう。けれどこの瞬間は、愕然となった。そんなエマニエルの気分を晴らすためには、ビーが機嫌を損ねないでいてくれる必要があった。エマニエルもビーも、ふたりが一緒にいるところでマリー・アンヌと顔を合わせることは避けたかった。そこで、翌日また会うことにした。ビーは朝一番にエマニエルに会いに来ると約束した。そして、運転手がビーを家まで送っていった。


エマニエルは服を着ることもせず、マリー・アンヌがやってくるのを待った。驚くべきことに、エマニエルはそれでもそのとき、友だちを騙《だま》そうなどというよこしまな考えは少しもなかった。

けれども、エマニエルは自分の感情を偽ることがあまりに下手だったので、洞察力の鋭いマリー・アンヌはすぐに感づいてしまった。

「どうしたの？」マリー・アンヌがたずねた。「プロポーズされたばかりの少女みたいな顔をしているわよ」

エマニエルはなんとか話さずにすませようとしたけれど、長くはもちこたえられなかった。

「知らせたいことがあるの、あなたが興味を持ちそうなことよ」エマニエルは結局話すことにした。「びっくりして唖然としちゃうかも」

「妊娠したの？」

「あんまりバカにしないで。ちゃんと当ててみて」

「いやよ。話して。何を企んでいるの？」

「何も企んでなんかいないわよ。あなたに言いたいのは、ビーとセックスしたってことよ」

エマニエルはどんなことになるのかまったくわからない不安な気持ちのまま事実を打ち明けた。けれど、マリー・アンヌの反応がこんなにもがっかりするものだとは予想していなかった。

「話はそれだけ？」マリー・アンヌは冷めきった口調で訊いた。「そんな前置きが必要なことじゃないじゃない。それってそんなに特別なこと？」

「でも、だって……」エマニエルは狼狽して言った。「ビーは魅力的だわ！　あなたの好みだと思ったことはない？」

マリー・アンヌは肩をすくめた。

「あなたって、なんておバカさんなのかしら、かわいそうなエマニエル。若い女の子と寝ることの何がそんなに名誉なのか、わたしにはほんとにわからないのよ。それなのに、何かものすごくすばらしいことがあったみたいに話すんだもの。笑っちゃうわ！」

エマニエルは気分が悪くなった。それに加えて、自分が何か罪を犯したかのように感じはじめていた。でも、どんな罪を？　そこのところをもっとはっきりさせようとした。

「どうしてそんなに怒っているのかしら。ビーとわたしがセックスをしたっていうことが気に入らないの？」

マリー・アンヌの言葉には判決を言い渡すかのような決定的な響きがあった。

「女とセックスはしないわ」

「え？」エマニエルは言う。

「セックスは、男とするものよ」

マリー・アンヌはそう言うと、うんざりした権威者のような口調で付け加えた。

「そのことがまだわからないなら、前にも言ったけれど、教えてくれる人を紹介するわ。いくら話してもあなたには効果がなさそうだから、すぐにマリオの手に渡したほうがよさそうね」

マリー・アンヌはカレンダーを見ているようだった。

「今日は十六日でしょ。あなたはたしか十八日に大使館に招待されているわよね？　いいわ。そのレセプションパーティのときにあなたを彼に紹介する。もしその晩のうちにセックスする手筈《てはず》が整わなかったとしても、翌日がある」

エマニエルはもう待ち切れなくなっていた。籐の肘掛椅子に膝をつき、部屋のバルコニーの手すりに肘をついて、手のひらで顎を支え、庭の葉むらの隙間から見える通りを眺めていた。不安で唇が震えている。ビーは来るだろうか？　たぶん、エマニエルに会わない口実を見つけるのだろう。だから、エマニエルは電話のベルが鳴るのを恐れていた。

けれど、時間が経ち、待ち切れなくてあまりにもつらくなったとき、電話をかけたのはエマニエルのほうだった。正午に近い時間だった。ビーが教えてくれた番号にかけてみると、男の声がした。おそらく使用人だろう。そのときになって初めて、エマニエルはどのように聞いたらいいのかわからないことに気づいた。言葉がわからないだけでなく、ビーのほんとうの名前も知らなかったからだ。使用人にあだ名を告げて通じるだろうか？　思い切ってそうしてみたけれど、理解してもらえたかどうかわからなかった。だからあきらめた。

ビーが自分で電話に出なかったということは、こちらに向かっているということだろうか？　だとしたら、もうすぐここに着くだろう。エマニエルはふたたび外を見つめた。もしもビーが事故にあっていたとしたら？　また別の考えがエマニエルの頭に浮かぶ。たぶんビーはこの家を見つけられなくて、もしかしたら迷路のような住宅街を何時間もさまよっているのだろうか？　どの道も似かよっていて、通りの名前は発音できず、そのうえシャム文字で書かれているから、ビーが道に迷ったとしてもまったくおかしくないのだ。

それでも、エマニエルの希望より強い声が反論するのが聞こえる。ビーは一年前からバンコクに住んでいるのだから、迷路のような道もよく知っているはずだと。エマニエルだって、ほんの二週間でかなり地理がわかるようになったのではなかったか？　そうすると、ビーがほんとうに道に迷うということはありそうにない。せいぜい、遅れることがあるくらいだ。けれど、ここに着くはずだった時間からもう二時間以上たっている。エマニエルが住んでいる場所を忘れてしまったのなら、電話をして知らせ、迎えに来てもらうことだってできるはずではないか？

　ところで、なぜエマニエルがビーの家へ行かなかったのだろう？　そう考えたとき、彼女はビーに住所を聞き忘れていたことに気づいた。アメリカ海軍武官の妹だと、マリー・アンヌは言っていた。少し曖昧だった。いずれにせよ、アメリカ大使館に電話して確かめるつもりはなかった。

　でも結局、そうしてみるのがいいのではないだろうか？　けれど、やはり、どんな名前で尋ねればよいのかわからない。海軍武官は何人もいるにちがいない。それに、何語で問い合わせればよいのだろう？

　運転手だ！　昨日ビーを家まで送ってくれた運転手！　エマニエルは興奮のあまり震えながら運転手を呼んだ。けれど、どこにもいない。おそらく昼食に出かけたのだろう。あるいは、さいころを打っているのかもしれない。

　なんてバカだったんだろう！　なぜもっと早く気がつかなかったのだろう。マリー・アンヌに電話をすればよかったのだ。けれど、そう思いついたとたん、エマニエルは及び腰になった。ビーが約束の時間に現れなかったこと、おそらくエマニエルの熱烈な恋心は報われないこと、前日にやさしかった人がすでに心変わりしたことを、すぐに皮肉を言う彼女に知られたくなかった。

　いまやエマニエルは、ビーはもう来ないと確信している。午後まで待っても、明日になっても、来ないだろう。ビーは昨日、エマニエルよりも強い恍惚状態に溺れたけれど、エマニエルがいないところで自分を取り戻したのだ。ビーはエマニエルを愛していない、女を愛さない、こんな遊びはバカげていて退屈だと感じたのだろう。後になって、彼女自身の言葉を借りれば自分が〝滑稽〟だと思ったのだろう。あるいは、肉体の快楽に引きずりこまれたことを恥じているのかもしれない。おそらく、宗教的な信条を持っていて、身をまかせてしまった淫欲を今日悔い改めさせるような道徳観があるのだ。結局のところ、エマニエルは彼女のことを何も知らない。結婚はしていなくて、おそらく恋人もいない、兄の家に住んでいるのだから。そして女の恋人もいない、確かなことはそれだけだ。

もしかしたら……。エマニエルの脳裏に逆の仮説が浮かぶ。ビーには、じつはほかに女の恋人がいるのでは？　たぶん、昨日は嘘をついたのでは？　いやちがう、そんなことは絶対にない、そんなことは信じられない……。それなら、男の恋人？　ビーがその恋人に〝過《あやま》ち〟を告白して、嫉妬したその男が怒り狂って、エマニエルに会うのをあきらめさせたのでは？　きっとそうだ！　エマニエルはそう確信した。

けれど、その確信は一瞬にして崩れ去った。そして、もっと自然な――そして、エマニエルがもっと気に入っている――その前の推測に戻った。ビーには絶対にほかの女がいる。

謎を解明できた今、エマニエルにはもう心配する理由がなくなった。ビーがここにいない言い訳として、特別な女とのセックスに時間を取られていると考えるよりほかに何があるだろう？　もしもそんな幸運が自分に訪れたなら、エマニエルは約束の時間に遅れるかもしれないと、ほんの少しでもためらっただろうか？

そう考えたら、ビーを無条件に許したい思いに駆り立てられている以上に、さらに気持ちが昂ってきて、エマニエルはすでに、気まぐれな少女をやさしく受け容れ、彼女の逃避行が可能にした発見を分かち合う準備をしている。「わたしが何も訊かなくても、きっと、愛しい彼女が、ぜんぶ話してくれるわ！」

そのとき突然、もっと確かな考えが浮かんだ。戸惑わされてしまうものだけれど、それでもとても論理的な考えに、エマニエルはどうしてもっと早く気がつかなかったのだろうと思わず笑う。「そうだわ！　ビーが誰といるのかわかった！　そうよ！　あの賢いふたりが結託して、わたしをさんざん騙したんだわ！」エマニエルは限りないやさしさで顔を輝かせ、逃亡者の耳元でささやくようにつぶやく。「絶対にそうよ！　あなたは今、わたしのマリー・アンヌの腕のなかにいるのね！」

そして、だんだんと理解できてくる感じがする。エマニエルが愛しているのだから、たとえよこしまに恋い焦がれさせられたとしても、ビーとマリー・アンヌは何をしてもすべて許されるのだ。けれど、何よりもエマニエルが安心し、喜んでいるのは、ふたりが示していた女性同士の愛に対する軽蔑感は単なる冗談だったのだと、ようやく思えるようになったことだった。「彼女たち、今日は一緒に何をしているのかしら？」たぶん、シャワーのシーンを再現するところから始めたのだろう——エマニエルのことを話す楽しみのためだけに？「そして、わたしのレッスンを役立てているんだわ！」隠れて暮らす人たちの知恵がどんなに発達しても、学ぶべきことはまだほかにいくらでもある……。先生よりも多くのことを知っている学生の自尊心が、ついさっきまで不安で噛みしめられていた唇を突き出させる。失意で曇った目が、目の前で繰り広げられる妙《たえ》なる光景を見て黄金色に輝く。理想的なシャワーに続いて、マリー・アンヌとビーがその実行役だ。

「もっとも驚くべきことは」と観客は歓喜する。「十三歳のマリー・アンヌが二十二歳のビーよりも胸があることよ！　きっと今、マリー・アンヌはビーの割れ目に自分の乳房を押し込んでいるんだわ。マリー・アンヌの乳房はとても硬くて尖っているから、舌と同じくらい深く奥まで入るはず。私の乳房は丸すぎるから、そんなに深くまでは入っていけない。そして、確実にわたしが先に達してしまう。それはフェアじゃない。でも、あとでビーがここに来たら試してみよう。ビーは、わたしが彼女に与える感覚と、マリー・アンヌから受ける感覚とを比べることができるのだ」

　エマニエルの幻想は無意志的記憶《レミニサンス》で豊かになる。「マリー・アンヌの乳首は、マスターベーションをすると深紅色になる。深紅色の熱い乳首がビーのひんやりとした割れ目に入る」

　その場面で気がかりなことを思いついて、彼女は眉を寄せる。「マリー・アンヌの、ビーのクリトリスを愛撫していないほうの手は、何をしているのだろう？　ビーの小さな乳首を責め立てているのだろうか？　いいえ、わかった！　その空いた手は、口のなかに入れている。そしてそれを吸っている。少し前までビーのセックスに入れていたのだけれど、一時間舐めつづけていられるほどの粘液にまみれたから、引き抜いたのだ。もう片方の手も同じで、まずはビーのなかへ指を入れて、分泌された汁でクリトリスを濡らしたのだ。だからきっと、彼女の両手はふさがっているのだ。もしマリー・アンヌが乳房でビーを絶頂に導くことができなかったら、わたしに助けを求めなければならなかったはずよ」

　ふたりが抱き合う様子を想像するのは楽しいけれど、そのふたりがエマニエルを誘おうと考えなかったことが、その楽しみを少し台無しにしている。エマニエルは〝想像できる者だけが、幸せに愛する方法を知っている〟という自身の公理にかなった奇妙な着想を倍加させ、消えない未練と勇敢に戦っている。エマニエルはもちろん幸せだけれど、彼女が愛する人も同じように幸せでなければならないのだ。

彼女が思い描く三者の融合において、幸せは、セックスの場面の恍惚とした同等性からだけでなく、恋人たちの行為の互換性からも生まれるのではないだろうか？「ビーのセックスはふさがっているのだから、彼女の口を彼女のセックスであるかのように舐める。彼女の膣の奥であるかのように彼女の喉を舌で探る。彼女のセックスの愛液を飲むように彼女の口の唾液を飲む」

エマニエルは心臓の不規則な鼓動を聞く。鼓動のリズムが速くなる。そして、寄りかかっていた手すりを離した。両手が体側に沿ってすべり、下腹部まで降りる。彼女から漏れるため息は、もはやさきほどまでの怒りに満ちたものではない。

けれど、彼女がいま夢見る抱擁は、マリー・アンヌの体なのか、ビーの体なのか、もはや絶対的な確信はない。「あなたの息を吸い、頬のにおいを嗅ぐわ、わたしの美しい人よ！　馬のような色のあなたの三つ編みで叫び声を抑え、首に腕をまわしてしがみつく。下腹部に鼻を埋めてにおいを嗅ぐ。むき出しの恥丘の肉を食べるだろう。塩からい髪と甘い首筋を噛むだろう。あなたの尻をわたしの口に押し込むだろう。そしてそれを口のなかで溶かすのだ。薄く開いた歯のあいだから桃の風味がする。弓なりに反った腰から湧き出るしずくを吸い上げる。背中を爪でなぞり、腰を手首で挟む。あなたに馬乗りになる。わたしの脚であなたの脚を包む。あなたの太腿にわたしをこすりつける。ああ！　子どものような肌の下で緊張してわたしを待つ筋肉に、わたしのすべての吻管を次から次へと、とても上手に、とても長くこすりつけて、わたしが誰を愛したくて、わたしが誰になりたいのかわからなくなるまで、あなたを空っぽにして、わたしで満たすわ」

内なる眩しさに、彼女は一瞬めまいをおぼえた。そして目を開き、あらためて気づく葉や花に微笑む。喉が渇いていた。けれど、手に入れ、与え、交換するのを待っている唯一の飲み物でしか満足できないだろう。彼女は自分に言い聞かせる。まず、自分のビジョンがより明晰に、それぞれのアイデンティティ、立場、本来の役割を取り戻し、最後の場面が非の打ちどころのない、調和のとれた論理的なものであるようにしなければならない。

「ビーのすべてを飲んだら、今度はビーにわたしの口とセックスを吸わせる。ビーのセックスがマリー・アンヌの乳房に吸いつくように、ビーの口がわたしのセックスを吸う。マリー・アンヌがビーのセックスのなかで絶頂を迎えるのと同時に、わたしはビーの口のなかで絶頂を迎える。マリー・アンヌの処女乳がビーの膣に流れ込むのと当時に、ビーはわたしの架空の愛液を飲みこむ。わたしたちの体内のリキュールが混ざり合い、超人的なカクテルになる。わたしたちは日常でも、今後一緒に出掛けるであろうパーティでも、なくてはならない対照的なこのカクテルでしか渇きをいやすことはできないだろう。すべての客がその謎を分析できるように、じゅうぶんな量を生産するのだ。バンコクではもう誰も、イヴ、リリス、ペンテシレイアが交わした口づけから取り出したもの以外のアルコールで公式にグラスを満たすことはないだろう」

エマニエルは、朝一番にすでにしたのと同じくらい完璧に、自分の指がオルガスムスへの欲求を満たすまで、この予測能力が尽きないでほしいと思っている。朝食のあいだじゅう、クリストファーは、前日と同じように、ひと言も発せず、何の素振りも見せず、エマニエルの陰部から目を離さなかった。その視線は唇と同じくらいのやさしさでエマニエルを目覚めさせた。けれど、すわったときに、クリストファーが内側のくちびるを見ることができるように、そしてジャンへの忠誠心と臆病さにもかかわらず口づけたいと思うように、あえて脚を開くことはしなかった。そして、ふたりの男が出かけた後、いつもよりずっと強烈なイメージを思い浮かべながら、友人としての美徳と自分自身の慎み深さを取り戻した。

エマニエルはこの体勢でいる自分をビーに見てほしくて、陶酔状態をさらに長引かせた。籐の肘掛け椅子の大きくてしなやかな背にもたれかかり、両手はセックスの黒く肉厚な鍵盤の上で夢を読み解き、植え込みに落ちないように据え付けてある木製の手すりに踵を固定し、ジャスミンやプルメリアに熱心に水をやっている若い庭師の鼻先で考える。整えられた草木のなかに迷い込んだこの裸体を、彼はどう思うのだろう?

ビーがいないのなら、それなら、せめて庭師の代わりにクリストファーがそこにいてくれたらいいのに! エマニエルはため息をつく。「残念だわ!……まあ、また今度来るでしょう!」今日は、女同士で過ごすのだ……。

実際、そろそろビーが来る頃だった。エマニエルは彼女に、まずマリー・アンヌの味を堪能させるつもりではいたけれど、一日中そうさせるわけではない!

エマニエルは、愛の力と忍耐のかぎりを尽くして、さらに待った。そして、それまで屈服することを拒んでいたものがだんだんと崩れ、最後には弱さと苦しみだけが残った。得体の知れない苦痛が押し寄せてくる。エマニエルを支えてきた自信は完全に落胆へと変わり、彼女の思考はもはや、不吉な予感、奈落の底、情熱、めまいだけになった。「ビーはもう二度と来ない。ビーはわたしに会いたくないんだ」どんな理由であれ、見捨てられ、孤独になるのが嫌だった。わたしはこんなにも好きなのに！　エマニエルは、ただ彼女に出会うためだけに、世界の果てのこの国にまでやって来たような気がしていた。ひと目見て、ずっと待っていた人だとわかったのだ。ビーが思うままに、どこへでもついていくつもりだった。ビーが望むなら、すべて捨てただろう。けれど、ビーは何も求めない。そしてエマニエルは、ビーに与えようと準備していたものを与えることは永遠にないだろう。そう、エマニエルはビーの記憶を消し去るのだ！　ステンドグラスのような顔も、燃えるような髪も、「わたしもあなたが好きよ」と言った、ささやくような声も。

幼い頃以来初めて、エマニエルはほんとうの涙を、とめどない涙を流し、その涙は唇を濡らし、舌に触れ、テラスの手すりに落ちて、彼女はそこから離れる気になれなかった。エマニエルは両手を広げるようにして泣いた——葉むらの隙間のほうに目を向けたけれど、そこには誰もいない。もうすぐ、今晩、たぶん明日、きっといつか、気が向いたときに、ビーが現れて手招きしてくれる……。

その夜、ジャンとクリストファーはエマニエルを劇場に連れて行った。けれど、エマニエルは、自分が何を観ているのかもわからないような状態で、冴えない表情をしていた。ジャンはエマニエルに何も訊かなかった。クリストファーは何が起きているのかまったく知らず、エマニエルとほとんど同じくらい悲しそうな顔をしていた。家に戻り、ベッドに入ってジャンの腕に抱かれたとき、エマニエルはもう一度、思いきり泣いた。それで少し気持ちが落ち着いたようだった。それでもまだ悲痛な思いは消えず、エマニエルはジャンに不幸な恋のことを打ち明けた。

ジャンは、エマニエルがこのアバンチュールを悲観的にとらえすぎているという意見だった。そもそも、ビーが今日姿を現さなかったこと以外、乗り越えられない障害になるようなものは何もなくて、明日にでもビーが弁明に来るかもしれないのだ。けれどもし、ビーがもう二度とエマニエルに会いたくないと思ったとしたら、それは彼女が、エマニエルが彼女に対して持っていた高尚な考えに値しないということだ。そうなれば、ふたりの関係はいますぐにでも終わりにしたほうがいい。さもないとエマニエルはもっと深い失望と悲しみに襲われてしまう。いずれにせよ、エマニエルはビーを、誰かに言い寄られることはあるけれど、自分から誰かを追いかけるタイプではないと思わなければならない。ジャンは、これまで会ったことも話に聞いたこともないビーがどれほど美しいとしても、気品や資質はエマニエルの四分の一も持ち合わせていないだろうと確信していた。だから、エマニエルがビーの前に屈するのは許せなかった。不実な女に対しては、もし彼女がエマニエルに対してエマニエルに対して愛情行為を出し惜しみできると考えているエマニエルが復讐として別の誰かに抱かれるしかない。エマニエルなら、彼女よりもっとふさわしい相手を見つけるのに苦労はしないだろう。エマニエルは、そのことをすぐにでもビーに証明しなければならない。

エマニエルはジャンの話をおとなしく聞いていた。彼の言うとおりだと思ったけれど、心の痛みがほんとうに癒えることはなかった。けれど、自分を慰めてくれて、肉体的に復讐することについて話してくれるのを聞いていると、自分の苦悩から少し気をそらすことができた。すでに、彼女の苦悩はより漠然としたものになっている気がした。それはたぶん、たんに眠いせいだったのかもしれない。意識が遠のく前に最後に考えていたのは、逃げていく恋人のことだったのか、それとも、まだ顔は知らないけれどいつかビーに代わる人のことだったのか、エマニエルにはわからなかった。

エマニエルがフランスで仕立てさせたドレスはどれもデコルテ部分のあきが浅く、ジャンの好みに合うものではなかった。

「でも、これでもパリではいちばん胸を出しているのよ」エマニエルは笑いながら抗議する。

「パリでは胸を見せているように思えるものでも、バンコクではまだ襟ぐりが上がりすぎているんだよ」と、ジャンが言う。「きみは世界でいちばん美しい胸を持っているということをみんなに知ってもらわないとね。この完璧さを評価してもらうには、見せるのがいちばんだ」

エマニエルが大使館のレセプションに行くために着たドレスは、その役目を完璧に果たしていた。ネックラインはアシンメトリーで、肩の落ち具合にぴったりフィットしていて、幅広い曲線でエマニエルの首の美しさを際立たせている。左胸の部分は斜めにカットされていて、右側のラインで乳首はおおわれているけれど、乳輪の一部があらわになっている。反対側には、三日月形のくぼみがあって、胸の膨らみがより強調されていて、乳首の先端が見えるか見えないかぎりぎりのところだった。それだから、エマニエルが少し前かがみになったり、腰を下ろしたりするだけで、乳房全体が見えた。

そのうえ、ラメ入りの生地はとても薄く、肌にぴったり張りついているので、どんな下着であれ透けて見えたり形が浮き出てしまったりする。だから、エマニエルはそのドレスの下には何も、昼間にはいていたほとんど見えない淫らで小さなパンティさえ着けていなかった。もっとも、パリにいた頃からすでに、結婚以来、夜に外出するために「正装する」ときにパンティをはくことは稀《まれ》だった。裸でいるように感じるのは、愛撫されているのと同じくらいに肉体的な快楽をおぼえた。この感覚は、踊らなければならなかったり、短いスカートをはいたりすると、さらに激しくなった。

今晩、エマニエルのドレスは体のラインがくっきりと出るもので、腰から股の付け根までは手袋のようにぴったりしていたけれど、裾に向かって急に膨らんでいて、らせん状の切込みが入っていることで、生地の広がりが品よく見えた。エマニエルは肘掛け椅子に崩れるようにすわりこみ、どのようにスカート部分が広がり、金色に輝く太腿があらわになるか試してみた。その光景があまりに優美で淫らだったので、ジャンは突然身をかがめ、しっかりとした手つきで、わきの下のナイロンのコンシールファスナーを探し出し、腰まで下ろした。そしてもう一方の手でエマニエルの裸体をシルクの美しいドレスから解き放とうとした。

「ジャン、何をするの？　どうかしてるわ！　遅れちゃうわよ。すぐに出かけないと」エマニエルは抗議した。

ジャンはドレスを脱がせるのをあきらめ、エマニエルの体を持ち上げて、淡緑色のダイニングテーブルの上に寝かせた。

「だめよ！　ねえ！　いやだわ。ドレスがしわくちゃになっちゃう。痛いわ！　クリストファーが降りてきたらどうするの？　使用人に見られるわよ！」

ジャンはエマニエルを仰向けに寝かせ、テーブルの縁に尻が軽く触れるようにした。するとエマニエルは自分でドレスを引っ張り、できるだけ上のほうまで腹部が見えるようにした。脚は半分くらい曲げた状態で、宙に浮いていた。ジャンはというと、立ったまま、一気にエマニエルの奥深くまで突いた。突然の出来事にふたりは笑った。ジャンのはやる気持ちがエマニエルに新たな快感をもたらし、長いレースの後の喉が焼けるような感覚を味わった。両手で乳房をつかみ、果肉から甘い汁を搾り取るように押した。自分自身での愛撫が、夫にいきなり襲われたことと同じくらい、彼女にわれを忘れさせた。エマニエルが最初に叫んだとき、使用人の青年が駆けつけてきた。自分が呼ばれたと勘違いしたのだろう。部屋の入口で立ち止まり、両手を胸の前で礼儀正しく組んだ。その表情はいつもと変わらず平然としていた。エマニエルの声は隣の家よりもっと遠くまで聞こえたにちがいなかった。

ジャンがエマニエルをテーブルの下におろすと、使用人がやってきて、ふたりが汚したテーブルをきれいに拭いた。そして、エマニエルの小間使いのエアが、身づくろいするのを手伝った。大使館への到着は少し遅れただけだった。

けれど、すでに大勢の人で賑《にぎ》わっていた。任期を終えた大使が、別れの挨拶をするためにこのレセプションを開いたのだった。

「すばらしいですね！」大使はそう言って、エマニエルの手に口づけた。そして、「まったく、うらやましいですよ！　お仕事はお忙しいでしょうが、楽しむ時間も作ってくださいね」とジャンに向かって付け加えた。

エマニエルが一度挨拶に行ったことのある白髪の女性が、彼女が入ってきたのに気づいて、激しく非難するようにじっと見つめていた。そして、ちょうどそのとき、アリアーヌ・ド・セインが到着して、事態がさらに悪化した。

「あらいやだ」アリアーヌは両手を広げて叫んだ。「これじゃあ公然わいせつのようなものだわ！　さっそく、決闘好きな旦那様たちに見てもらわなくちゃ！」

そう言って、司教と話をしていた上品そうな男性に声をかけた。

「ジルベール、見て！　彼女のことどう思う？」

エマニエルは、参事官と司教の裁きを同時に受けることになった。結果、司教よりも参事官に好印象だったように感じた。彼女自身、アリアーヌの夫が単細胞でもったいぶった間抜けな男であることは多少なりとも予想していた。ところが、参事官の最初の言葉で大いに笑わされ、男としての魅力を感じた。

すでに、さまざまな年齢の男たちがエマニエルを取り囲み、甘い言葉をかけたり、じっと見据えるような視線を投げかけたりしていた。けれど、エマニエルは心ここにあらずだった。遠くのほうにいる見知らぬ人たちの顔を眺め、ビーの姿を見つけることを望むと同時に恐れていた。外交団は全員出席しているはずだったが、ビーの兄が彼女を伴わずに招かれている可能性はあるのだろうか？　結局のところ、たぶんそうなのだろう。突然ビーと対面したところで、エマニエルはどんな態度をとればいいのかわからなかった。だから、彼女に会わないほうがいいのだと強く自分に言い聞かせた。どの集団もなんらかの罠を隠し持っているような気がした。

わたしはここへ何をしに来たのだろう？　いつ逃げ出せるのだろう？　あるいは、せめて夫の庇護《ひご》を取り戻せるのだろう？

けれどジャンは、人だかりにまぎれてしまっていた。アリアーヌがふたたびエマニエルを捕まえて、次から次へと人々に紹介してまわった。男たちの賞賛がやまなかった。各人が張り合って他人を蹴落とそうとするこの集いの場、誰も本気で自分が勝者だとは思っていないこの自慢合戦が、彼女を安心させた。無関心を装っていたけれど、エマニエルを脱がせるように見つめる視線が、アリアーヌが手渡してくれたカクテルと同じくらい彼女の体を熱くした。アリアーヌは、飛行士たちの前に立ち、肩を軽く前に出して上体を傾けているエマニエルを黙って見ていたが、突然、そこから引き離した。

「あなた、素敵だわ！」アリアーヌは叫び（目を輝かせ、二本の指でエマニエルの豊かな乳房の先端をそっとつまんだ）、「一緒に来て」と急《せ》き立てた。「リビングがこの裏にあるの、こっちよ。誰もいないわ！」

「だめ、だめよ！」エマニエルは抗った。

そして、アリアーヌが止める間もなく逃げ出し、大勢の招待客にまぎれこんだけれど、ようやく安心できたのは、豚の膀胱に装飾を施した中国製のランプを見せてあげるからと老紳士に連れられてテラスに出たときだった。テラスのふたり掛けソファにすわっていたエマニエルを、今度はマリー・アンヌが見つけた。

「すみません、司令官さま、わたくし友人にお話がございますの」いつもの厚かましさで言う。

そして、その老人の抗議を気にもとめず、エマニエルの腕をとった。

「あんな老いぼれと何をしていたの？」まだ数歩も離れないうちに、マリー・アンヌが憤慨して言った。「あちこち探したのよ。マリオがもう三十分も待ってるわ」

エマニエルはその約束のことをすっかり忘れていた。あまり気が乗らなかったのだ。その老人がほめ言葉を浴びせかけてくれているあいだは、少なくとも安心してほかのことを考えていられた。そこで自由にしていたいと訴えてみた。

「それって、ほんとうに必要なことなの？……」

「まあ！　いい？　エマニエル！（声が苛立ったような響きになった）、つべこべ言わずに会ってみなさい。それで、その人の話を聞いてみるのね」

その言い方があまりに滑稽で希望に満ちているように聞こえたので、エマニエルは気分がよくなった。そして、その英雄の魅力に自信を持つ彼女を冷やかす間もなく、その人物がエマニエルの前に立った。

男はエマニエルとマリー・アンヌに軽く会釈し、鋭い視線でふたりを交互に見た。そして、マリー・アンヌのさっきの言葉を発したのがエマニエルであるかのように声をかけた。疑念の変化――あるいは謙遜の暗示――が少ししわがれた声の抑揚と熱のこもった興奮を和らげた。

「ひとりの男、ひとりの女が、他者より多く語るべきことを持っているかどうか？　その答えを知るためには、すべての他者を知らなければならない。そんなことは不可能だとおっしゃるかもしれない。しかし、思考の出現は、われわれ人類を多くの無謀な計画へと導いたが、素晴らしい共感力を授けてもくれた。自分自身が表現したいと熱望する意味をすべての人がそこに見いだせるように、皆を代表して誰かが話す言語、音や形、聴覚、視覚、触覚の言語であり、すばらしく短い言葉で指し示すことができるもの、〝芸術〟です。この言葉は非常に短いので、それぞれの精神と欲望の可能性に応じて拡張しなければならない。何千年、何百万年という歳月をかけてわれわれの偶然の世界を創造された世界にしているのは、秘密裏にあるいは声高く語られるこうした無限の累積なのです」

月並みなものとはちがう会話の始まりに、エマニエルは一瞬戸惑ったけれど、完全に深刻になるほどではなかった。彼女の態度はマリー・アンヌの存在がもたらした茶目っ気のある陽気さを反映しつづけていた。男は、エマニエルの輝く瞳と幸せそうな唇を見つめる。そして、判断を下す。

「なんと美しい微笑みでしょう！　私の国の画家たちのモデルになっていただきたいくらいです。控えめな微笑み、フィレンツェ的な謎めいた微笑みは、結局は顔をしかめているようにも見えませんか？　私は自己を抑制するものが嫌いなのです。好意を出し惜しむ彫像より、心を開いた顔のなかに芸術が存在するのです」

エマニエルは具体的なものにすがろうとする。

「マリー・アンヌはわたしを誰かに描かせたがっているんです（よく考えてみると、画家を紹介しようともしなかったけれど）。その仕事にふさわしいと彼女が認めた芸術家は、あなたなのですか？」

マリオが微笑む。エマニエルは、マリオのその微笑みにも稀に見る気品があることを認める。

「他人と競うことができる才能の百分の一でもあれば、マダム、あなたに差し上げたいところです。モデルのすばらしさが足りない部分を補ってくれるでしょうから。しかし、残念なことに、そのほんの少しの才能すら持ち合わせておりません。私のもとにあるのは他人の芸術だけです」

　マリー・アンヌが割って入る。

「収集家なの。いまにあなたにもわかるわ！　この近辺の彫刻だけじゃなくて、メキシコやアフリカ、ギリシアから持ち帰った古代のものも自宅にあるのよ。絵画も……」

「それらは真の芸術の動かぬ記念品としての価値しかありません。真の芸術の危険性と動きは、死んだ肖像などものともしないからです。マリー・アンヌ、知識の木から落ちた樹皮など信じてはなりません。私はただ、その幹と枝を——もっともかぼそい枝の極限まで、常軌を逸した若枝まで——成長させるために苦しみ、身を滅ぼした人たちの思い出として、呼吸も理性も、名誉も血も失った人たちの思い出として持っているだけなのです。画家のこともありますが、いちばん多いのは画家が描いた人物です。芸術とは存在の喪失によって成り立っているからです。重要なのは『楕円形の肖像』（エドガー・アラン・ポー作の小説。画家が何かにとりつかれたように妻の肖像画を完成させたとたん、美しい妻は息絶えていた）ではなく、肖像画家のモデルである妻なのです」

「死んでしまったときに？」エマニエルは尋ねる。

「いや、死にゆくあいだに」

「それじゃあ、絵に命が宿ることになるわ？」

「くだらない！　安っぽい好奇心は、機械や知恵遊びほどにも美しくありません。失われていくものにこそ芸術がありました。堕落していく女性にしか芸術は存在しないのです。芸術は肉体の堕落です。保たれるもの、存続するものに美を見いだすことを期待してはいけません。すべての創造物は、生まれたときから死んでいるのです」

「わたしはその反対のことを習ったわ」エマニエルは言う。「〝確固とした芸術だけが永遠である〟って」

「どうして、永遠かどうかを気にするのですか？」マリオが荒々しくさえぎった。「永遠は芸術的ではありません。醜いものです。その顔は慰霊碑のようなものです。上半身は街の死骸です」

マリオは薄いハンカチでこめかみの汗をぬぐうと、穏やかな口調でこう続けた。

「ゲーテの叫びをご存じですか？〝時よ止まれ、お前は美しい！〟しかし、時が止まってしまったら、その美しさは終わるのです。美を永遠のものにしようとすれば、美は死んでしまうのです。美しいのは裸のものではなく、裸になるものです。笑い声ではなく、笑っている喉なのです。紙の上の痕跡ではなく、芸術家の心が切り裂かれたその瞬間なのです」

「あなたは先ほど、芸術家はモデルほど重要ではないとおっしゃいましたね」

「私が芸術家と呼んでいるのは、必ずしも彫刻家や画家ではありません。彼らは時には芸術に手を貸すことができます。自分の主題をつかみ、それを解体するのであれば。しかし、多くの場合、モデルは自らその天命を全うし、画家は証人に過ぎないのです」

「それなら、傑作はどこに？」エマニエルが突然不安そうに訊く。

「傑作は過ぎ去るものです。いや、ちがう！　そうではありません。傑作とは過ぎ去ったものなのです」

マリオはエマニエルの手をとって言う。

「あなたの引用に、別の引用でお答えさせていただいてよろしいですか？　ミゲル・デ・ウナムーノの言葉です。〝どんなに偉大な芸術作品も、もっとも小さな人間の命に値しない〟。取るに足る唯一の芸術はあなたの肉体の歴史なのです」

「重要なのはいかに成功するかということだとおっしゃりたいのですか？　生き延びたければ、芸術作品にならなければならないと？」

「いいえ」とマリオは言う。「そのようには思っていません。自分自身を何にしようとしても、夢のような脆《もろ》いものでなく堅固なものを築こうとするならば、それは徒労に終わります」

マリオはエマニエルの手を離し、うんざりしたような丁重な口調で言った。

「もし私にあなたに助言をする権利が少しでもあるならば、それはあなたが生き延びるためではなく、私が勧めるように生きてもらうためです」

マリオは顔をそむけた。会話はもう終わったと思っているようだった。エマニエルはもはや自分の存在が必要ではなくなったのだと感じた。かなり不愉快だった。そこで少し不機嫌そうにマリー・アンヌに話しかけた。

「ねえ、ジャンを見なかった？　ここに着いてすぐに、どこかへ行ってしまったの」

ほかの女たちがそのイタリア人を取り囲んだ。エマニエルはそれを機にその場から離れた。けれど今度は、マリー・アンヌにすぐに捕まってしまった。

「ねえ、あなた、ビーを監禁してるの？」マリー・アンヌは、自分の質問をさほど重要視していないふうを装って尋ねた。「彼女のところに電話するたびに、あなたの家にいるって言われるのよ」

そしてそこで、親切そうにふっと笑った。

「あなたたちの愛戯を邪魔したくないから……」

エマニエルは驚いて声も出なかった。マリー・アンヌはわたしをからかっているのかしら？　いいえ、ちがうわ、本気でそう言っているようだもの。なんて皮肉なの！　これからはもう幻想にすがるのはやめて、現実を知らなければいけないのかしら？　エマニエルは大声で不満をぶちまけてしまいたくなった。けれど、またしても、人間としての尊厳が彼女を引き留めた。それに、エマニエルはマリー・アンヌに、一日だけの恋人に捨てられたとは言えなかった。それよりむしろ、三つ編みの少女は年上のお姉さんの力を頼りにしているという幻想を持ちつづけていたかった。残念なことに、エマニエルは、黙ったままでいることで、ビーを見つける手段を失っていた。その代わりに、アリアーヌを問い詰めることにした。けれど、髪の短い彼女の姿はどこにも見当たらず、笑い声も聞こえなかった。また別の誰かを見つけて、裏のリビングに連れていったのだろうか？

マリー・アンヌはふたたび、なかなか捕まえられないビーの話を始めた。

「彼女にお別れの挨拶をしたかったのよ。残念だわ。あなたからよろしく言っておいてね」

「どういうこと！　彼女いなくなるの？」

「ちがうわ。わたしよ」

「あなたが？　聞いてないわよ。どこに行くの？」

「まあ！　安心して、遠くじゃないから。一か月だけ海の近くで過ごすの。ママがパタヤにバンガローを借りたの。あなたも遊びに来て。道路が渋滞したとしても、大したことはないから。

百五十キロくらいの距離よ。あのビーチは絶対に見るべきよ。すばらしいんだから」

「知ってるわ。サメがやってきて手を食べちゃうことで有名な場所のひとつでしょ。これでもう会うこともないかもね」

「そんなくだらない話、どこで仕入れてきたのよ?」

「むこうで、たったひとりで退屈するわね」

エマニエルは自分でも驚いたことに、心が沈むのを感じていた。マリー・アンヌはまったく我慢のならない人だけれど、いなくなるときっと寂しいだろうと思った。けれど、そんな悲しみを彼女に見せたくなくて、エマニエルは無理して笑った。

「わたし、どこにいたって退屈しないの」マリー・アンヌはきっぱりと言った。「何時間も日光浴するし、水上スキーだってするわ。それに、スーツケースにいっぱい本を持っていくのよ。新学期に向けて勉強しなくちゃ」

「そうね」エマニエルはからかうように言った。「あなたが学校に戻ることを忘れてたわ」

「みんながあなたみたいに天賦《てんぷ》の才能を持ってるわけじゃないもの」

「パタヤにはお友だちはいないでしょう?」

「お友だちはいらないわ。静かに過ごしたいの」

「いい子だわね!　あなたのママが目を光らせて、漁師の息子たちとはしゃぎまわりすぎないようにしてくれるといいんだけど」

緑色の瞳は謎めいた笑みを浮かべただけだった。

「それであなたは?」マリー・アンヌが言う。「あなたはどうするの?　わたし、いないのよ。

もとに戻ってしまうのかしら」

「それはないわ」エマニエルはおどけて言う。「知ってるでしょ、マリオのところに行くのよ」

マリー・アンヌはその瞬間、冗談を言う気持ちも失せたようだった。

「それはだめよ。約束したでしょ、忘れないでね。もう独り身じゃないんだから」

「あら、動揺してるのね。わたしは自分のしたいことをするわ」

「わかった。あなたがマリオを望むのであれば仕方ないわ。今さら逃げるつもりじゃないでしょうね？」

マリー・アンヌがあまりにげんなりした様子だったので、エマニエルは恥ずかしさすらおぼえた。けれど、ここで屈したくなかった。

「彼はあなたが言っていたほど魅力的じゃないわ。それにもったいぶった感じがする。気取った話し方をするし、話しながら自分で聞いて酔ってる。聞いてくれる人も必要ないんじゃないかしら」

「とにかく、マリオのような人に興味を持ってもらえたことを喜ぶべきよ。彼ってどちらかというと気むずかしい人だから」

「あら！　そうなの？　彼はわたしに興味があるの？　だとしたら、光栄だわ！」

「そのとおり。いずれにしても、あなたがマリオにかなり好印象だったことがわかってうれしかった。今だから言うけど、ほんとうは心配だったのよ」

「ほんとうにありがとう。でも、何が好印象を与えたんだと思う？　むしろ彼は自分の才能をひけらかすことにしか関心がない気がしたから」

「わたしはあなたよりも少しだけよく彼を知っているわ、それは認めるわよね？」

「もちろんよ！　あなた自身もずっと前から親しくしているんでしょう？　実際にどんなことをするのか教えてくれるかしら、そうすれば、いざというときにあまりぎこちなくならないようにできると思うの」

「あまりバカなふりはしないほうがいいわね、捨てられたくなかったら。彼は愚かな言動を嫌うの」

そして、突然穏やかになって付け加えた。

「でも実際、あなたの流儀ですればいいのよ。そうでなかったら、あなたを彼に紹介しなかったわ」

それから、愛情をこめて、差し迫った様子で、

「あなたたちはうまくいくって、確信してる。あなたは幸せになるわ。それに、次に会うときにはもっと美しくなってると思う。ますます美しくなっていってほしいの」

「マリー・アンヌ」エマニエルはつぶやく。「あなたがいなくなるなんて、残念」

葉の色をした眼差しがあまりにやさしさを帯びたものになり、エマニエルは心を乱された。

「またすぐに会えるわ。あなたのこと忘れないわよ！　心配しないで」

ふたりはおどおどしながらも、親しげな笑みを交わした。それから、マリー・アンヌはもとの調子に戻って言った。

「マリオとは、わたしが言ったように行動するって、約束してくれるのよね？」

「ええ！　もちろん。いいわよ、それであなたが喜んでくれるなら」

そのとき初めて、マリー・アンヌは自分の顔をエマニエルの顔に近づけ、頬に軽くキスをした。エマニエルはマリー・アンヌの柔らかで光沢のある顔を引き留めるような仕草をしたけれど、すでに離れてしまっていた。

「じゃあまたね！　明日電話するわ、出発前に。海で会いましょう」

「ええ」エマニエルは小声で言う。「あなたのところへ飛んでいくわ」

「それじゃあ、ほかの人たちに会いにいきましょう」

ふたりは人の群れから離れ、また加わった。エマニエルは集団から集団へと、誰かひとりに捕まることがないように気をつけながら移動した。アリアーヌを探していた。すると、彼女のほうがエマニエルを見つけてくれた。

「あら、ここにいらしたのね、無垢なお嬢さん！」アリアーヌが叫んだ。「どこかの懺悔の隠れ家へ苦行に行かされたのだと思ってたわ」

「その反対よ」エマニエルは同じ調子で答える。「闇の王子がストリップショーの芸術で身を立てることを勧めてくれてるの」

「そんな目きき、誰かしら？」

「名前しか知らないけど、マリオよ」

アリアーヌはあざけるような口調を強めて言う。

「セルギーニ侯爵？　彼なの！　あの人の女性に対する慇懃《いんぎん》さはまったく心配もないわ。あなたがもし美少年だったら、貞操がもっと脅かされたかもしれないけれど」

「それってつまり……」

「彼がそれを秘密にしているんだったら、悪く言うのは気が引けるんだけど。彼のお気に入りの理論をまだあなたに話していないのかしら？　まだそこまであなたのことを信頼していないということね。わたくしに対してはそんなに秘密はないのよ。それはさておき、とっても魅力的な男性よ、わたくしは大好き」

「たぶん、その嗜好については隠してると思う。わたしが別のを吹き込んだから」エマニエルは落胆して言った。

　エマニエルは、マリー・アンヌが彼の好みを教えてくれなかったことを恨んだ。すべてを知っている彼女が、そのことを知らないはずがない。

「〝Lasciate ogni speranza, voi ch'entrate！〟《この門をくぐる者は一切の希望を捨てよ》」アリアーヌが言う。「彼は耽美主義者で、はっきりした主義を持っている人よ。自分の美徳や手段からそれたりしないの」

「まあ！　わたしは何人も堕落させたわよ！」エマニエルは虚勢を張る。

　エマニエルは腹を立てていた。アリアーヌは、その攻撃的な態度が面白くて、さらに彼女をあおる。

「あの人、ずっと変わらないんじゃないかと思うの」

「それは、今にわかるわ」

「すごい！　マリオを改心させた女性には金の男根《プリアポス》が与えられるわね（彼女は声をひそめた）。でも、もしわたしがあなたの立場だったら、そんな絶望的な目的のために時間を無駄にしたりしないわ。羽を伸ばすならもっと便利な方法がいくらでもあるもの。もう一度言っておくけど、彼と同じくらい魅力的で、そこまで求めることが多くなくて、やりたいようにやらせればいい人なんて、ごまんといるわ。ご希望なら、何人か紹介してあげてもよくてよ？」

「いいえ」エマニエルは言う。「難しいことをやりとげるのが好きなの」

「それなら、がんばって！」アリアーヌはあざ笑うように締めくくった。

そして、スポーツクラブのときと同じようにエマニエルを見つめた。

「最近、セックスした？」アリアーヌはささやくように訊く。

「ええ」エマニエルは答える。

アリアーヌはしばらく黙ったままエマニエルの顔をしげしげと見た。

「誰と？」

「言わない」

「ほんとうに誰かとしたの？」

「ええ」

アリアーヌはやさしく微笑みかける。

「今晩、あなたにプレゼントがあるんだけど」

「何かしら？」エマニエルは、好奇心をそそられ、心ならずも尋ねる。

「言わない」

エマニエルは口をとがらせた。アリアーヌは、今度はやさしい声で言う。

「パリから来た人が三人。一日しかいないのよ。三人ともまずはあなたにおまかせするわ。ちょうどいい数でしょ！」

「あなたは？」

「まあ！　わたくしは、デザートの残りを少し取っておいてくれればいいわ」

エマニエルは、ユーモアに負けて笑った。アリアーヌが訊く。

「ドレスの下は何も着けていないの？」

「ええ」

「見せて」

このとき、エマニエルはあまりに混乱していて、抗うことができなかった。ふたりは招待客の集まっているところから少しずつ離れた。エマニエルは指でスカートの裾をつまみ、たくし上げた。

「いいわ」アリアーヌの目は、黒とオークルの下腹部に釘付けになった。

エマニエルは、自分のセックスが柔らかくなるのを感じていた。その目がまるで指や舌であるかのように触れてくる。エマニエルは、アリアーヌの視線が彼女を舐めることができるように体を差し出した。

「もっと見せて！」アリアーヌが命じる。

エマニエルは従おうとするけれど、ドレスが邪魔をする。

「脱いで」アリアーヌが言う。

エマニエルはうなずいた。早く裸になりたくて気が急く。乳房の先端がまるでセックスのそれと同じように差し出されることを求めている。肩ひもを下ろし、わきの下のファスナーを引く。

「ああ！　邪魔だわ！」アリアーヌが叫んだ。

魔法が解けた。エマニエルは夢から醒《さ》めたことに気づいた。ドレスのファスナーを閉じる。アリアーヌはエマニエルの腕を取り、遠くへ連れていく。すると、トレイを持ったボーイが現れた。ふたりはシャンパンの入ったグラスを取り、一気に飲み干した。

アリアーヌはもう一度ウエイターを呼び、空になったグラスと満杯のグラスを交換した。ふたりとも何を話せばいいのかよくわからなくなり、向かい合って立ったまま、ぺこぺことお辞儀を繰り返しながら騒々しくおしゃべりをしている人たちをなんとなく眺めていた。気温が上がったようだった。おそらく、雷雨が来るだろう。

「雷雨が来そうな気がしない？」

「きっと来るわね」

「なんて暑さなのかしら！　だんだん喉が渇いてきたわ」

このドレスはバカみたいに暑いわ、とエマニエルは思った。

誰かがアリアーヌを手招きした。そのとき突然、エマニエルはアリアーヌに尋ねたかったことを思い出した。

「ねえ」エマニエルは、スカートのひだをつかんで彼女を引き留めた。「赤毛の、暗い赤毛のアメリカ人の女の子を知ってる？　海軍武官の妹なんだけど。彼女の……」

「ビー？」アリアーヌがさえぎった。

エマニエルは心臓がどきりとした。外国人の女のことなど誰も知らなくても当然だと思っていたし、彼女についてたしかにもっと知りたいと思ってはいたけれど、そのときは思考が混乱していて、矛盾してはいるけれど、伯爵夫人アリアーヌの口から彼女の名前を聞くことが腹立たしかった。

「ええ。今晩、彼女もここに来ているの？」

「来ているはずよ、でも会ってないわ」

「招待されているなら、どうして来ていないのかしら？」

「知らないわ」

アリアーヌは急に曖昧な態度になり、話題を変えたそうに見えた。まったく彼女らしくなかった。エマニエルは話を続けた。

「彼女ってどんな女だと思う？　あなたの考えを聞かせて」

「どうしてそんなに彼女に興味を持つの？」

「マリー・アンヌの家でティーパーティがあったときに知り合ったの」

「ああ！　そうなの？　まあ、何も驚くことではないわね。マリー・アンヌのお友だちのひとりですもの」

「あなたは？　彼女とはよく会うの？」

「そこそこね」

「彼女はバンコクで何をしてるの？」

「あなたやわたしと同じよ。羨望をかきたててるわ！」

「彼女のお兄さんは、どうして彼女に何もさせないのかしら？」

「お兄さんがそうしているわけではないと思うわ。お金持ちなのよ。それに、誰のことも必要としていないの」

その言葉がエマニエルの心に不気味に響いた。誰のことも必要ではない？　そうかもしれないと思った。

ほかに何を訊けばいいのだろう。自分でも説明できないけれど、なぜか不躾な気がして、ビーの住所を尋ねることはできなかった。

「それで？」アリアーヌが言う。

エマニエルは彼女が何を考えているのかわかっていた。けれど、わからないふりをした。すると、アリアーヌはきっぱりと言った。

「今晩、一緒に連れていくわね？」

「無理だわ。夫がいるもの」

「わたしと一緒だと言えばいいわ！」

けれど、行きたい気持ちはすでに消え去っていた。アリアーヌはそのことに気づいていた。

「そう」彼女は言う。「じゃあ、三切れのケーキはひとりでいただくわね！」

けれど、アリアーヌの機嫌のよさは心からのものではないように見えた。彼女もまた自堕落なことをする欲望を失ってしまったようだった。エマニエルは、レセプションが終わったらアリアーヌは眠りにつくのだろうと直感した。すると彼女が叫んだ。

「あなたのマリオよ！　誰かを探しているみたい。きっとあなたよ！　焦らしちゃだめよ」

アリアーヌはエマニエルの腕を押した。

けれど、マリオは紫色のチョンクラベン（タイの男性の伝統的なサロン）をまとった年配のシャム人のほうへ行ってしまった。そのシャム人はマリオに親愛の情を示していた。アリアーヌは悪態をついた。

「もしあなたの侯爵がダーナ王子と偽のチェン・セーンと本物のスコータイについて議論しはじめたら、最低でも一時間かかるわ。ほかを探しましょう……。飲み物を持ってくるわ」
アリアーヌはエマニエルの腕を離し、彼女をその場に残して行ってしまった。エマニエルは、やっぱりもう帰ったほうがいいのではないかと思った。ジャンはいったいどこにいるのだろう？　エマニエルはジャンを見つけようとしたけれど、最高に挑発的な美しさと猥褻さを兼ね備えた少女にすぐに目を奪われた。「わたしよりも裸に近いわ！」（けれど、この比較は彼女を嫉妬させるものではなく、むしろその反対だった）。エマニエルはこうも思った。「彼女は着いたばかりだわ、そうじゃなかったらもっと早くに気がついているはずだもの」

　これほど興味をそそられるものを逃していたら、彼女はきっと悔やんだだろう。それは唯一パーティの退屈さを解消できるものだった。

　その見知らぬ少女は、マリー・アンヌと同じブロンドだったけれど、巻き毛で波打つ髪が長く、広がっていて、きっちりと左右対称に整えられ、顔まわり、肩、背中、胸に、金色のクリスタルのケープがかぶさっているように見えた。そしてそのフードが、彼女のほぼ唯一の不透明な部分だった。というのも、戦士か聖女のような長髪で隠れていない体の部分は、ドレスに使われているレースの布地でまったく隠されていなかったからだ。

　エマニエルは、公式な会合の場でこの驚くべき光景をもっと楽しむために近づいてみた。そしてすぐに、なぜまわりの人たちがこの露出を過度に不快に感じていないのかがわかった。裸に見せかけていただけだったのだ。触れることのできないチュニックの下は、肌と同じ色のタイツ地でおおわれていた。オールインワンの水着のようなもので、とても薄い生地だけれど、肌はまったく露出されていない。乳首もへそも陰毛も、このまやかしものの下に隠されていて、その形が浮き彫りになっているだけだった。

エマニエルは興奮が冷めるのを感じた。彼女は、見せかけのものや化粧が好きではなかった。バレエのショーではあくびばかりしていた。ダンサーたちの白鳥のオルガスムスと同様に疑似的な衣装も彼女には不快だった。「美しい羽根で飾るか、そうでなければ、ほんとうに裸になるかよ！」と批判した。詐欺師のような女に失望して顔を背けた。というか、意識はしていなかったけれど、周囲の人たちの献身に無関心で、それに応えようとしないその女が、別の集団の中心に向ける視線を追った。すると、エマニエルがまったく気に留めていなかった男女のなかに、背が高くてほっそりとしたブルネットの少女がいて、その女の視線に応えていた。

エマニエルは、このふたりの女のあいだに、慣れ親しんだ欲望の交わし合いと官能的な示し合わせがあることがわかって心を動かされた。それゆえ、ブロンドの少女の人の目を欺くような服装を許した。この人魚姫は服装の趣味は悪いけれど、恋人の選び方はうまかったのだ！エマニエルはブルネットのすみれ色の瞳と真珠のように光る唇がひどく気に入って、すぐにでも駆け寄っていって、そう言ってしまいそうになった。彼女が一瞬だけ長く自分を抑えたのは、それはたんに、マリー・アンヌが突然現れてその場で捕まえられるのを恐れたか、あるいはアリアーヌがやってきて、いつものように皮肉を言われるのを恐れたからだ。

こうしてエマニエルは、美しいブルネットに賞賛の気持ちを伝える機会を失ってしまった。するとそのブルネットが突然、廷臣たちの集団から解放された。そして今、ブロンドの美女に向かって滑り込み（エマニエルは頭のなかで、彼女の流れるようなすばやい前進をそう表現していた）、手をつかんで、彼女がいた輪から引きずり出し、決意をこめて外へ連れだした。明るい金色の髪のケープが舞い上がり、光り輝く厚い雲におおわれ、幻惑された天文学者のエマニエルはそこで、星団がパチパチと音を立てているのを見たような気がした。

そしてそのすべては、ひとことも言葉を交わすことなくおこなわれた。

このような無言の行為もまた効果的で、ふたりの中心人物の顔を輝かせる激しい喜びとうまく調和して、どんなに淫らで官能的な対話よりもエマニエルを魅了した。このふたりの女を結びつけている調和はずいぶん前から続いていたのだろうか、それとも逆に、ふたりが互いに誘惑しあう関係は、まだ始まったばかりなのだろうか。エマニエルはもちろん、抗いがたい愛の衝動を信じたかったのだけれど、でも、よく考えてみると、夢中になった人たちがこのような理解を得るのにかけた時間が長かろうが短かろうが、それは大して重要なことではないのだと思った。いずれにせよ、エマニエルが目の当たりにした完璧なコミュニケーションの形は、マリオが定義した芸術だった。口に出した言葉よりも表現力に富んだ芸術。ブルネットの手が実践した合図による言葉は、ブロンドの女の手——顔を除けば、彼女の存在のなかで唯一、いまいましいラテックス製のコンドームによって作り物になっていない部分——に向けられたとき、必要なことはすべて伝えていた。愛の言葉なんて、手の才能に比べれば意味が乏しい。

エマニエルは美の活動家たちを視界からはずすことを拒んだ。けれども、ふたりが庭園に続く大階段を跳ぶように降りていくのを見たとき、あえて一緒には行かなかった。尾行の現行犯で捕まりたくはなかったのだろう、不機嫌そうにテラスの端で立ち止まった。それでも、大理石の手すりの上から身を乗り出して、逃げていくふたりの優美な姿を最後にひと目見ようとした。

ふたりを遠くに探す必要はなかった。エマニエルのすぐ下にいたのだ。どう見ても、ふたりの感情のほとばしりは予期せぬ出会いによって不意に止まってしまっていた。ふたりは今、目の前に現れた若い男を猛烈な好奇心で眺めまわしている。ふたりのうちのひとりが（どちらかはわからないけれど）「どちらさまですか？」と尋ねるのが聞こえた。答えは聞き取れなかった。ふたりの少女は気になる駆け引きを続ける。ブロンドの少女が男の額に手を伸ばし、白いものが混じりはじめた前髪をかき分けた。

「飛行機でわたしを虜《とりこ》にした半神の男に似ているわ」とエマニエルは考えた。彼女がいる場所から、男を実際に見るよりもむしろ、その姿を想像することができた。そのイメージはエマニエルの心を揺さぶりつづけ、その一方で、目の前で実際に起きている出来事を何ひとつ見逃さないように努めていた。

飛行機の男とちがうところは、とエマニエルは考えた。ここにいる男は自発的に事を起こそうとはしていなかった。向き合っている女たちを見つめているだけで満足していたのだ。そして女たちもまた、長い時間、思慮深い視線で男をじろじろ眺め、長所と欠点を注意深く吟味しているだけで、何もしようとしなかった。誰も口を開かなかった。ふたりの女は手をつないであってからずっと、それぞれ相手が何を考え、何を感じているかが絶えずわかっていたのだと、エマニエルは思った。彼女たちの思考回路の無機質のテレパシーを表現するのに、音はもちろん、目くばせすら必要なかったのだ。

けれど、コンピューターがその研究対象を理解することはあるのだろうか？　ブロンドの女が自分の顔を男の顔に近づけ、唇を重ね、ゆっくりと時間をかけて味わっている。それとほぼ同じ動作で、髪を包んでいたレースの黒いスカーフを開き、男の空いたままの手をつかんで乳房に導く。

エマニエルは、その乳房の先端がさらに尖っていることに気づく。乳首のピンク色が、ほとんどそのひだまで、はっきりと見分けられるようになっていた。ストッキングのような生地がさらにぴったりと張り付いて、乳首の先端が動けなくなり、より扇情的にその形を際立たせているのか、あるいは突然生地を突き破ってしまったのだろうか。「とりあえず、そのオールインワンは融解する物質でできているのではなくて、望んだ瞬間に欲望で溶けてしまうような繊細な素材ではなかったのね。よかったわ、だって続きが気になるんだもの！」ブロンド女は体に張り付いたものを剝がすために無様な仕草をしなければならず、さらにまずいことに、ストッキングのような生地のせいであれほど美しい体になかなか触れられずにいたことが、男を不快にさせたようだった。

エマニエルは突然、その肉体が若い男の肉体に貫かれるところをすぐにでも目撃したくてたまらなくなった。「早く！」エマニエルは辛抱できなくなり、小声で言う。「早く彼女のなかに入って、もしわたしが男だったらそうするわ！」

エマニエルはまた、いつか男として女と、もっと正確に言うならこの女と、セックスしようと決意した。この肉体的な新しい試みを実現する可能性や手段を細かく考えたことがあるわけではなかった。このすばらしいブロンド女に、その欲望を抱かされた、それだけだ！　一瞬の興奮にはそれでじゅうぶんだった。

ブルネットのことはほとんど忘れてしまっていた。

けれど、ブロンド女が男のネクタイをゆるめ、上着のボタンをひとつひとつはずし、それからシャツのボタンをはずし、男の胸をあらわにして探ったとき、エマニエルは動揺したりはしなかった。それからしばらくして、ブロンド女は愛撫していた男の唇から自分の唇を離し、ブルネットに口づけた。ふたりのうなじの動き、首のねじれ、腰の揺れから、エマニエルは舌の動き、体の重なり、相手の口のなかで交互にお互いを見つける様子を推し測り、ほかの相手、ほかの関係を近いうちに発見することになるのだろうと感じた。男のことはもう気にならなくなっていた。

ブロンド女は、男のことも忘れてはいなかった。口づけていたブルネットの唇から離れると、彼女の髪に手を置き、頭をまわして、その唇を男の唇に近づけた。そして、自分の乳房から男の手を離し、その指を自分の指で挟み、ブルネットのセックスに導いて押し込み、スカートの生地でおおわれていた割れ目を爪でえぐり、探らせたのだ。

その指が確信を持って役目を果たし終えたと判断し、しわくちゃになった亜麻布のなかに指が半分だけ見えるようになったとき（エマニエルは亜麻布がその指で引っ張られたことを想像してまったく新しい興奮をおぼえた。倒錯的だけれど、彼女はその指にぴったりとした手袋をはめさせ、ブルネットの粘膜のあいだを進むにつれて、その指で自分を濡らしたのだ）、ブロンド女はひざまずき、ゆっくりと男のベルトをはずし、ズボンを開いた。そして、どんなバレリーナよりもはるかにロマネスクな優雅さで（ひいき目に、エマニエルは確信した）、もっともやさしいアダージョで、裂け目に入り込み、エマニエルの記憶にある、〝飛翔する一角獣《ユニコーン》〟

のなかで立ったまま彼女を貫いたペニスのように、硬く昂ったそれを外に出すことができたときに、手を引き抜いた。

その手の動きをよりよい角度から見られるように、ブロンドの少女は上体を後ろに倒し、首を振って髪を後ろに投げた。その瞬間、ブロンドの髪が月の輝きのように煌《きら》めいた。エマニエルは、この二つの光源が示し合わせて、それぞれの幻想的な気分と愛撫の力で、空に向かってそそり立つペニスの造形美を生み出しているような錯覚をおぼえた。その情熱的な青白さは、レオノール・フィニの水彩画における裸体像の蒼白な柔軟さが、男女の肉体が情欲の乳を吐き出そうとする焦りを咎めたり許したりしているように、その獣性を時に和らげ、時に際立たせていた。

ブロンド女はペニスを握る手を放さなかった。その反応を確かめながら、やさしく力強く否応なしに愛撫を続けていて、物思いにふけるような目で待ち望んでいた欲液の長い噴射をすでに髪に受けていてもおかしくなかった。

それでもついに、手応えのない扇動に嫌気がさしたのだろうか、それとも逆に、男の忍耐力に報いようとしたのだろうか、突然頭を前に傾けると、男のセックスを髪で隠した。輝くブロンドの髪のヴェールの向こう側で起きていることが、エマニエルにはもう何も見えなくなってしまった。

おそらくこの行為を埋め合わせるために、ブルネットは若い男《クーロス》への口づけを止めることなく、男の胸のところまで半開きになっていた服を完全に脱がせ、草の上に投げ捨てた。その一方で、ブロンド女も、髪におおい隠された手で行為を続けるあいだに、男が身に着けていた残りのものを取り除いてやったに違いない。というのも、先刻と同じくらい突然に男が痙攣して、ブロンド女がふたたび体を離したとき、男はエマニエルが望んでいた古代の水辺に立つ生きた石像のように全裸だったからだ。男の全身は、唾液で光り輝く勃起したセックスと同じように美しかった。近くを流れる川が、船頭が櫂を沈めることでくぼみ、筌《うけ》を引くことで持ち上がるように、自然の影と光で彫り込まれていたのだ。

ブロンド女はふたたび立ち上がった。そして、迷いのないすばやい動作で薄いドレスを脱ぐと、水音のする方向に投げた。ドレスは捕獲網のように宙を舞い、獲物の上に落ちる。目に見えない漁師たちから、偉業を称える歓声があがる。

エマニエルが見とれていた三人には、その声が聞こえていないようだった。ブルネットはふたりの体に腕をまわし、月のように輝く彼らの裸体をプリーツのある長いチュニックで包み込み、自分のほうに引き寄せる。三人の顔はブロンドの髪に包まれて見えなくなった。男とその征服者たちは、かなり長い間そのままじっとしていた。エマニエルには、女たちが共有しているファルスに彼女たちの腹がリズムを合わせて押しつけられ、下腹部が激しく揺れ動いているとしか感じ取れなかった。

エマニエルが見つけた唯一の欠点は、ブルネットが裸でないことだった。なぜ彼女はトロイから遠く離れたこの場所で、あくまでアマゾーンのキトン（古代ギリシア人が着用していた袖のない衣服）の下に自分の体形を隠しとおしたのだろうか。

エマニエルはギリシアの剣のように鋭利な考えで、あまりに突然に激しく心を突かれ、思わず叫び出してしまいそうだった。もしもこの得体の知れない美しい女がビーだったら？

すらりとした体型、起伏のない胸、優雅で落ち着いた物腰は同じだった。たしかに、瞳の色は違う。髪形も違う。けれど、おそらくあのすみれ色の虹彩はコンタクトレンズだろう。それに、アフリカ由来のスタイルで、逆毛を立てて膨らませた髪はウィッグかもしれない。

エマニエルは自分に言い聞かせた。「とにかく、どこかでばったり彼女に出会わないようにしなくちゃ！　もう懲りごりだもの……」

そして、自分の幻覚の不合理さをふるいにかけた。「ビーは大使の招待を受けるために着飾ったりしない。わたしが幻覚で見たようにブロンド女を誘惑したりしない。出会ったばかりの男にいきなり夢中になったりしない。それに、三人でするというのはわたしの知るかぎり彼女の嗜好ではない」

実際、ビーの嗜好を知っているのだろうか？　いや、何も知らない。彼女について何も知らないということを認めざるを得なかった。それなのに、どうして彼女のことがわかると思ったのだろう？　あるいは、同じくらい猛烈に、どんな女性でも彼女の代わりになりうるということをどうして否定できるのだろう？

こんなふうに論理と妄想の訓練で堂々めぐりをしていたら、長時間の鑑賞以上に疲れてしまった。エマニエルは両方ともやめることにした。そして引き返そうとしたとき、三人がふたたび動きはじめた。今回も、行動を起こしたのは女たちだった。ふたりは突然互いに離れ、裸でいる男からも離れ、男をひとりにして距離を置き、少し迷った。ふたりは男を、世界の果てのこの庭園で、偶像崇拝者や偶像破壊者を待ち受けるプリアポス（ギリシア神話の神。巨大な男根を持ち生殖力を司る）の像のような彼を発見したばかりであるかのように驚いて見ていた。そして、彼の男性的象徴をどうするか、楽しみながら決めかねているように見えた。

　ふたりは同じ選択をした。ふたりで一緒にプリアポスをつかむと、そのままスポットライトに照らされた背の高い茎を持つ赤い花の群生地へと向かった。密生した花茎のあいだをかきわけて進み、豪華な花に囲まれた。ブルネットが男のペニスをつかんで前を歩き、ブロンド女が男の背中を撫でながら最後尾を歩いた。そして三人は茂みのなかに消えていった。

　エマニエルは決意を忘れ、長い間バルコニーに釘付けになっていた。そして、それまで考えたこともなかった新しい合図の言語を発見した。この言語の慎みのなさは淫らというほかなかった。エマニエルはこうして扇情的なうねりのなかに、下のほうから立ち上ってくる快楽の息づかいを読みとることを学んだ。空気を吸い込み、一気に飲みこむことで、雄蕊《おしべ》から花粉を吐き出させるが、それによって、秘めた淫らさで、隠れた恋人たちの貪欲な大胆さを表していたのだ。

　木立全体が、人間の肉体の性的快楽を測るひとつの大きな幾何学的な花となり、エマニエルの脳裏には、無限の発明ゲームのなかで、それが接合しあい、裂け、等分され、無限に組み替えられる様子が浮かんでいた。

　もうたくさん！……エマニエルはどこかへ行ってしまうだろう。三人を自由に――それはまた彼女が二等辺三角形の恋愛に加わらない自由だ――してやるために、彼女はこれらの謎の痕跡を記憶から消すのだ。彼女はもう肉体も、髪も、口紅も、白粉《おしろい》も忘れてしまうだろう。彼女の唇は、口づけを風と共に吹き飛ばしてしまうだろう。そして無駄な質問はしない。彼女は……。

「ブルネットはビーではないわね。でも、ブロンド女は誰？」

マリオは遠くから彼女を見た。彼女は見晴らしのよい場所から動いていなかった。マリオが彼女のところに行った。

「マリー・アンヌがあなたのことをたくさん話してくれましたよ」マリオが言った。けれどそれは、エマニエルを安心させてくれることではなかった。

「何を話してくれたのかしら？」

「あなたをもっと知りたくなるようなことですよ。騒がしい場所ではゆっくり話ができません。よろしければ、近いうちに静かな我が家で夕食でもいかがですか」

「ありがとうございます」エマニエルは言う。「でも、いまお客様をお迎えしているので、ちょっと難しいかと……」

「いいじゃないですか？　ひと晩くらいご主人におまかせしてみても。ひとりで外出することは問題ありませんよね？」

「もちろんですわ」

エマニエルは、ジャンはどう思うだろうかと考えた。そして、少しからかうように付け加えた。

「夫を連れてうかがうほうがいいのではないかしら？」

「いけません」マリオは言う。「あなたひとりを招待しているのです」

正直な人だ。エマニエルはそれでも少し驚いた。マリオの口調が、アリアーヌの人物評にそぐわないものだったからだ。エマニエルは、はっきり確認しておきたかった。

「結婚している女性が男性ひとりのお宅で食事をするのは、礼儀にかなっていないのではないかしら？」

「礼儀にかなっていない？」マリオはその言葉をまるで初めて聞いたかのように、そして少なくとも発音が難しいと感じたかのように、一音ずつ区切って言った。「礼儀にかなっていないといけませんか？　それはあなたの規則ですか？」

「いいえ、ちがいます！」エマニエルはおびえたようになって、弁解した。けれど、新たな認識を試みた。

「でも、女性にとっては、自分が冒す危険を前もって知っておくほうが、より好奇心をくすぐられますわ」

「何をもって危険とおっしゃっているかによります。あなたの考える危険とは、どんなものなのですか？」

エマニエルは尋問台に立たされているような感じがした。結婚の義務について言っているのか、世の中の慣習についてなのか、それとも良俗についてなのか、マリオの反撃は容易に予想できていた。その一方で、エマニエルには自分が悩んでいることを直接的に告白する勇気も習性もなかった。惨めだけれど、こう言うしかなかった。

「怖気づいているわけではありません」

「あなたにそれ以上のことは何も求めていません。明日の晩、いかがですか？」

「でも、あなたがどこに住んでいらっしゃるのか知りません」

「あなたの住所を教えてください。タクシーを迎えにやります（彼はここで魅力たっぷりに笑った）。車を持っていないものですから」

「自分の車でうかがいますわ？」

「いえ、きっと道に迷ってしまいますから。タクシーを八時にあなたのお宅に行かせます。よろしいですか？」

「ええ、承知しました」

エマニエルは住んでいる地区、番地、通りの名前を教えた。

マリオは彼女を長い間じっと見つめていた。そして、

「あなたは美しい」と、誇張するでもなく言った。

「光栄に存じます」エマニエルはていねいに答えた。

5　法則

来たれ、友よ、新しい世界を探すのに遅すぎることはない。
　　　アルフレッド・テニスン『ユリシーズ』

あなたは夜を創り、わたしはランプを造った。
あなたは粘土を創り、わたしはそこからカップを造った。
あなたは砂漠と山、森を創ったが、
わたしはそれを果樹園と庭、木立に変えた。
石を鏡に変えたのはわたしだ。
そして毒を薬に変えたのもわたしだ。
　　　ムハマンド・イクバール

マリオはその女の客を、サテンのようにしなやかな赤い革張りの長椅子にすわらせた。その両側には、日本製のランプが置かれている。太腿の外側が開いた鮮やかな青色のぴったりとしたショートパンツだけを身に着けた使用人が、グラスを載せたトレイを持って現れ、膝をついて、細長いテーブルに置いた。そのテーブルも革製だ。

マリオの家は丸太でできていて、反射して揺らめく黒い運河に張り出していた。上階はなく、外から見ると、まるで森の集会所のようだった。なかに入るとすぐに、家具や布製品の豪華さに驚かされる。客間は運河《クロン》に面して開かれていた。エマニエルがいる場所から、樹皮でできた小さな船が甘い飲み物やドリアン、ココナッツ、炊いた米を詰めた竹などを積んで、夜闇のなか、水の流れで運ばれてきた蔓《つる》や葉の小島のあいだをぬうように進んでいくのが見えた。男だろうか女だろうか、後方に立つ人物が一本の櫂《かい》に身をかがめ、苦労しながら脚でバランスを取っていて、通り過ぎていくときに部屋のなかに穏やかな視線を向けた。隣の寺院の切妻に銅製の鐘が掛かっていて、菩提樹《ぼだいじゅ》の葉の形をした鐘の舌が風に揺れて、傷つけられた者の声のような、かぼそい音と低い音の二種類の音を鳴らしていた。遠くのほうで、僧侶たちに就寝の時間を知らせる銅鑼《どら》の音がする。女が子どもの枕元で子守歌をうたう高い声も聞こえてくる。

「もうすぐ友人が来ます」とマリオが言った。

声を弱めた話し方が、ランプの簡潔な光によって壁に映し出された仏像の影とよく調和していた。エマニエルは肉体的な不安のようなものを感じて、使用人が持ってきてくれたグラス半分ほどのとても強いカクテルを一気に飲んだ。けれど、アルコールの刺激だけでは、彼女のなかにできた不安の塊はほぐれなかった。どうしちゃったんだろう？　エマニエルは漠然とした恐怖を感じていることを恥じて、愚かしい呪縛を解こうとした。

「わたしが知っている方ですか？」エマニエルが訊く。

そう言ってしまってから、悲しいことに気づいた。つまり、マリオは彼女とふたりきりになろうなどとは考えていなかったのだ！　マリオはエマニエルを自分の思うままにしたくて夫が同行することを拒んだのだと思い込んでいたけれど、実際はほかの男を招いていた。マリオは答える。

「いいえ。私も一昨日のパーティで初めてお会いしました。イギリス人の男性です。魅力的な方ですよ。そして、肌が素晴しいんです！　この国の太陽できれいに焼けていて……なんと言いますか……いい香りのする色なんですよ。あなたも好きになると思いますよ」

エマニエルは嫉妬と屈辱で心に爪を立てられたようになった。マリオはその男のことを一語ずつ間をおいてゆっくりと物欲しげに話し、それはまるで、手にトレイを持ってケーキ屋のガラスケースをのぞきこみ、どれにしようかとよく考えてからようやく決めるような感じだった。マリオの嗜好については、もう疑いようがない。アリアーヌが言っていたことは正しかったのだ！　けれども、それと同時に、マリオが期待するものが彼自身の楽しみのためだけでなくエマニエルのためでもあるかのように思えて戸惑った。

エマニエルはうろたえた。もしマリオがエマニエルを手に入れたいというのなら、エマニエルに異論はない。むしろそれを期待していた。だから、ここへ来たのだし、マリー・アンヌの気に入ると思ってこの不品行を決心したのだ。あるいはたんに、欲望が自分で認めたくないほどに強く、それに屈するという確信が、それだけでも、のちに自分でドレスのファスナーを下ろし、脚を開き、初めての相手の体を感じるときと同じくらい肉体的な快楽をもたらすからだ。触れる感じと温もりが体のなかに入ってくる。一気に、心地よく襲われるように、あるいは反対に、ゆっくりと、少しずつ、ときに後ずさりながら——彼女を焦らし、体を開かせ、従属させ、懇願させ、曖昧でとろけたようにさせて、ああ、たまらない！——そして何度も、何度も、戻ってくる、すばらしいわ！　こんなにも硬くて、大きくなって、とても鋭くて、セックスの内側をこんなにも傲慢に愛撫して、享楽的に最後の一滴まで彼女のなかに吐き出し、——掘り起こし、ならし、潤し、整えられた土壌に——種をまいて、ようやく体を離す……。エマニエルは唇を嚙む、覚悟はできている、この肉体の所有を愛し、欲する。けれど、複雑すぎるゲームはやめよう。考えただけでうんざりしてしまう。このイタリア人の天賦の才能を警戒すべきだった。

エマニエルはもう少しでマリオにこう言うところだった。「あなたはきっとこういう機会にも慣れっこなのでしょうけど、こんなわたしで我慢してちょうだい。すぐにわたしを抱いて、それから夫の傍で眠れるように帰して。わたしが帰ったら、お友だちのイギリス人と好きなように楽しんでくだされればいいわ」けれども、もしマリオが以前に見たことがあるような冷ややかな——軽蔑するような——礼儀正しい表情で彼女を見てこう答えたら、どれほど混乱するだろうかと考えた。「あなたは誤解しておられますよ。あなたはたしかに、とても好感の持てる人だ、とても！　だが……」

マリオの声が、エマニエルが頭のなかで聞いていたのと同じ調子で空想をさえぎった。

「脚をできるだけ高く上げて見せてください。クエンティンが来たら、そのクッションスツールにすわるでしょう。膝が彼のほうを向くように姿勢を変えて、あなたのスカートのなかの暗闇に彼の視線が届くようにしてくださいませんか？」

エマニエルはめまいがした。マリオはエマニエルの肩のむき出しになっている部分に手を置く。彼の長い指の先が乳房の付け根にかかる。彼女をやさしく右側に振り向かせ、もう一方の手でエマニエルの黒いスカートの横側をそっとつかみ、ななめにまくり上げて、左脚は太腿の半分くらいまで、右脚は股の近くまで、不均衡に露出させる。

「いけません、脚を組まないでください」マリオは言う。「そう、完璧です。そのまま絶対に動かないでください。ほら、彼が来ました」

マリオが手を引く。エマニエルは、海辺から波が引くように、マリオの手が離れていくのを感じた。

マリオはその男をすわらせ、同時にエマニエルに、気後れしている志願者を勇気づける試官のような笑みを向けた。けれど、いちばんおどおどしていたのはイギリス人の男だった。

「〝この男〟はわたしの脚に目を向けることすらしない」とエマニエルは思ったけれど、マリオの策略が失敗に終わって、悔しさよりも復讐を果たしたようなよろこびを感じていた。ほらごらんなさい！　クエンティンが突如として敵というより盟友に思えた。エマニエルは彼におどけた表情をしてみせた。たしかに、彼は悪くないわ、と思った。男色家じゃなかったらよかったのに！

そのイギリス人の男は、残念なことにフランス語をひとことも話せないようだった。「これはチャンスにちがいないわ！」エマニエルは皮肉っぽく思った。「わたしはきっと言葉がわからなくて背の高い旅行中の男にしか出会えない運命なのね」はっきりしない表情はひそかに彼女を楽しませ、淫らな棘《とげ》で刺す。クエンティンの舌がエマニエルの舌を求め、下腹に降りていくときにもたらされる感覚を想像しようとした。そしてそれが彼女を貫く瞬間を思い浮かべ……落ち着きを取り戻し、バンコクに来てからの三週間でおぼえたいくつかの英語の言い回しを話そうと頑張ってはみたけれど、うまくいかなかった。それでも、話し相手は感動しているように見えた。

マリオは、明らかに通訳などする気はなさそうだった。飲み物を混ぜながら、抑揚のある言葉で使用人に説明をしていたけれど、エマニエルの耳になじみはじめていたシャム語特有のイントネーションや響きはなかった。イギリス人の男はようやくエマニエルがすわっている長椅子の前のカーペットにすわった。エマニエルにほとんど背中を向けて、顔はマリオのほうを向いていた。彼らは英語で話した。時おり、イギリス人の男がエマニエルを見て、会話に引き入れようとした。しばらくして、エマニエルはもうたくさんだと思って言った。

「何もわからないわ」

すると、マリオが驚いたように眉を上げて言う。

「大した話ではありません」

それから、エマニエルが応酬を始めるまえに勢いよく立ち上がると、彼女のそばにやってきてすわり、腰に手をまわして、少し仰向けにさせながら、イギリス人の男に向かってエマニエルが唖然とするほどの熱意をこめて叫んだ。

「彼女、美しいでしょう《ノンネベーラ・カロ》？」

マリオはエマニエルに、その不安定な姿勢のまま脚を上げさせ（彼女はそのことに気づいていたけれど、今度は少し面白がっていた）、さらに脚が見えるようにさせた。そして、指で唇に触れ、厳かに首筋をなぞった。そこからまず片側の肩と上腕をむき出しにし、乳首をあらわにさせて、口を丸めながらじっと見つめた。

「ほんとうに美しい、そう思わないかね？」マリオは繰り返す。

イギリス人の男は頭を振って同意する。マリオは胸をおおう。

「彼女の脚は好きかな？」と訊く。

マリオがフランス語で尋ねたので、イギリス人の男は目を細めただけだった。マリオはさらに言う。

「とても美しい脚だ！　そして何よりも、爪先から腰までは純粋に色欲の器官なのです」

そして指先で、小麦色に日焼けした脛のラインに軽く触れる。

「明白なことですが、その機能は歩くのに使うものではありません」

マリオはエマニエルのほうに体を傾ける。

「クエンティンにあなたの脚を与えてやってほしいのですが、いかがですか？」

エマニエルは、マリオの言いたいことがよく理解できなくて、少しめまいがした。けれども、何を要求されても、尻込みしているように見られたくなかった。だから、平然としていることにした。マリオはそれで満足しているようだった。

マリオの手がふたたびエマニエルのスカートを、今度はもっと高くまくり上げる。けれど、体にぴったりしたものだったので、彼女の脚と下腹部を完全にあらわにするには、空いているほうの手でエマニエルの体を持ち上げなければならなかった。その晩、エマニエルはバンコクに来て初めて、暑かったけれどストッキングをはいていた。黒いパンティがチュールのように透けていたので、ガーターベルトと股間のひだのひし形のなかに、柔らかで光沢のある整った巻き毛が見えた。

「来なさい」マリオが言う。「抱きなさい」

エマニエルは、クエンティンが自分に近づいてくるのを感じる。そしてたどり着くと、片方の手がエマニエルの足首を撫ではじめ、それが両手になる。そして、もう一度、片手になり、もう一方の手はふくらはぎに沿って上にのぼり、それから反対の手が追いかけるように、膝のくぼみ、太腿の付け根へと進み、ぐるりと回って、まるで慎みの最後の拠《よ》り所をこえて彼女に提供された空間全体に感銘を受けたかのようにそこに留まる。

すると、最初の手が救援に来て、もう一方の手と合わさって太腿を包み込む。膝の近くはかなり細いので、互いに押しつけ合った二本の脚が指の輪のなかにほぼ完全におさまる。

それから、二本の手は、太腿の外側、次に上、そして下へと、尻に触れるまで一緒に進む。固く閉じているので、じゅうぶんに時間をかけて内側の表面に軽く触れることができるように、脚を開かせなければならない。そこはとても感じやすくて、エマニエルは自分のくちびるが膨らんでくるのがわかる。

マリオはじっとエマニエルを見つめていた。けれどエマニエルは目を閉じていて、マリオが見えていなかった。エマニエルが目を開けて、マリオの目から彼が求めているものを読み取ろうとしたとき、マリオはただ微笑んだだけで、エマニエルはそこからは何も見抜けなかった。

だから、絶頂を感じたいからというのと同じくらい挑戦的な気持ちから、エマニエルはすでに丸まっていたスカートをさらに高く上げ、パンティの伸縮性のある生地をつかんで引き下ろした。するとイギリス人の男の手が即座に、より大胆で協力的になり、エマニエルがパンティを床まで下ろすのを手伝った。

それとほぼ同時に、これまでよりさらに重々しく、くぐもったマリオの声がして、エマニエルは身震いした。マリオは英語で話していた。いくつかの言葉のあと、彼女のためにフランス語に訳してくれた。

「ひとりの人にすべてを捧げてはいけません」と、難しい真理を教える教師のような口調で言った。「この恋する男はあなたの脚を手に入れた。そして、当面、彼はそれで満足すべきです。あなたの体のほかの部分は別の誰かのために、別の機会に、とっておきなさい。ひとりひとりに一部分だけを与えるのです。まずは分けて身をまかせるのです」

エマニエルは叫び出しそうになった。「ではあなたは、あなたはいったい何が欲しいの？　わたしのどの部分があなたの心を引くというのですか？」突然自嘲気味になって、マリオにはさっき軽く触れた胸だけでじゅうぶんなのだろうかと考えた。そしてほんの一瞬、彼を憎んだ。けれども、明るく元気いっぱいに立ち直った。マリオが手を叩いて大声で言った。

「さあ、夕食にしましょう。こちらへどうぞ！　体を興奮させる料理を召し上がっていただきたいのです」

マリオは片方の腕をエマニエルの肩の下に、もう一方の腕を脚の下に滑り込ませて、長椅子から持ち上げた。エマニエルの脚はむき出しのままで垂らされ、ペーパーランプの光のふぞろいな戯れによって影や凹凸ができて、さらに長く見えた。マリオが自分の足元にエマニエルを下ろすと、まくり上げられていた黒いスカートが元に戻った。エマニエルは横向きに優雅に体を傾けて、スカートのしわを伸ばした。そのとき、カーペットの上に薄い染みのようにナイロンのストッキングが落ちているのを見つけたけれど、どうすればよいのかわからなかった。マリオはすばやくそれを指先でつまみあげると、唇に押し当てた。

「〝現実の物事との関係を断ち切ること、それはどうということはありません、けれども、記憶を断ち切るのは難しいのです！〟」と彼は叫んだ。「〝夢想を切り離されると、心は壊れてしまう。人間には実在性がほとんどないのです〟」

それから、香水をふりかけてあるパンティをグレージュのシルクの上着の胸ポケットに滑り込ませ、あっけにとられているエマニエルの腕をとって、小さな丸テーブルのほうへ連れていった。テーブルのまわりには中世風の背もたれの高い古い木製の椅子が三脚置かれていた。

エマニエルはあえてクエンティンを見なかった。けれど、心ならずも、彼女はいまこの奇妙な体験を楽しみ、マリオに対する不満を忘れはじめていた。よく考えてみれば、自分に無関心なこの見知らぬ美青年に身をゆだねるべきではないという彼の判断は、おそらく正しかったのだろうと思ったのだ。エマニエルは、それでもやはり、誰とでも寝ようとしたのではなかっただろうか、膝に手を置いたすべての人に体を開くつもりではなかったのだろうか？　飛行機のなかではあんなふうに行動してしまった。そのときまではつねに、男が自分に対して手以外のものを使うことをいつも愛想よく思いとどまらせてきたというのに！　ではマリオは？……同じではない……。結婚した女が夫のほかに恋人を持つというのは、まったく常軌を逸したことなどではないと思うようになっていた。そして、マリー・アンヌにそのような考えを植えつけられた今、エマニエルはどうしても恋人がほしかった。でもひとりだけ！　その恋人がマリオだったら……。マリオが何をどう主張しようとも、クエンティンが彼女を自分のものにしておきたいと言えば、クエンティンと争うことになるのだろうという考えが突然頭に浮かんだ。その憶測がエマニエルの気分をよくした。

　けれども、エマニエルはマリオに美しいところだけを見せようと思っていたわけではなかった。そこで、彼の哲学の教義や儀式を冷やかそうとしてみたのだけれど、それはそのことをほんとうに重視していたからというよりは、軽い冗談で、自分がそんなに世間知らずではないということを彼に示したかったからだ。

「〝小分けに〟するあなたの愛が、昨夜お話になっていた美学とどのように両立するのか、よくわからないわ。気前よく自分を与えることや自分を解放することが重要だとするなら、なぜ今日は、自分を出し惜しみしたり、少しずつ分け与えたりすることを勧めるのですか？」

「それならば、一気に与えなさい！　そして、それが終わったら？」マリオが尋ねる。

「終わったら？」

「『楕円形の肖像』のモデルとなった女性が最後の一筆を与えられて息を引き取ったあと、どのような芸術が可能だったでしょうか？　茶番《フィニータ・ラ・コメディア》はもう終わりだ！　快楽の最後の叫びと人生の最後の歌があなたの唇から発せられたとき、作品は消滅するのです。その作品は夢のごとく消え去り、存在していなかったことになるのです。この死すべき世界において、もっとも重要な義務は、たったひとつの義務は、よく考えてみれば、永続させることではありませんか？　自分を解放する？　たしかに！　ですがそれを終わらせてはならないのです！」

「あなたもわたしに、いつか訪れる人生の終わりを思い起こさせたいのですね？　でも、あなたとあなたのお弟子さんのマリー・アンヌは意見を合せておいたほうがいいのではないかしら。

彼女はわたしに自分を浪費するように急き立て、あなたは自分を無駄にしないようにとおっしゃる。しかも、どちらも、人生は短いからという理由で！」

「あなたは私を完全に誤って理解しているようですね！　私の説明がよくなかったのでしょう。マリー・アンヌのほうが、われわれが、つまり彼女と私が考えていることをうまく伝えられていました。若い女性は説明の才能を持っていますが、それが年齢とともに失われていくということです」

「そうではありません！　あなたがたの教えはまったく矛盾しています。あなたは禁欲を教えていますが……」

「そのように非難されるのは納得がいきません」マリオは楽しそうにさえぎった。「あなたの憤《いきどお》りのほうが、われわれに節制を強いていることにはなりませんか？」

「どういうことですか？」

「このクルスタード（パイやパンの中身をくりぬいたものに肉や魚の煮込みなどを詰めた料理）が冷めてしまいます……」

エマニエルは少ししょげたように笑った。マリオは厄介な質問をかわすのがじつにうまい。

それからしばらくは、料理とワインのことしか話さなかった。マリオが二つの言語をうまく操りながら話していたけれど、クエンティンはあまり会話に加わってこなかった。エマニエルは洗練された料理を心から褒めた。いつもは自分が食べる物にそれほどこだわりはないけれど、今晩は食べ物に詳しくない自分でもロースト肉の質の良さをじゅうぶんに感じたと言った。

「あなたにとってもっとも重要に思えることが美食でないなら、何が一番なのですか？」マリオが尋ねる。

エマニエルは、オードブルのときにのぼりきれなかった高みに会話が到達してしまったのだと気づいた。よく考えてみた。師の奇癖に譲歩しすぎず、ふだんの調子のままでいるには、なんと答えればよいのだろう？　いずれにせよ、この夜の目的ははっきりしていた。彼女はここに、快楽に浸るためにやって来たのであって、哲学の議論をするためではなかった。そこで自然な声ではっきり答えた。

「思いきり快楽を味わうことよ」

マリオはエマニエルの答えを評価しているようには見えない。むしろ苛立っているようだった。

「おそらく、そうでしょう」彼は言う。「しかし、なんとしてでも快楽を味わわなければならないのでしょうか？　いちばん重要なのは性的快楽ですか？　それともそこに達する方法ですか？」

「もちろん、性的快楽です！」

本気でそう思っていたわけではなかったけれど、マリオを挑発しようとして言った。結果、マリオは愕然としただけだった。

「哀れな神よ！」マリオはため息をつく。

「宗教に縛られているのですか？」エマニエルは驚いて言った。

「私が言っているのは美の神です」彼はそう訂正した。「その神の法則を知っておくとよいでしょう。エロスのことです。」

「わたしがその神に仕えることができないと思っていらっしゃるのですか？」エマニエルは言

い返す。「それは愛の神です」

「いいえ。エロティシズムの神です」

「まあ！　それは人間が勝手にそうしただけですわ！」

「何かの神がほかの神であってはいけないのですか？　あなたはエロティシズムについてあまり高い理念をお持ちではないように感じますが？」

「それはちがうわ。わたしはエロティシズムのために生きているんだもの」

「ああ！　そうなのですか？　それなら、つまるところ、エロティシズムについてどうお考えですか？」

「そうね！　エロティシズムとは、つまり……なんと言ったらいいのでしょう？……あらゆる道徳から解放されて、感覚の快楽を崇拝することかしら」

「それはちがいます」マリオは勝ち誇ったように言う。「まったく逆です」

「貞節を崇拝することなのですか？」

「崇拝ではなく、神話に対する理性の勝利なのです。感覚の運動ではなくて、精神の訓練です。快楽の過剰ではなく、過剰の快楽です。認可ではなく規律です。そして道徳です」

「すばらしいわ！」エマニエルが拍手する。

「私は真面目に話しているのですよ」マリオが戒める。「エロティシズムは社会で楽しむための方法のマニュアルではありません。人間の運命の概念であり、基準であり、規範であり、掟であり、典礼であり、芸術であり、学校である。それはまた科学であり、それよりむしろ、選ばれた果実、科学の最後の果実なのです。その法則は、盲信ではなく理性に基づいています。

恐怖ではなく信頼のうえに築かれているのです。そして、死の神秘思想というよりむしろ、生の流儀のうえにあるのです」

マリオはエマニエルの唇に指をあてて、彼女が何か言おうとしたのを止め、さらに続けた。

「エロティシズムは退廃の産物ではなく、進歩です。なぜならそれは、セックスにまつわることを世俗化するのを助けるからで、精神的にも社会的にも健康によい道具なのです。そして私は、エロティシズムは精神的地位向上に必要な要素であると主張します。なぜならそれは人格教育を前提としていて、明晰さへの情念のために、幻想に対する情念を放棄するからです」

「まあ、やれやれだわ!」エマニエルはからかうように言う。「その肖像画は欲望をそそると思いますか?　幻想を抱くほうが楽しくありませんか?」

「自分だけのために所有したいという激しい欲望、あるいは、ただひとりの人のものでありたいという欲望、権力もしくは隷属《れいぞく》の意志、誰かを苦しませたり死なせたりすることの快感、苦しみや死にまつわる魅惑や欲望、愛、そして永遠性に対する欲求、これらが私が幻想と呼ぶ情念です。こういうものに心を惹かれますか?」

「それほどでもないわ」エマニエルは答える。「でも、心を惹かれるべきものを教えて」

「美への情念は至上の徳であってほしいのです。そこにすべてが含まれています。美しいものは真実です、美しいものは正当化されています、美しいものに死はありません。美は、われわれの臆病な頭脳と死すべき心が、大胆すぎる知識と永遠の息吹を自らに与えなかったならば、知りえなかった場所の住人なのです。美への愛は、それがなければ獣のようになってしまうわれわれを、ほかのものにしてくれます。思考は、大地の精がわれわれのなかに芽生えさせたもので、その最初の恐怖が、われわれをこの同じ大地に伏せさせ、神がわれわれを閉じ込めたつましい地域で、あまりにも弱い手足で這いつくばらせた。われわれの反抗的な好奇心と傲慢さから生まれた美の奇跡は、われわれが飛翔するまたとないチャンスでした。なぜなら美は、世界の翼だからです。翼がなければ、精神は大地に投げ倒されてしまうでしょう」

マリオは一瞬、口をつぐんだけれど、エマニエルの表情を見て勇気づけられたように続けた。彼はこう言ったのだ。

「人間の――天使よりも用心深い――どんな特性が、この翼に隠されているというのでしょう！　科学の美は、魔術に見放されたわれわれを守ってくれます。そして理性の美は、神話の虚飾を忌まわしいものにします。美を愛するからこそ、政治と啓示の仮面が徹底した緩慢《かんまん》さで見る影もない姿を演じる幻想の舞台に、最後には、人々は腰を下ろすことを拒むでしょう。つねに動いている宇宙は、動かない主張を笑うでしょう。そして人間は、知性の絶え間ない進歩のなかに、悪夢や妄想に対する治療法を見いだし、その人格によって魂を癒されるでしょう」

マリオは、証言を求めるかのようにクエンティンのほうを向き、明らかであることを示すために両手を広げて、語りつづける。

「なぜなら、われわれの人生は途方もなく単純だからです。この世には知性以外に義務はなく、愛以外の運命も、美以外の善のしるしもありません」

そしてふたたびエマニエルのほうを向き、指を差して、激しい口調でこう言った。

「ですが、よくおぼえておいてください。あなたが出合うであろう美は、完成された作品にあるのではありません。美は結果ではないのです。忠実な労働者に約束された楽園でもなければ、仕事に勤《いそ》しんだあとの黄昏の静けさでもありません。けっして黙することのない創造的な冒瀆《ぼうとく》の言葉であり、何ものも満足させることのない問いかけであり、けっして飽きることのない前進なのです。美は挑戦であり、努力です。美には切迫した挑戦と無限の努力があります。われわれのなかで、偶然の産物であるわれわれの肉体の破滅に至る不可解な部分に立ち向かうものなのです。美はわれわれの運命の英雄的行為そのものなのです」

　エマニエルはマリオに微笑みかけた。マリオはエマニエルが何に感動しているのか理解しているようだった。マリオもエマニエルを、共感をもって見つめた。とはいえ、彼の話の最終的な目的について、エマニエルがなんの疑念も抱かないようにするようにこう続けた。

「美は、神によって人間に与えられたのではありません。人間が美を発明したのです。人間が美を作ったのです。美は詩と同じ扇動的な名を持っています。美は自然の秩序ではありません、その反対です。男女を問わず物事の法則に対して抱く不安な希望であり、天使も悪魔も追い払った世界において、違和感と孤独から生まれた徳なのです。そして、雑草と雨に対する約束された勝利です。想像上の月明かりであり、忌まわしい海から聞こえるセイレンの歌です。つまり、この自然に対する夢の勝利であるエロティシズムは、詩的な精神の高い逃げ場所なのだとあえて言いましょう。なぜなら、それは不可能を否定するからです。エロティシズムは人間そのものであり、どんなこともできるのです」

「その力をうまく思い浮かべることができないわ」エマニエルは反論する。

「女性同士の肉体交渉は、生物学的に不条理です、不可能なのです。エロティシズムは、即座に、この非現実的な発明を現実に変えます。肛門性交は自然に対する挑戦ですが、人間はそれをします。五人でセックスをすることは自然ではありませんが、人間はそれを想像し、順序立て、実行します。その勝利のひとつひとつが美しいのです。たしかに、エロティシズムが花開くためには、必ずしもこのような特別な趣向が必要なわけではありません。必要なのは、若さと精神の自由、真実の愛、慣行や慣習に負うところのない純粋さだけです。エロティシズムは勇気の情念なのです」

「あなたの話を聞いていると、そのエロティシズムは一種の禁欲主義であるかのように思えるわ！　でも、ほんとうにそんな苦労をする価値があるのかしら？」

「ありますとも！　われわれの内に棲む怪物をあざ笑う快楽のためにならばね。そして、まず、すべてのなかでもっとも忌まわしいのは、愚かさと臆病さ、つまり人間が愛してやまない二つのヒドラです！　トマス・ホッブズの叫びほど、人間をよく認識できるものはないでしょう。そしてその叫びは、三世紀を経た今、朝が訪れるごとにますます真実味を増しています。〝私の人生における唯一の情念は恐怖だったのだろう！〟異なることの恐怖。考えることの恐怖。幸福であることの恐怖。これらの恐怖はすべて詩に反するものであり、世界の価値観となっています。順応主義、禁忌《タブー》や儀式の尊重、想像力の憎悪、斬新さの拒絶、被虐性愛《マゾヒズム》、悪意、羨望、卑しさ、偽善、嘘、残酷さ、恥辱。ひとことで言えば、悪！　エロティシズムの真の敵は悪の精神なのです」

「すばらしいわ！」エマニエルは思わず叫んだ。「わたしは、ある人たちがたんに悪徳と呼んでいるものを、エロティシズムと呼んでいる人がいるのだと思っていたわ」

「悪徳、とおっしゃいましたか？　それはどういう意味でしょうか？　悪徳とは欠陥のことです。エロティシズムはまさしく人間の行為で、欠陥、過失、再度の転落がないわけではありません。もしそうであるなら、悪徳はエロティシズムの代償であり、影、滓《おり》です。しかし、けっして存在しえないものがあります。恥ずべきエロティシズムです。官能的な行為を生み出すために必要な資質、すなわち、何よりもまず論理性と確固とした精神力、想像力、ユーモア、大胆さ、さらには信念を貫く力と組織力、センスの良さ、美的直感、そして、それがなければあらゆる試みが失敗に終わるであろう壮大な感覚こそが、エロティシズムを誇り高く、寛大で、ほかを圧倒するものにすることができるのです」

「だからあなたはエロティシズムを道徳だとおっしゃるのですか？」

「いいえ、それ以上です。エロティシズムは何よりもまず体系的思考を必要とします。つまり、はっきりとした主義を持つ人であり、理論を実践する人ということです。酒を飲んだ後に、踊りが好きな女中たちに、自分が何杯飲んだかを吹聴して回るような、浮かれた放蕩者でもなければ、祭り好きの屈強な男などではないのです」

「ということは、エロティシズムというのはセックスをすることの対極にあるものなの？」

「それは極論すぎます。しかし、セックスをすることが必ずしもエロティシズムの行為ではないことは事実です。衝動や習慣、義務から性的快楽を得るところにエロティシズムはありません。生物学的本能に対する純粋で単純な反応、美的意図よりも肉体的な意図、精神の快楽よりも感覚の快楽の追求、美への愛よりも自己愛もしくは他者への愛があるところには、エロティシズムはないのです。言い換えれば、自然があるところにエロティシズムはないのです。エロティシズムとは、あらゆる道徳と同じように、自然に対抗し、自然に打ち勝ち、自然を越えようとする人間の努力です。ご存じのように、人間は、自らを変性した動物にしようとするかぎりにおいてのみ人間であり、自然と自分をより切り離すかぎりにおいてのみ、より人間的なのです。エロティシズムは、人間のもっとも人間的な才能であり、愛の対極ではなく、自然の対極にあるものなのです」

「芸術のように？」

「すばらしい！　道徳と芸術は、ひとつです。芸術は自然に反するものだとおっしゃるあなたに拍手です。美は自然に打ち勝つことでしか見つけられないと、すでにお話ししましたよね？　各時代を通じて、われわれの人生の壁に影を落とす人々は、人類は「自然に帰ること」でしか機械や建築物による疲労から回復できないだろうと、たいていは蹴とばしながら、説得しようとします。嫌悪の念を抱かせるパニック、知性の忌まわしい衰退！　腐植土の害虫に戻ることが、数学とバレリーナのレオタードの発明者にふさわしい未来なのでしょうか？　もしも人類が滅びることを急いでいるならば、美が何であれ、原子のシャワーのなかでそうすればいいのではないでしょうか。サルの種族がさらに増える地球より、天体のあいだにある空間と誇りに思う最後の歌の記憶のほうがいい。私は自然が嫌いです！」

マリオがあまりに興奮して言うので、エマニエルは微笑んだけれど、マリオははずみに乗じてさらに続けた。

「精神は創造することを勧めているのに、なぜ破壊することについて話さなければならないのでしょうか？」

マリオは突然、エマニエルの手に自分の手を重ね、彼女が悲鳴をあげそうになるほど強く握った。マリオの声が奇妙なほど美しくなった。
「私はギリシャのコリンティアコス湾の上空を、今日あなたと夜を共にしているこの国に向かって飛んでいました。私の右手には、雪におおわれたペロポネソス半島の峰々が見えます。そして左手には、アッティカ地方の黄金色の砂浜があり、海を温めていました。そのとき、新聞が運ばれてきたので、私は一瞬その風景から目をそらしました。とはいえ、景色に飽きたわけではありません。なぜなら、その新聞に大きな字でタイトルが載っていて、人間がこれまでに書いたなかでもっとも美しい詩だと書かれていたからです。その詩の大昔にさかのぼる起源は、真珠のように輝く波に半ば開かれ、太陽に噛まれた、愛すべき唇を私に差し出しているこの大地そのものに埋もれていて、オデュッセイアの朝のこの夜明けに似ていて、奇跡のような長い年月を経て、セイレンと同じ欲望に膨れ上がった、無謀で、知識欲にあふれた、挑戦的で、賢い……それがこの詩です！

一月三日、午前三時五十七分、うしかい座α星と、てんびん座α星、おとめ座α星でできる三角形の中心に、白い星が現れるだろう

その星は、人間が宇宙の面に向かって投石機で投げた鋼鉄の小石のごとく現れました。そして始まった新時代は永遠にわれわれのものとなる。以来、われわれの地も、われわれ種族の肉体も滅びることが可能になる。もうひとつの天体、われわれの手で作られ、われわれの数字が刻まれ、われわれの言語を話す天体が、その歌で無限の空間の冷ややかな荘厳さを破壊しなが

ら、永遠に回りつづけるのでしょう。おお、α星よ、点々と並んで、われわれの無慈悲な征服を監視してきたα星よ、われわれの人生の味わいは、あなたがたの燃えるような砂浜に素足を伸ばすのです！」

　マリオは目を閉じて、しばらく言葉を発しなかった。それから数分経ってようやく、軽蔑するようなゆっくりとした声で、ふたたび話しはじめた。

「芸術、とおっしゃいましたかな？　もっとも完璧な芸術的創造は、神のイメージからはもっともかけ離れたものです。ああ！　神が創造したものなど、人間の作品に比べれば、まったく大したことはありません！　われわれの惑星は、なんと美しいのでしょう。われわれが空洞を埋め、ガラスの城を立ち並べ、カンタータの振動数で天空を震わせてからというもの、われわれの惑星は、なんと美しくなったのでしょう！　人間の光によって神の闇から引き出されたわれわれの惑星は、なんと美しいのでしょう！　人間の都市の発展によって、神が造った藪《やぶ》や蛇から解放されて、われわれの惑星は、なんと美しくなったのでしょう！　風景を取り除き、カルダーの針金人形や、モンドリアンの黄、血の赤、空の青の四角と、黒い線で飾られたわれわれの惑星は、なんと美しいのでしょう！　音楽家、画家、彫刻家、建築家たちが、天と地から作り上げた人間の王国は、神の王国を気にかけないほどに美しいのです！」

　マリオはエマニエルの顔に、自分が愛する大地のさまざまな物の形と光を認めたかのように、彼女を見つめた。そして微笑んだ。

「芸術とは、ヒト科の動物が野生の獣と自らを区別し、人間としたものではないでしょうか？　人間は宇宙で唯一、発見したもの以上のものを残すことができる生き物です。しかしすでに、色彩、曲線、そして音の芸術は、人間の創造的情熱を満足させるのにじゅうぶんではなくなっていいます。かつて人間が夢から水の精《アプサラス》や乙女像《コレー》を引き出したように、ひらめきのイメージで作りたいのは自らの肉体と思想なのです。この時代の芸術はもはや冷たい石やブロンズや粘土の芸術ではありえません。生きている肉体の芸術でなければならず、〝生命を糧として生きる〟ことしかありえないのです。宇宙の人間にふさわしい唯一の芸術、黄土と煙で描かれた絵が洞窟の壁を未来に向かって開いたように、人間を星々よりも遠くへ連れていくことができる唯一のもの、それが、エロティシズムなのです」

　マリオがあまりにも力をこめて話すので、エマニエルはその言葉に打たれたような印象を受けた。

「人間の肉体というこの自然の作品から、自然に反した作品を作り上げることほど衝撃的な芸術が存在するでしょうか？　熟練した職人にとっては、大理石や線の調和から、誰が作者であるかを宇宙と争う必要のない物体を描くのは容易なことです。けれど人間は！　人間を手に取ることは、粘土のように、その質感や輪郭を感じるためではなく、承認するためでも愛するためでもなく、よろこびを得るためでもなく、まさにその形状と基盤に異議を唱え、愚か者から手探りで細胞を奪い取り、実験動物をナメクジやネズミにした遺伝から解放するように、その構造そのものを変えて、下劣な気質を引き剝がすためなのです。つまり、人間を作り変えるのです！　人間を物質性から解放し、自らの法則を自分に自由に与えることができるようにすること、そしてそれは、もはや流星と分子を混同することのない法則であり、人間をエネルギーの劣化や肉体の衰えから自由にするものです。実際、それは芸術以上のものであり、精神そのものの存在理由《レゾンデートル》なのです」

マリオは立ちあがり、運河《クロン》に面して開かれているところに歩いていった。

「見てください！」マリオが言う。「溝は、無生物と生物のあいだにあるのではなく、意識あるものとそれ以外のもののあいだにあるのです。このトカゲやこのイヌも、木や藻類と変わりありませんし、水や石も同じです。けれど、見てください。ぼろ着をまとって、髪を短くし、一所懸命に、指にぎゅっと力を入れて、櫂を漕ぎながら、夢を見ている彼らを見てください……。あれが人間なのですよ！ ああ！ これほどまでに自然を憎むには、人間に対する熱烈な愛が必要です。人間、人間、私は人間を愛している！ あなたはもっとそうなるでしょう！」

エマニエルは遠慮がちに尋ねる。

「ということは、あなたにとって唯一可能な愛は、自然に反する愛ということですか？」

そう言いながら愛情をこめて微笑み、マリオに背くつもりはないということをわかってもらおうとした。けれど、そんな恐れはなかった。いつものとおり、マリオは自分の考えをひとつひとつ言葉にする。

「それは自明の理です。そして、二重表現でもあります。愛はつねに自然に反するものですから。愛は絶対的な反自然です。犯罪であり、とりわけ宇宙の秩序に対する反逆であり、天空の音楽における調子はずれの音なのです。愛とは人間であり、地上の楽園から嘲笑しながら逃げ去ったのです。神の計画の失敗ということです」

「あなたはそれを道徳と呼ぶのですね！」エマニエルはからかうように言う。

「道徳、それは人間を人間たらしめるものです！　人間を疎外し、束縛し、宦官《かんがん》奴隷や悔悛者、道化師にするものではありません。人間を堕落させたり、隷属させたリ、顔をしかめさせたりするために生み出されたのではありません。哀れな人の映画でも、落ち着きのない人の精神安定剤でもなければ、娯楽や遊戯、アヘン、慰みものでもありません。愛とは、性愛の芸術とは、人間の現実であり、罠のない浜辺であり、確固とした大地、唯一の真の祖国なのです。〝愛でないものはすべて、私にとっては、別世界の、亡霊の世界で起きていることである。愛でないものはすべて、夢のなかで、忌まわしい夢のなかで起きていることであり……誰かの腕に抱きしめられたときだけ、人間に戻るのです！〟

ドン・ファンのこの千里眼の叫びは、形はちがえど、多くに人々の耳に届き、理解されてきました。あなたは先ほど、禁欲主義について話されましたが、ヒンズー教のある宗派にとっては、エロティシズムがまさにそれです、禁欲が義務なのです。しかし、それがおそらく、アマトゥスの聖なる高級娼婦によって、よりやさしく構想され、そのような魅惑的な謙虚さで描かれているのは面白いことではないでしょうか。

〝愛は気晴らしだと思いますか？　ジリーノ、それは責務であり、あらゆるもののなかでもっとも過酷な務めです〟」

「わたしはそうは思わないわ」エマニエルは言う。「わたしは快楽について考えるように、愛について考えるほうが好きだもの。それに、セックスで疲れたことは一度もないわ」

マリオは慇懃に頭を下げて言う。

「もちろん、そうでしょう」

「愛から快楽を得ることは不道徳なの？」エマニエルはマリオを責め立てる。

「私があなたに示そうとしていることのまったく反対です」マリオは辛抱強く答える。「エロティシズムの道徳とは、快楽が道徳となるということです」

「道徳的快楽、それではその味わいのかなりの部分を失ってしまうのではないかしら」

「なぜです？　私にはわかりませんね」マリオは驚いて言う。「それはあなたにとっては、道徳的原則が剝奪や強制と同一視されるからでしょうか？　しかし、この原則が、自分に禁じることを禁じるとしたら？　人生を楽しむことを強制するとしたら？　ああ！　なるほど！　道徳という概念があなたを不快にさせるのは、それがあなたの頭のなかで性的禁止事項という概念と混同されているからでしょう。道徳的行動というのはつまり、こういうことだと考えているのではないでしょうか。


〝欲望にまみれてはならない、肉体も同意も。肉体の交渉は結婚においてのみ欲望するものである〟


どうか、このようなまやかしで、あなたの目に映る道徳という名誉ある言葉を傷つけないでください。ずっと以前に暴かれている歴史的欺瞞《ぎまん》を口実に、善と悪をひとまとめにして非難したり、あるいは、さらに深刻なことですが、善も悪も存在しないなどと言ったりしないでください！」

「ねえ、マリオ、あなたはどんどん謎めいていくわ。あなたが言おうとしていることを、いったいどうすれば理解できるのかしら？　エロティシズムから始まって、最後は壇上の説教師のように話すんですもの！　なんの話を聞いているのかわからなくなってしまったわ。あなたは善と悪を何と呼んでいるの?」

「その話は後ほどしますから、ご安心ください! 私がまずすませておきたいのは、他者が善と悪と呼ぶものの説明です。そして、とくに、あなたにとっては道徳と一体であるように思われる『徳』、すなわち、慎み深さ、貞節、禁欲、夫婦間の忠誠について……」

「わたしにとってだけではないわ! それは誰もが道徳と呼んでいるものなのではないのかしら?」

「それはわかっています。でも、笑ってしまいます! なぜなら、性的タブーが道徳の王国で認められ、そこに不当な法則を君臨させるに至ったのは、稀に見る愚行に対する背信によるものだからです。性的タブーは神の権利によってそこに属するのではありません。それどころか! それらの性質と目的は完璧に不道徳なものであり――もっとも次元の低い計算、すなわち、地主に子どもや生産道具、火打ち石や壺のような表向きの富のしるしを所有させたいという配慮から生まれたものなのです」

マリオは勢いよく立ち上がり、暗紅色の薄明りのなか、本が並べられた棚のほうに歩いて行った。そして、留め金のついた革張りの本を持って戻ってきた。

「謹聴!」マリオは言う。「わたしはみだりに本を選んで人に勧めたりはしません。モーセがシナイ山にて神から授かり持ち帰ったといわれるモーセの十戒という、もっとも反駁しがたい教義のみにとどめています。『出エジプト記』二十章十七節には、石に刻まれた、このような言葉があります。

〝汝は、隣人の家をむさぼってはならない。隣人の妻、僕《しもべ》、女中、牛、ろば、隣人に属するすべてのものをむさぼってはならない〟

明白で、ありのままのことです。つまり、こういうことです。女よ、永遠なる者である神があなたを置かれた場所を知りなさい。納屋と家畜のあいだで、ほかの労働者と同じ場所に置かれたのです。まったく最前列ではないのです！　女よ、そこはレンガや藁に譲りなさい。女よ、あなたは作男ほどの価値もなく、角の生えた獣やロバよりもほんの少しましなだけです」

マリオは聖書を閉じて、右手をその上に置き、牧師のような口調で続ける。

「中世が愛を発明した、と言われています。しかしむしろ、中世は愛に嫌悪感を抱かせることにほぼ成功したのです！　たしかに、今日でも、愛が復活する可能性はありますが、それはわれわれの時代が神話の大殺戮をおこなったからです。封建時代の聖職者は自らの『道徳』という毒の入った贈り物をすることで、楽しみたいというわれわれの欲望を永遠に奪い去れると信じていたのです。彼らの陰謀と仕組みの痕跡を見てください！　善と悪の貞節帯は、領主たちの手によってその妻や妾たちの腰まわりに締められ、その誕生を見届けた城壁の銃眼や石落としのごとく錆《さび》ついてぼろぼろになってしまいました。ですから、それらは博物館に展示していただくことにしましょう。しかし、その前に、それらの最後が極めて道徳的であることに注目しましょう——誕生したときはそうではなかったのに、です！　そして、真の道徳とは、時が偽りの道徳を正当に評価したときに存続するものであることを認めましょう！」

皮肉めいた笑い声がマリオの喉から洩れた。

「性的道徳性の価値観の構築は、処女《ピュセル》と売春婦《プル》の語源となったラテン語の女の子《プーラ》という言葉のなかに集約されているのではないでしょうか。善と悪の選択がいかに行き当たりばったりになされたかがおわかりでしょう。その逆もまた起こり得ました。売春婦であることが至高の名誉であり徳となり、処女のままでいることが神や教会に対する罪となる、というようにです」

エマニエルはじっと考え込んでいた。伝統的な道徳のまったく偶発的な価値についてのマリオの判断を認めてはいたけれど、だからこそ、古い倫理観の廃墟のうえに新しい倫理観を再構築するのに、なぜ時間をかける必要があるのだろうと考えていた。新しい規範を作ったり、まわりにそれを知らせたりすることに頭を悩ませることなく、自分の思うままに、自由にセックスすることはできないのだろうか？　自分に法則を与えることがほんとうに必要だったのだろうか？　道徳なんてどこにもなかったけれど、たとえそれが〝官能的な〟ものであったとしても、まったく道徳がないよりはましだとエマニエルは思っていた。

「無政府状態では、悪法に打ち勝つことはできません」とマリオは、エマニエルの疑念に反論した。「ジャングルに戻るということではなく、今日の社会が抑圧し、委縮することを強いる人間のいくつかの能力が正義であり、それがわれわれ人類に幸福への手段を与えるということを認めるということです。新しい法則、善い法則とは、セックスをすること、そしてそれを自由におこなうことは正しくて善いことであると、たんに宣言することです。そして、処女性は徳ではないし、夫婦は限界ではない、結婚は牢獄ではないと宣言することです。快楽を得る技術こそが重要で、けっして自分に禁じないだけでは不充分であり、絶えず自分を捧げ、自分を与え、自分の肉体をより多くの肉体と結びつけ、誰かの腕の外で過ごす時間は失われたものと考えなければならないと宣言することです」

マリオは人差し指を立てて、こう付け加えた。

「もし、あとになって私がこの偉大な法則にほかの法則を付け加えたとしても、それは魂の臆病さや肉体の疲労を防ぐことによって、さきほど述べた原則を守るのを助けるための二次的な規定にすぎないということをおぼえておいてください」

「でも」とエマニエルは言う。「俗物的な道徳のタブーが経済的なものから来ているとしたら、あなたの官能的道徳を実現させるためには真の改革が必要です。どこか共産主義のようなものでしょうか？」

「とんでもない！　もっとずっと重要で、根本的なものです。それはいつかエマニエルと呼ばれることになる、海に飽きた魚が、大地への新しい意欲によって脚が生えるのかどうかを知りたがり、これから備わるであろう乳房を持ち上げながら呼吸を始める突然変異のようなものです」

エマニエルはその光景を思い浮かべて微笑む。

「そうすると、官能的な人間というのは、新しい動物なの？」

「人間以上でありながら、それでも人間であることに変わりはないでしょう。たんに、より成熟していて、より進化の梯子をのぼった人間なのでしょう。つまり——さきほども言いましたが——、洞窟の壁に壁画が出現したことで、最初の人間が最後の猿と区別される瞬間を認識することができるのと同じことです。芸術的価値観が人間と獣を確実に分けたように、官能的な価値観が、栄光に満ちた人間と、裸を隠し自分のセックスを苛《さいな》みながら現代社会の奥まった小部屋に閉じこもり恥じ入っている人間とに分ける日がたしかに近づいているのです。われわれはまだ洪積世の沼地の泥にまみれたままの未完成なもので、哀れな人間の試作品にすぎません。

抑制に心を捉えられ、粗野な苦しみに恋い焦がれ、われわれを幼少期から引き出そうとする希望の潮流に対して、福音主義の愚か者としてまったく無分別に全力を尽くして戦っているのです！」

「でも、その潮流が勝つと、どうして信じられるのですか？　あなたの道徳が、法則や習慣、宗教に守られた道徳に、最終的に勝つと考える根拠はなんですか？　それに、もしもその逆のことが起きたら？」

「そうはなりません！　そんなことはありえません！　なぜなら、人間はとても遠くとても低いところからやってきて、そこで立ち止まり、前に進むことも別の何かになることも突然あきらめるなんて、信じられないからです。続けるでしょう！　もちろん、手探りしながら、震えあがりながらですが、後戻りすることはありません。人間は、ほかの種族のなかでもつねに特異な存在です。われわれはすでにシーラカンスより愚かでないのだから、今後はもっとずっと愚かでなくなるだろうということです」

マリオはエマニエルに少し考える時間を与えたあと、こう結論づけた。

「われわれにできることは、知性を高め、不可能なことにも挑戦して、幸福になることです」

エマニエルが何か言いかけたけれど、マリオがそれを制すように続けた。

「たしかに、幸福としか呼びようのない、この未知の浜辺をいつか見つけるだろうというような約束はなされていません。しかし、エリュアールはこう宣言したのです。

〝世界をつくるためにはあらゆるものが必要だというのは真実ではない。ただ幸福が必要なだけで、ほかには何もいらない〟

けれど、この目的に達するためには、どれほどの勇気が必要だろうか！　たしかに、幼少期から、人間という動物が神々の保育所から自分を引き離すのに、勇気は必要ではなかっただろうか？　そして今日でさえ、心がやさしい人も、心が貧しい人も、ともに報われる王国を孤独な瞑想《めいそう》のなかで待つよりも、生と死の楽園のない危険を街の人々とともに冒すことのほうが、なんと勇気のいることだろう！」

「間違う危険は？」とエマニエルは指摘した。「自分の性格に対して幻想を抱く危険。そして、人々が信じている自分の能力や重要性についての考えも」

マリオは突然疑うようにエマニエルを見つめた。

「あなたは、人間の情事には意味がないと考えているのですか？」マリオが訊く。「われわれの種族は失敗する運命にあり、その純朴さに見合った失敗をするように運命づけられていると信じているのですか？　われわれは、自分たちの言語の玩具であり、われわれの破滅は尊大な粘土板に書かれていると考えているのですか？　われわれはドードー鳥のように、姿を消すことだけを目的として発明されたのであり、それだけでよいのだという軽蔑的な信念をあなたは持っているのでしょうか？　おそらく、あなたの考えでは、人間の絶滅は、人間が乱す世界に起こりうる最良のことであり、あなたは非人間的で冷ややかな科学の高みから、流行のマゾヒスティックな公正さでそれを待っているのでしょうか？」

「いいえ」とエマニエルは言う。「そんなふうには考えていません。けれど、あなたのその自信もまたひとつの信仰だということを認めてください。それも一種の宗教です」

「それはちがいます」マリオは言う。「たしかに私は人間に確信を持っていますが、それは活動しているところを見ているからです。人間の進歩は、私の進歩でもあり、だんだんと信じなくなり、だんだんとしっかり見るようになります。神々は閉じた瞼の裏にしか生まれないのです」

「たぶんあなたはアインシュタインのような人だけを見ていて、犯罪者をじゅうぶんに見ていないのだわ。そうでなければ、あなただってときには怖くなることがあるはずだもの」

「アインシュタインでないことは罪ではありません」とマリオは言う。「ですが、それはたしかにひとつの欠点です。しかし、人々が私を殺しても、私には文句を言う資格はありません。なぜなら私自身、人々を死から救ってあげることができなかったからです。私は死ぬことができますが、それは私の弱さであって、幸福ではないということを私は知るでしょう」

「誰も死の治療法を見つけられないことは、おわかりですよね」

「われわれの神話が肉体の腫瘍《しゅよう》のように幸福な細胞に取って代わるとき、死ぬのは精神であることを私は知っています。幸福だったわれわれの現実が、雑然とした胸が張り裂けるような悲しみになるのです。われわれは無知と醜さによってしか死にません。死とは、知が昏迷する状態なのです」

マリオはしばらくじっと考えていたが、ふたたび話しはじめる。

「知性の無限の拡張は、死の漸近線です。つまり、われわれの未来は無限なのです。われわれはもはや〝永遠なる医師〟である神の患者ではありません、われわれの忍耐力は尽きてしまったのです！　病が快復した人がそれを忘れるように、われわれは死すべき朝を忘れるでしょう。そして、時空のどこかの避難所にわれわれの世界を見いだすことになるでしょう。それは、わかしのない人生の長い夜を徹して過ごすことになるでしょう。幸せでいられることでしょう……」

そこで言葉を切った……。

エマニエルはしばらくじっと待ってから、どこか警戒するような声でマリオに話しかけた。

「エロティシズムはその新しい世界を見つけるのに役立つのですか？」

「それ以上です。新しい世界と一体化します。それは進歩でもあるのです」

「大げさなのではありませんか？」

「何をおっしゃいますか！　すでに申しあげたはずです。社会を改革するというのではありません。別の社会を構想するのでも、淫欲にまみれた共和国を築くのでもありません。生物学的進歩であり、変容であり、未来のある朝、人間の脳内に現れる始動装置なのです。ひとつのきらめき、それでいいのです！　人間はちがった考え方をするようになり、別の存在になります。一歩を踏み出したのです。旧人種の無知、恐怖、隷属はもはや関係ありません。それらが意味することを、理解することすらないでしょう。セックスをするかどうか、どんなふうにするのかも、問題ではありません！　新しいのは、自由な精神でセックスをするということです。人間にとって、善はよろこびを与えるもので、悪は苦しみを引き起こすものです。単純なことです。それが人間の善であり悪なのです。それが人間の道徳なのです。善とは、美しいもの、誘惑するもの、勃起させるものです。そして悪は、醜いもの、退屈させるもの、制限するもの、欲求不満にさせるものです。苦悩や神秘的な不安による悦楽や毒が影響を与えることはなくなるでしょう。絶望から立ち上がろうとするときに、幻覚キノコも、哲学者も、人里離れた住まいも必要なくなるでしょう。自分自身と、自分に似た人たちの嗜好だけでじゅうぶんだからです。そんな人間は、苦行衣を着た修道者よりも進歩した動物に見えませんか？　そんな人間は進歩を成しとげたとは言えないでしょうか？」

「ええ、進歩したのだと思います。でもそれは、個人的な進歩であって、その人にしか影響をもたらしません。さきほどあなたは、進歩について人類すべてに関係するものであるかのようにお話しになっていませんでしたか？」

「人類すべてに関係します。種の進化は、集団や社会全体によるのではありません。変異を起こすのはつねに少数であり、顔を上げ、目を見開いた、軟弱な大群が牧草地を共有することを拒んだ愛されない少数派のひとつでした。しかし、人間という樹から、この変異の小枝が切り離されるとき、世界全体が変わるのです。そして、破廉恥、性的倒錯、姦通、近親相姦などという言葉が意味を失った記号となり、たとえそれらを理解しようとしたとしても理解できない人間が近い将来に現れれば、われわれの徳は、始祖鳥の歯やステゴサウルスの骨板とともに、陳列ケースに追いやられることになるでしょう」

「ということは、そういう人間がまだ現れていないから、官能的な時代は未来の予見に過ぎないということね。あなたもわたしもついてないわね、生まれるのが早すぎたんだわ！」

「それは誰にもわかりませんよ！」マリオは言う。「進化の法則はその大部分が謎に包まれたままです。われわれ自身を世界に送り出そうとすることは、無意味ではないかもしれません。おそらくわれわれはまだ生まれていないのではないでしょうか？」

「生まれるためには、どうすればいいの？」エマニエルが大声で言った。

「自分が人生の主《あるじ》であるかのようにしなさい。たしかに生きているように行動するのです！　今こそ、パスカルの思想を借用するときです。けれども、聖水の代わりに光を与えてくれるのは、人生の規則としてのエロティシズムの実践です。そして、その光に照らされるのはわれわれだけではありません。かなり多くの人々が、全面的に、明確に、華々しく、――ほかの動物が糞のにおいを嗅ぎつづけることを好むかどうかを知ることを気にかけることなく、最終的に後ろ足で立ち上がって歩くことを決心した四足動物のように――唯一の道徳的価値の尺度として、官能的価値の尺度を採用するでしょう。それはおそらく、ほんのわずかでも幸運がもう一度われわれに微笑みかけてくれさえすれば、決定的な一歩、恐れの時代から理性の時代へと移っていくための必要かつじゅうぶんな過程になるかもしれません」

　そこでマリオはため息をついた。

「ああ！　たしかに、われわれは百万年後に生まれたほうがよかったのかもしれません！　ですが、少なくともこの理性の時代に近づくために、できるかぎりのことはしましょう。もしも『移行』の役に立たないのであれば、今何をしても、何を言っても、何を書いても、意味がありません。言葉や、些細な身振りにも気をつけなければなりません。求めていたものをすでに見つけたというバカげた確信を抱かせるようなことを言ってはいけません。思春期をさらに遅らせるわけにはいかないのです。私は、自分の責務が何なのかを知っています。彼らの肉体は正当であり、能力は無限で、生きることの甘美さはまた人生の存在理由でもあることを、繰り返し伝えることなのです」

そのとき、クエンティンの声がして、エマニエルは驚いて飛び上がった。彼の存在をすっかり忘れていたのだ。エマニエルは、クエンティンがマリオに向かって熱心に、思いがけなく饒舌に話しているのを聞いた。マリオはクエンティンの話にとても興味をひかれたようだった。そしてときどき、うれしそうに声をあげていた。最後には、マリオはエマニエルに通訳してくれた（イギリス人の男はエマニエルが思っていたよりも簡単にエマニエルとマリオの会話の大筋を理解していたことがわかった）。

「クエンティンの話を聞いて、希望が持てました。〝変異の小枝〟は——あるいは、少なくとも小枝の芽は——すでに存在していて、さらにすばらしいことに、千年も前から存在していたようなのです。クエンティンは、有名な社会学者ヴェリエ・エルウィンという人物と一緒に、インドのある部族のところに数か月間滞在したことがあるそうです。〝文明化された〟ヒンズー教徒は、その民族のことを原始的だと言いますが、それどころか、彼らが知性の前衛であると考えるのにじゅうぶんな理由があります。その人々はムリア族と呼ばれています。彼らの社会は、私たちの社会とはまったく正反対で、完全に性道徳を中心に成り立っているのです。その道徳は強制的なものではなく、教育的なものです。彼らの教育システムの要《かなめ》となっているのは共同体の大寝室であり、男女の子どもたちがかなり早い時期から愛の技術を学ぶためにそこに入ることを許されているのだそうです。この施設の名前は……なんと言いましたか《ハウ・ドゥ・ユー・コール・イット》？

「ゴトゥール」

「そう、ゴトゥールです。そこで、思春期になるずっと前から、小さな女の子は大きな男の子に、小さな男の子は大きな女の子に、肉体的な愛の手ほどきを受けるのです。まったく本能的でも動物的でもない方法で、です。教え込まれる官能的なテクニックは、十世紀にわたる実践を経て、比類なき洗練の水準に達しています。そして、すべての子どもが数年間かならず受けなければならないこの実習は、同時に芸術的な訓練にも役立っていて、ゴトゥールに入っている子どもたちは、余暇の時間を使って――抱擁の合間に――、大寝室の壁を装飾するのだそうです。すると、デッサン、絵画、彫刻はつねに、官能的なインスピレーションに導かれたものになります。クエンティンが言うには、これらの作品がとてもよくできていて、このようなギャラリーを訪れるとたちまち強烈な衝撃を受けるのだそうです。そして、十一歳の女の子や男の子たちが――この愛の博物館でもっとも大胆な姿を真似しながら――隠れることなく、恥ずかしがることなく、扉を大きく開けて、両親の誇らしげな視線のもとで、生きた絵画を演じているのを見ると、ヨーロッパなら、保守的な新聞にスキャンダルとして一面で大々的に報じられた後、すぐに矯正施設に連れていかれるようなことなのですが、ふと、このムリア族は千年遅れて生きているのではなく、千年先を生きているのではないかという考えが頭に浮かんだ、というのです」

マリオがそこで言葉を切ると、クエンティンがさらに詳しく説明し、それがエマニエルに通訳された。

「もっとも注目すべきことは、この部族の子どもたち全員に課せられている性的な『実習』は、体系と入念に作り上げられた厳格な規則の結果であって、この種族が先天的に容認しているゆるんだ風習や無分別な道徳によるものではないということです。放縦《ほうじゅう》ではなく、倫理があるのです。ゴトゥールの共同体の規律は非常に厳しく、年長者が責任を持って子どもたちの面倒を見ます。『法則』では、少年と少女のあいだの永続的な愛情はすべて厳格に禁止されています。ですから、どれそれの女の子が自分のものだと言う権利は誰にもありませんし、ひとりの女の子と三晩以上続けて過ごすことがあれば罰せられます。あらゆることが、激しい愛情が長く続くのを妨げるために、そして嫉妬心を排除するために、組織されているのです。〝皆が皆のもの〟というわけです。もしある男の子がある女の子に対して直観的に所有欲や独占欲を示したり、その女の子がほかの男の子と性行為をしているのを見て顔をゆがめたりしたら、共同体は彼の本性を抑制するのを助け、正しい道に戻してやります。その男の子は、自分が愛する女の子がほかのすべての男の子に愛されるように、積極的に働きかけなければなりませんし、自らの手で仲間の精力を彼女のなかに導き、そのことにもう苦しまないだけでなく、それを望み、それを喜べるようにならなければならないのです。ムリア族で、もっとも重大な罪は窃盗でも殺人でもなく――そもそもそのようなものは存在していなくて――、嫉妬なのです。こうして、少年少女は世界で唯一の性科学によって自己を豊かにするのです。彼らは地上の別の時代に属していて、われわれの文明社会の不安や不満、絶望とは無縁なのです。彼らは幸福の側にいるのです（原注）」

エマニエルは感銘を受けたようだった。けれど、こう反論した。

「マリオ、この種の道徳は、自覚と熟考の努力の結果として人々のなかで発展するものではないわ。たしかに、ムリア族の世界ではいつの時代も支配力を持っていた。でも、それはきっと生まれ持った恵みよ。さきほどあなたは、エロティシズムの才能を詩の才能と同一視していらっしゃいましたよね。ということは、エロティシズムの才能は意志によっても実践によっても獲得できないということです。この世に生まれてくるときに自然からそれを受け取らなければ、どんな道徳を自分に課したとしても、何にもならないのよ」

「なんとありふれた幻想でしょう！　もう一度言いますが、自然のなかには、人間がそこに込めた詩以外の詩は存在しません。人間が創る以外の調和も、美も存在しないのです。そして、すべてを行う人間には、詩も才能もふくめて、理性の時代になるまでは何も起こらないのです。ムリア族の例はたんに、多少若くてもその時代に到達できるということを示しているだけです。人間は詩人として生まれるわけではありません。選ばれた人間として生まれるわけでもありません。何者でもなく生まれるのです。学ばなければなりません。生きているわれわれが人間になる方法、人間に変わる方法は、ヤドカリが古い殻を脱ぎ捨てて新しい家に入るように、無知と神話を捨てて真実のなかに入ることなのです。そうすれば、われわれは無限に生まれ、再生することができるのです。『突然変異』が起こるたびに、われわれはさらに人間になり、世界をより自分好みにしていくのです。学ぶとは、楽しむことを学ぶことです。オウィディウスがこう言っています。思い出してください。〝Ignoti nulla cupido !《イグノーティー・ヌッラ・クピードー》〟」

　エマニエルは思い出せなくて、頭のなかで当てずっぽうに訳した。マリオはわざわざエマニ

（原注）ムリア族の風習についての記述は想像上のものである。エルウィンの著書『ムリア族の青少年の家』を参照されたい。フランス語版の〝Maison de jeunes chez les Muria〟は1958年にガリマール社から出版された。

エルに教えようとはせず、さらに続ける。

「それにしても、われわれはどれほどのこと学ばねばならないのでしょう！　芸術、道徳、科学。美、善、真実——つまり、すべてです（ほかには何も存在しないのだから。聖なる時間は終わったのです）。幸いなことに、われわれの任務を容易にするために、この『すべて』が自分ひとりで子どもをつくりました。それが〝エロス〟です。したがって、詩や道徳、知識を手に入れるためには、官能的な省察、経験、洞察力さえあればよくなりました。なぜなら、これらは結局、ただひとつの教訓、つまり、物事の教訓である実物教育について学校でよく話したという意味で、人間の教訓のさまざまな反映に過ぎないからです」

「あなたの論証はどんどん抽象的になっていくわ、マリオ！　それよりも、実際にできることの例をあげてくれないかしら」

「想像すること、見ること、そして必要があれば、思いがけない態度や出会い、組み合わせなど、それがなければ詩的な状況はあり得ないというようなものを想起してみること、そう、たとえばそれがエロティシズムの源泉のひとつです」

「〝思いがけない〟とおっしゃいましたが、それは、期待していたものにはよろこびを見いだせないという意味でしょうか？　狼狽させるものしか官能的ではないということかしら？」

「少なくとも、習慣とは縁のないものです。もしそれが日常のよろこびであれば、そのよろこびは芸術的な性質を持たなくなります。平凡でないもの、例外的なもの、異例のものだけが価値を持つのです。つまり、〝二度と見ることができないもの〟にこそ価値があるのです。新奇なものしか真に官能的ではないのです。」

「でも、そうすると、官能的な道徳が定着したら、エロティシズムは魅力がなくなってしまうのですか？　おそらく、ムリア族は、セックスをすることが料理をすることより楽しいとは感じないのではないでしょうか？」

「クエンティンが話してくれたことからはそんな印象は受けませんでした。それどころか、彼らは子どもの頃から愛の技術の達人であり、生涯を通じて性的遊戯に勝るものはないように思えます。ムリア族はインドでは、ガネーシャに息吹を吹き込まれた、肉体愛の熱心な伝道者として知られています。しかし、彼らの経験が、理性の証拠よりも強い性的偽善の伝統によって、おそらく永遠に傷つけられ、不自由なままの精神を持つわれわれにかならずしも有効でないことは認めます。自然がわれわれのために飛躍することを期待しようではありませんか。けれど、いずれにせよ、われわれの子孫である突然変異体の心理がどんなものであるかを推測し、前もってうまく説明できるなどと、自惚《うぬぼ》れるのはやめましょう。だから、まだ〝意を決して〟いないわれわれは、自分自身のことだけを気にかけるようにしましょう。そして、囚われの身であるわれわれにとって、奇跡的な救世主である官能的な感情は、慣習への脅威があるときにしか起こらないものだということを認識しましょう。したがって、これはわれわれの復讐でもあるのですが、誤った道徳的規定、あるいはたんに社会的慣習（思い浮かべるのは、ドレスの長さについての不条理な良俗規範で、それはある人たちにとっては苦痛だけれども、そのほかの人たちにとってはじつにすばらしく倒錯したよろこびなのだ）が現在存続しているということは、われわれに害を与えるどころか、それを容認しないわれわれに逆らう力を与え——精神的な衝撃を受けて刺激することによって——、よろこびを増大させているのです！　眠りにつく前に、ベッドで夫に孕《はら》まされる女は官能的ではありません。しかし、おやつの時間に息子を呼んで、妹のために精液を塗ったパンを用意せよと命じる女は官能的です。それが官能的なのは、そのようなことが生活慣習になったことがないからです。凡人がそれを取り入れたら、また別のものを見つけなければならなくなるということです」

「ということは、マリオ、わたしが言ったことは正しかったのね。もしもエロティシズムが何か風変わりなもの、斬新なものを必要とするなら、その進歩そのものがエロティシズムを危うくするということよ。いつか、打つ手がなくなるわ」

「もうずっと以前から、人間はもはや何も発明していないということはおわかりでしょう。とはいえ、あなたの心配は無用です。なぜなら、エロティシズムは継承されるものではなく、個人の出来事だからです。もちろん、今日、社会がその方法を隠しつづけることでわれわれを優位に立たせているという事実をよろこび、堂々と利用しましょう。その方法を社会からかすめとるよろこびを、実践するよろこびに加えましょう。しかし、われわれは安心していられます。エロティシズムは、性的タブーから解放された人類においても、個人の征服としての価値を保ちつづけるだろうからです。エロティシズムは、性的タブーから解放された人類においても、個人の征服欲としての価値を保ちつづけるでしょう。作詩法を公開することで、詩人が自分自身で詩の秘密にあらためて気づくことを免れたことはないのです」

　エマニエルはうなずいて、それを認めた。マリオは続ける。

「社会が禁じていることは法律で表現されます。市民法、宗教法、道徳法（これは、ほかの科学的な主題のなかでもとりわけエロティシズムについて記述する論理的な法則と混同しないように注意すること）。社会が許容することは流行で表現されます。いや、ちがう！〝許容する〟という言葉は適切ではありません。都市の規律においては、量子物理学においてと同様に、禁止されていないことはすべて義務なのです。そして流行は、どれそれの方法で行動することを許容するのではなく、強制します。流行はファッション業界でのみ存続しているわけではなく、すべての不満、すべての欲望、すべての不安、すべての卑劣な言動、そしてすべての愛の絶対的支配者なのです。スカートを短くするだけでは、保守的なレーダーの裏をかいて自由の壁を飛び越えることができない理由がおわかりいただけるでしょう。たしかに、半裸で街を歩き、浜辺で全裸でいられるようになったら、生活の美的な質が向上したということです。けれども、世間のうわさが議論に勝つかぎり、不寛容な集団規範が罪悪感のイデオロギーと死への準備であなたを薬漬けにしつづけるかぎり、喜ばせたいという純粋な願望ではなく、あきらめや絶望から彼らの幻想のヒエラルキーに従うかぎり、あなたの脳は奴隷の脳のままなのです。なぜなら、縛るのは思考であって、体ではないからです。あなたの頭のなか、あなたの思考、感情、判断であり、愛する人に対するあなたの態度において、そのときの流行が命じるものとは異なるものにならなければならないのです。したがって、いつか自由の楽園で目覚めることができるようになるために、どんな神の恩寵《おんちょう》があるのかなんて、問わないでください。それよりもむしろ、囚われの身となっている人間を解放するところから始めてください。寛容さや正義感からそうするのではなく、回避できる不幸を免れられるように、利己心からそうしてください。幸せな番人はいません。他人の自由がその人の服従よりもあなたを興奮させる夜、あなたは自由になるでしょう。他人が誰かを満足させていることに満足するとき、あなたはその人を愛していることを知るでしょう。その人があなたを愛していることを確信するのは、その人がほかの恋人とあなたを間違えずに、あなたを愛する人を愛し、その知性から学び、その情熱を誇示し、彼らがあなたを楽しませるときにあなたも楽しむときです。もしもその人がこのような放蕩をすることができず、他人を奪うことでしかあなたを所有できないと信じているなら、あなたも敗者です。なぜなら、あなたはほかの誰かだからです。誰も、誰にとっても、留保された一部分でも排除された一部分でもありません。唯一性は永遠性ほど確かなものではありません」

エマニエルは茫然となっていた。そこで、少し休ませてくれるように頼んだ。

「段階を踏んで進んだほうがいいと思いませんか？　一段ごとにひと息つきましょう」

マリオは譲らなかった。

「あなたは、振り返って、これまで歩んできた道のりを賞賛するときが来ないことを恐れていますね。独占欲に駆られた行動との戦いは、今世紀中であれ、ほかの世紀中であれ、勝てるものではありません。私があなたにお勧めするのは、すべての男女に対してひとりで勝つためではなくあなた自身とあなたが愛する人たちがあまり惨めでなくなるように、一生のあいだ、戦うことです。そして、あなたの美を賞賛する人々が、それをほかの人々と工夫を凝らして分かち合いたいと思うようにすることです。それはあなたのよろこびのためであり、彼らのよろこびのためでもあります。これはけっして流行ではありません」

エマニエルは頑なに、初めの話題に戻った。

「結局のところ、わたしが脚を見せることは、まったく重要ではないということですか？」

「まったく。その露出が肉体の状態を言っているのなら。しかし、それが精神の状態であるならば、大変重要なことです。精神を温める状態。精神は鉄のように火に当てられる必要があります」

「では、体の輪舞だけでは、わたしは正当化されないのですか?」

「あなたの役割は地球を回すことではなく、揺るがすことです」

エマニエルが元気を取り戻して言う。

「わたしの脚が誕生する前に、この地球上で何十億もの脚が動いて、セックスが支配する惑星の空気を活気づかせることに成功しなかったのなら、今日わたしの膝がごく数人の野次馬たちに与える破壊的な効果に期待するのは甘すぎるのではないかしら?」

マリオは熱心な教育者のような口ぶりで、必要であれば何度でも話すつもりになっていた。

「芸術家の企てを正当化するものは、歴史のために革新するという事実ではなく、己のために革新するという事実です。科学の発明とは異なり、芸術の発明は、すでになされたことについて失うものは何もありません。この馬を、ラスコー人や中国人がすでに描いていたとしても、私には関係ないでしょう? 私にとっては、私の指が私の見たもののやさしさから初めて馬を引き出したとき、私が宇宙に興味を持っているかぎり、馬はその四本の足で私を運んでくれるのです。つまり、彼と私が一緒に見られるかぎり、私がそれを見せることができるかぎり、ということです。少し前までは、私たちは社会の後ろに隠れることを楽しんでいましたが、今は自分の姿を見るために、社会を必要としています。観客のいないところに、幸せな芸術はありません」

マリオはエマニエルをじっと見つめ、反応を待った。彼女は身じろぎひとつしなかった。

「ムリア族の子どもは、仲間たちや行きずりの客の前でセックスをします。部屋のなかでふたりだけでするのでは、十中八九、最後には飽きてしまうのだそうです。慣れがよろこびを鈍らせてしまうということを、あなたは恐れていますね。そのとおりです。けれども、他人の目が新しい地平線を見つけさせてくれるのではないでしょうか？」

マリオの声が気取った感じになる。

「あなたはここで、エロティシズムの第二法則に出合うことになります。エロティシズムには不均衡が必要だということです」

「どういうことですか？　それじゃあ、第一法則はなんだったの？」

「新奇なものです。ですが、どちらも、注意しておいたとおり、〝小さな法則〟にすぎません。大きな法則、必要かつじゅうぶんな唯一の法則は、おぼえていらっしゃるでしょうか、至上の単純さです」

「つねに取り替えられた男の腕のなかで〝芸術的に〟快楽を味わうこと以外のことに費やされる時間はすべて無駄な時間だ、というそれですか？」

「だいたいそんなところです。ですが、〝つねに取り替えられた男〟という表現はあまりうれしくありません。そうすると、新しい相手を得るごとに古い相手を捨てなければならないという含みがある気がするからです。それは最悪の間違いです！　あなたの快楽の質は、相手が交代していくことではなくて、相手が増えることによってもたらされるのです。移り気な心に、エロスは秘密を隠しているのです！　自分を取り戻すためでなかったら、自分を捧げることになんの意味があるのでしょう？　あなたのための世界が大きくなることはないでしょう」

エマニエルは眉をひそめ、親指を噛み、文章をよりよくする方法を探しながら、意識を集中させているようにすら見えた。エマニエルはこの練習方法がとても気に入っているようで、マリオもそれをよく理解していた。マリオはさらに続ける。

「それに、あなたにとってその考え方がどれほど大切なのかは知っていますが、私としては、快楽に重きを置くつもりはなく、すでに申し上げたように、芸術を重視したいのです。いかがでしょうか」

「いいわ！」エマニエルは妥協するように言った。「それなら〝芸術的に快楽を味わう〟ではなくて〝快楽を得る技術〟とするのはどうでしょう。これで満足していただけるかしら。〝つねに数が増えていく男の腕のなかで、快楽を味わう技術以外のことに費やされる時間はすべて失われた時間だ〟」

「すばらしい！」とマリオは認めた。「表現のセンスがありますね。総括の才能がある。あとは練習が必要でしょう。近いうちに、格言集を注文しますよ」

マリオは冗談を言っているのではなさそうだったけれど、エマニエルは心から笑った。その神託の範囲がどれほどなのかもほとんど気にならなかった。マリオがそれを明確にする役割を引き受けた。

「もちろん、この文章の〝腕のなかで〟という表現に狭い意味を与えるべきではありません。その意味は、自分の腕から他人の腕以外のものまで、つまり相手の視線や耳（たとえそれがドアの向こうや電話の向こうにあって目に見えなくても）、手紙、あるいはたんに心の奥底にある秘密の光景など、非常に幅広い官能的な関係にまで及ぶのです。そして必然的に、腕にはより以上の種類はなく、数だけの問題です……。しかし、わき道にそれて文法にこだわるのはもうやめましょう」

「おそらく、〝愛する技術〟は〝快楽を得る技術〟よりもずっと気品があるのでしょうね」

「間違いなく、ずっと気品があるでしょう。しかし、明確さに欠けます。そのうえ、芸術については、あなたは私に同意してくれましたが、快楽については私があなたに譲歩しました。この取引に戻るのはやめましょう。それに、あなたの神を焼き滅ぼしてはいけません……。とにかく〝愛する〟という言葉は曖昧です。それと同時に、限定されすぎています。愛するためには少なくともふたりが必要です。けれども、快楽を得ることはひとりでもできます。

「もちろんだわ」エマニエルは言う。

「それに、快楽はひとりで得られなければならない」マリオは大げさに言った。「エロティシズムの王国は、孤独への扉の開け方を知らない者にはつねに閉ざされているのです」

マリオは厳しい眼差しでエマニエルの顔をしげしげと見つめた。

「あなたは自分自身と愛し合う方法を知っているのですね？」

エマニエルはうなずいた。マリオが言う。

「それを気に入っていますか？」

「ええ、とても」

「よくそうするのですか？」

「かなり」

エマニエルはそう答えることをまったく恥ずかしいとは思っていなかった。そうすることを、彼女の夫も勧めていたのだ。入浴することがそうであるように、夫に隠れてマスターベーションをするという考えもなかった。それに、夫が、彼女がそれをするところを眺めているのが好きだとわかってからは、どちらもできるだけ夫が見ることができるときにするようにしていた。それは、彼女にとって、少なくともほかのことと同様に重要な夫婦の義務であるように思えたし、ジャンが同じように考え、好ましく思っていることを知っていた。

「とすれば、不均衡の法則が意味するところを理解するのも難しくないかもしれませんね」とマリオが続けた。

「ああ！　そうだわ、忘れていたわ！　でも、その法則がどういうものなのかよくわからないの。新奇なもの、そうね。でも、どうして不均衡？」

「もう一度科学のレトリックを使って説明しましょう。エロティシズムが日の目を見るには、当然、すべての生命の出現に必要なものと同じ条件が集まることを要求されます。生きた細胞の創造には、大きなタンパク質分子の存在が前提となっていることを教わったことがあると思います。これらの分子が特別なのは、その構造、つまり構成要素の配置が非常に高度な不均衡を示しているからです。最初になんらかの不均衡がなければ、物質の進化した組織も、可能な生命も、したがって進歩もありえないのです。後に、不適応が同じように生物学的進化において決定的な要因になるでしょう。エロティシズムは、この進化において発展した段階にあり、当然ながら同じ法則に支配されています。生命は、そしてエロティシズムは均衡を嫌うのです」

マリオの長い手が、エマニエルの目の前で円を描いてみせた。

「いずれにしても、もしわれわれがエロティシズムを芸術として見直したいと思うのであれば、この芸術が大衆の心をつかむためにはやはり不均衡が必要だということを認めなければなりません。たとえば、セックスをする人の数が奇数である、というようにです」

「まあ！」エマニエルは衝撃を受けたというより、面白がって言った。

「たしかに。たとえば、一は奇数だわ。マスターベーションをする人は役者であると同時に観客なのね。だから、マスターベーションは何にもまして官能的なんだわ。芸術作品ね。排他的であることが許される唯一の愛。

〝……自らを抱きしめる処女

嫉ましい……でもいったい誰を、誰を嫉んで、おびえているの？〟」

マリオは一瞬夢を見ていたようだった。そして続ける。

「姦通もまた官能的です。三角関係が偶数の平凡さを補うからです。夫婦にはエロティシズムはありません。エロティシズムがあるとしたら、それは第三者を加えることによってしかありません。たしかに、第三者が存在しないことはめったにありません！　そのような人物が実際にはいなくても、ふたりのうちのどちらかの思考のなかに存在していればいいのです。セックスをしているとき、愛撫を受けている相手以外の誰かの姿が思い浮かんだことはありませんか？　夫の引き締まった肉体がどれほど心地よくても、それと同時に、閉じた瞼の裏側で寮の友人や友人の夫、道ですれちがった男、映画の主人公、子どものころの恋人に身をゆだねているところを想像したことはありませんか？　答えてください。そういうことが好きですか？

そういうことをしていますか?」

エマニエルは前ほどためらうことなく、「はい」とうなずいた。ジャンの腕のなかで、この方法でほかの男たちに抱かれるのを何度も経験したことを思い出すだけで、エマニエルの肉体は変調をきたし、それがあまりにも激しくて、マリオはそれを見ていたにちがいないとすら思った。前夜、このようにして身をゆだねたのは、まさしくマリオだったのだ……。そう、クリストファーが到着した夜はクリストファーに。知りもしないアリアーヌの男たちにも。知り合って以来、ジャンの弟にも。そしてこの数週間はもっと頻繁に、飛行機で出会った名前も知らない男たちに——とりわけ、ギリシャの英雄に。そのすべての顔が熱を持ってよみがえり、気を失いそうになって、手を止められなくなるのが怖くて、身動きひとつできなかった。マリオはからかうような笑みを浮かべて続ける。

「もしもふたりが、それぞれの側で同じように振舞ったら、官能的なしるしが欠けてしまうということに気づいていらっしゃるでしょう。つまり、ふたりのうちのどちらかが逃避しているとき、もうひとりは反対に、なんとしてでも、欲望、熱情、直接的で肉体的な快楽によってそこに存在していなければならず、あらゆる妄想は、排他的な情熱と不条理な忠誠心の力でふさいでおかなければならないのです! そうでなければ、もはや不均衡はなくなり、同時的な不在、均衡、公平が存在することになります。それを避けなければならないのです」

マリオは両手で、証拠を示すような仕草をした。

「もちろん、このようなことに関しては、現実は空想よりもずっと優れています。つまり、どんな想像上の観客よりも、生身の観客のほうが望ましいのです。恋人の本来の居場所は、夫婦のあいだなのです」

今回ばかりは、エマニエルはマリオの格言めいた言葉が少しばかり良識に反していることに気づいた。そのことを彼に理解させるためには、何も言わないことがもっとも洗練された方法だった。けれども、マリオはまったく意に介さない様子だった。それどころか、最初の提案以上のことを言った。

「さらにほんとうのことを言えば、真の芸術家というのは、つねにひとりよりも複数の観客を好みます」

放縦さが失われないままの冗談めいた話しぶりに、エマニエルはいくらか気分が楽になった。

「わたしたちがすでに明らかにしたように、そして必要であれば、もう一度証明しますが」エマニエルはもったいぶったように言う。「露出症的趣味がなければエロティシズムは存在しないということですね？」

「ええと……」マリオは言いよどんだ。「そのレッテルの意味がよくわかりませんが、ただ、たしかに、たとえば、夜に、毛皮や絹のケープで身を包んだ人がぽつぽつ歩いているだけの道で、立ったままセックスをすることは、精神を刺激します」

「真昼間に、人がたくさんいる場所ではだめなの？」エマニエルは皮肉を言う。

「エロティシズムというのは――質の高いエロティシズムというのは――、あらゆる芸術と同じように群衆から離れたところにあるからです。人混みや騒音、縁日の提灯を避け、下品な言動を遠ざけます。そして、繊細さ、冷静さ、豪華さ、装飾を必要とします。演劇と同様に独自の慣習があるのです」

エマニエルはじっと考えた。そして、数秒前にはなぜだかできなかったことが、突然、誠実に言えるようになったことに感激した。

「できると思うわ」

「路上でセックスを？　通りがかりの人たちが見ている前で？」

「ええ」

「セックスをするよろこびのために？　それとも、セックスをしているところを見られることのよろこびのために？」

「両方だと思うわ」

「もし、そうしているふりをしてくださいと言われたら？　ある男があなたを抱くふりをしたら、眉をひそめさせるよろこびだけであなたは満足しますか？」

「いいえ」エマニエルはきっぱりと言う。「そのことに、なんの意味があるの？」

エマニエルは、今この瞬間のことも言っているのだと気づいて、そう付け加えた。というのも、彼女は今すぐにセックスをしたかったし、マリオが欲しかったからだ。あるいは、マスターベーションをするのでもよかった。実際、どちらを望んでいるのか、自分でもわからなかった。ふたつのうちのどちらを選ぶかということは、彼女にとってはさして重要ではなかった。彼女のセックスが愛撫されさえすればよかったのだ。

「肉体的な快楽も欲しいわ」

「〝たっぷりと快楽を味わう〟？　そういうことですね？」

「ええそうよ、いいでしょう？」エマニエルは挑発するように言った。「そうすることで、何かよくないことでもある？」

マリオの無意志的記憶《レミニセンス》から感じ取った、わずかだけれどもあざけるような調子が、エマニエルには耐えがたかったようだ。

マリオは重々しくうなずいた。

「あるかもしれません」

そして、少し時間をおいて、はっきりと言った。

「エロティシズムに関して、障害となるのは快楽の追求です」

「ああ、マリオ！　あなたといると疲れてしまうわ」

「うんざりさせてしまいましたか？」

「いいえ。でも、あなたの話には逆説が多すぎるわ」

「そうではありません。あなたは、もちろん、エントロピーとは何かをご存じですよね？」

「ええ」エマニエルはそう答えたけれど、その言葉の意味を思い出せなかった。

「さて！　エントロピーとは、すなわち、大まかに言うと、損耗、エネルギーの消耗であり、宇宙全体と同様にエロティシズムをも脅かすものです。そして、エロティシズムに特有のエントロピーの形は、社会の習慣性よりも感覚の充足です。満たされた性欲は、死に向かう性欲なのです。ドン・ファンの深遠な言葉を思い出してください。〝私を興奮させないものはすべて、私を殺すのだ！〟これはまさに、さきほど均衡についてお話ししたときに、私が言ったことです。それぞれの瞬間、それぞれの個人において、飽満であることが欲望を脅かすのです。安定した幸福、永遠の眠りのような安らぎによって、欲望は脅かされます。花嫁の胸のうえの

〝完《おわり》〟という文字が、スクリーンの幅いっぱいに広がります。〝ハッピー・エンド〟の裏には不吉な予感があるのです。唯一の防護策は、充足という誘惑を拒むこと、ふたたび快楽を味わうことができると確信するまで、あるいはむしろ、オルガスムスが終わり、ふたたび欲情できると確信しないかぎり、快楽を味わうことにけっして同意しないことです」

「マリオ……」

マリオは学者ぶったように、指を立てて言う。

「官能的なのは、射精ではありません、勃起なのです」

エマニエルも負けてはいない。

「それは女よりも男のほうに関係があるのではないかしら。女はだいたい、相手の男よりもずっと利点を持っているわ」

マリオはエマニエルの話を聞き入れて笑う。そして、〝プシュケはつねに手に入れる価値がある〟という言葉を引用した。

エマニエルは、それでもマリオに同意しなかった。

「結局のところあなたは、エロティシズムを口実にしているけれど、セックスをして快楽を得ることを恐れて、セックスすることを禁じなければならない、と言いたいのよね。わたしが前に言ったとおり、あなたの理論は最終的には教理問答《カテキスム》の〝精神を鍛え、感覚を苦しめよ！〟に通じているのよ。わたしは、自分の最初の見解を守ろうと思うの。道徳なんて気にしないわ。それに、エロティシズムだって、たくさんの徳を要求するのだったら、それよりも好きなだけ楽しむほうがいいわ！　できるだけたくさん楽しみたいの。自分の体が望むだけの快楽を与えるのよ。たとえわたしの心が倒錯的な興奮を見いだしたとしても、〝加減する〟ことはしたくないの」

「すばらしい！　そのとおりです！　私がどれほどあなたを認めているか、わかっていただけるといいのですが！　快楽だけに身を捧げようとしている女性に出会えるとは、なんとうれしいことでしょう！　私があなたに勧めてきたことはすべて、ただあなたがそのことでよりよく成功するのを助けるためだったのです。快楽を慎みなさい、と言っているのではありません。ですから、もしあなたが、可能なかぎりたくさん、より充実して、肉体だけでなく精神的にも快楽を味わいたいのであれば、何をすればよいでしょうか？　私は、最低限の法則を尊重すること以外、あなたに言うべきことはありません。その法則とは、まず、ひとりきりの抱擁は眠りを誘うだけなので用心すること。それから、快楽を味わったらすぐに満足するのではなく、さらに快楽を味わうことを求めること。エロティシズムが要求することを蔑《ないがし》ろにして、安易に充足しないこと。獣たちの悲しい交接を締めくくる考えなしに、至福を模倣しないこと。そして、交尾と夫婦の概念を混同しないこと。夫婦という概念に、人間がいったいどんな誇りを持つというのでしょう？　そんな取るに足りない発明は、オカピ、アライグマ、シラミとともに、ノアの箱舟に乗せられたことしか価値がありません。つまり、それほど興奮させるものは何もないのです」

マリオはそこで突然、屈託なく大笑いした。

「私があなたに自分を制限することを勧めたとおっしゃるのですか！　私はあなたに無限の扉を開いてあげたのですよ！　ひとりの男からだけの愛を待っていたら、あなたの視野はつねに恐ろしく狭くなってしまうということを忘れないでください。ただひとりの男からの愛ではなく、数人の男からの愛でもなく、教えたとおり、もっと大勢の男からの愛が必要なのです」

エマニエルは頑として疑いと拒絶の表情で、唇を突き出してみせた。それがマリオを興奮させたようだった。

「あなたはなんて美しいんだ！」マリオが叫ぶ。

そしてしばらく黙ったままでいたけれど、エマニエルもあえて動こうとはしなかった。マリオがささやく。

〝もし君が望むなら、愛し合いましょう
君の唇で、何も言わずに！〟

エマニエルは、自分の魅力を振り払うかのように長い髪を揺すり、マリオに微笑みかける。マリオはエマニエルに、これまで見せたことのないような敬意のこもった微笑みを返す。エマニエルは感情を隠すように、無理に口を開いた。

「それなら、何をしなければならないの？」

マリオは新しい引用で答える。

「〝おお、私の体よ、あなたの官能的な使命に従って、じっと横たわっていなさい！日々の楽しみと明日のない情熱を味わいなさい。死すときの悔恨に未知のよろこびを残すことのないように〟」

「まあ！　それはわたしが言っていたことだわ！」エマニエルが勝ち誇ったように言う。

「私も言いましたよ」

エマニエルは議論することができずに笑った。いつもマリオが正しくなければならないのだ！

「ですが、私のほうが詳しく話しました」マリオが言う。

「詳しすぎたわ！」エマニエルは不満そうに言う。「あなたの法則のうち……わたしがおぼえているのは最初の二つだけよ……」

「さきほど三つ目を述べたところですがね。数の法則です。多数であることは、それだけでエロティシズムの要素です。ですから反対に、制限があるところにはエロティシズムは存在しないのです。たとえば、ふたりに限定される場合です。夫婦について私が考えるすべての悪を大声で叫ぶつもりはありません」

「それなら、それは法則の外に置くことにしましょう」エマニエルは同意した。「でも、それはどういうことなの？　ただひとりの男とセックスすることを拒否しなければならないの？三人とか、五人とか、七人とかでしかセックスしないということ？」

「お望みならば、です」マリオが認めた。「ただし、かならずしもそうでなければいけないというわけではありません。数は、空間でしか支配力がないわけではなく、時間のなかにも存在するのです。そして、足したり、掛けたりする以外のこともできます。たとえば、割ったり、引いたりです。今晩の初めに、私はあなたに、とりわけ、あなた自身を細分する方法を教えることで、あなたを怒らせてしまいました」

その記憶がエマニエルにはほとんど快いものになった。冷やかすような微かな光が彼女の顔を照らし、何かを言いそうになったけれど、思い直したようだった。マリオが続ける。

「引くということについてですが、ときには自身の感覚を自分から引き離してみてください。魔法がかかった道の先の妖精の城をあきらめるまえに（もちろん！）、感覚を後退させるのです。快楽を持続させ、欲望を持続させなさい。あなたの近寄りがたい魅力に、あなた自身も酔いしれてはいけないのです。

〝わたしは闇のなかの愛《いと》おしまれる捧げものだったのです！〟

与えなさい、ある人に与えようと思っていたものを、その価値が何もないとしても、別のある人にたっぷりと与えなさい。何か月も思い悩み、あなたを征服するために聖杯伝説の騎士のように戦わなければならないと信じ込んでいる人に、あなたの体を一度に、すべて、最初の日にゆだねなさい。それとは逆に、長いあいだもっとも親密な愛撫をしばしば許してきた相手には、ただ気まぐれに『最後の贈り物』を与えるのをやめなさい。見知らぬ人には警戒せずに体を与え、子どもの頃からあなたをやさしく貫くことを夢に見ていた友人には、あなたの手のなかでしか快楽を味わわせてはいけません」

「あなたひどいわ！　わたしがそんな放蕩に身をまかせると思っているの？　ご冗談だとは思うけれど……」

「ええ。どんなことであれ、冗談でないことは言うべきではありません。慎みだけが悲しいのです。ですが、私がさきほど提案したことの何が気に障ったのですか？　あなたの手を使うということですか？」

「バカなことを言わないでください！　そんなことではないわ……」

「あなたがその欲望のためのすばらしい道具をうまく使いこなせるといいのですがね」

「もちろんですわ！」

「それはよかった！　多くの女性は、下腹部と胸と口だけに力があると思い込んでいるようです。けれども、手こそがわれわれを人間たらしめているのです！　われわれ男にとって、女性の手ほどわれわれを男にしてくれるものがあるでしょうか？　雌鹿や雌ライオンと交接することができますし、それらの乳房を愛撫することも、その舌に身を震わせることもできます。ですが、われわれを手指で射精させることができるのは人間の女だけです。人間中心主義《ヒューマニズム》の名のもとに、セックスのこの方法はほかのどんな方法よりも好ましいのです」

エマニエルは、どんな嗜好にも等しく存在する権利があると認めていることを示そうとするかのように、平静を装う仕草をした。実際、マリオが故意に常識とは反対のことを言って楽しんでいることは明らかで、エマニエルはそんなマリオと争うのをあきらめてしまっていた。そのほうが夜をずっと楽しく過ごせると思っていたのだ。けれども、ある考えが彼女を悩ませていた。マリオのこの『法則』がほかの何よりも重要だと考える理由が、はっきりとはわからなかったのだ。エマニエルはもう一度その話に戻してみた。

「分けるとか引き算するとかおっしゃっているけれど、実際は、たくさんの人に体を捧げなければならないと言われているような気がするわ！　この人にも、あの人にも、って。簡単な女になってはいけないと言いながら、数えきれないほどの人とセックスさせようとするのね！だからわたしはあなたを壊乱者だと思うのよ」

「あなたはなぜ大勢の人と、多くの恋人たちと、みんなで楽しむことのできる肉体を分かち合わないのですか？　それの何がいけないのですか？」

「わかっているでしょ、マリオ！」

そう抗議すれば、じゅうぶんわかってもらえるだろうと思っていた。けれども、マリオは同調することを拒んだ。だから、エマニエルは同じ質問を繰り返すしかなかった。

「それなら、なぜわたしがそうしなければならないの？」

「言ったはずです。エロティシズムですよ。エロティシズムには数が必要だからです。女にとって、恋人の数を数えることほど大きな快楽はありません。子どもは指で数え、少女は授業のある月と休暇の月というペースで確認し、夫のいる女はリストアップする男の名前が増えた日に秘密の手帳に謎めいたしるしをつける。あら！　このあいだの人からもう一か月も経つのかしら？　という具合に。あるいは、うわべだけ後悔しているかのように、なんてこと！　一週間にふたりもだなんて……、そして、したり顔で、誇り高い勝利の歌をうたうのです。やった！　今週は毎日ひとりずつだわ！　親しい女友だちに体を寄せ、声を落として、耳元でささやくのです。〝あなた、百人を超えた？〟〝まだよ。あなたは？〟〝超えたわ〟ああ！　うれしい、うれしい！　千人でも一万人でも、あなたの肉体は受け入れることができるのです！　恋人にできなかった男たちのことだけを悔やむのです。私が教えたエロティシズムの定義をおぼえていますか？　エロティシズムとは、過剰の快楽なのです」

エマニエルは頭を振った。

「それにしても！」マリオは抗議するように言う。「数の法則自体は、よく考えてみれば、これについてはあなたも異論はないと思いますが、〝充足しないようにする〟という法則の必然的帰結にすぎません。恋人という存在が複数であることが快楽に不可欠である理由を理解するのは簡単です。あなたの感覚が適当なところで妥協し、もうじゅうぶんに満足したと認めてしまわないように、その男のあとに別の男が控えているという確信が持てなければ、身を捧げてはならないのです」

「でも、それでは終わりがないじゃないの！」エマニエルは大声で言う。「二番目のあとにまたひとり、それからさらにまたひとりだなんて！」

「いいじゃないですか！」マリオは言う。「いいことですよ、それこそ、われわれが目指していることです」

エマニエルは心から笑った。そして言う。

「人間の持久力には限界があるわ」

「たしかに、残念ですがそのとおりです」マリオが沈んだ様子で言う。「ですが、精神力でそれを乗り越えることができます。重要なのは、精神が満足しないこと、けっして充足してしまわないことです」

「もしわたしが正しく理解しているとすれば、精神を覚醒させておくためにもっとも確実なのは、たえずセックスをしつづけるということかしら？」

「そうとは限りません」マリオは苛立ったように言う。「重要なのはセックスをすることではありません。どのようにセックスをするかということです。肉体的な行為をただ延々と繰り返しても、質のよいエロティシズムを生み出すにはじゅうぶんではありません。たとえ十人、二十人の男に続けざまに身を捧げたとしても、おそらくあなたにとってはなんとも言いようのない至福の一日になるでしょうが、うんざりして憔悴《しょうすい》しきってしまうことにもなるでしょう。

すべてはその瞬間と、それに先立つ瞬間、そしてその次にあなたが期待している瞬間によります。だから、法則は存在しますが、規則はないのです。つまり、完璧なエロティシズムの限界に達するためには、ある日は、その二十人に同じやり方で身を捧げ、回転木馬のように彼らの肉体をあなたのなかで再現し、ひとりひとりを区別しようとせずにあなたの肉体のなかで次々と引き継がせ、別の日には、二十人それぞれに異なる方法で満たしてもらうよう要求するのです」

「三十二の体位？」エマニエルは茶化すように言う。

「そのような安物のエロティシズムほど下品なものはありません！　その流行にも影響されないでください！　あなたにふさわしいエロティシズムの芸術は体位の問題ではありません。それは状況から生まれるのです。重要なのは、あなたの大脳回、脳のしわの位置だけです。頭でセックスをするのです！　現実のどんな男も与えることができないほどの手段と官能的な感覚であなたの脳を満たすのです。あなたの抱擁のひとつひとつが、ほかのすべての抱擁を含み、その予兆となるようにしてください。その行為の最中に、過去や未来の性的行為、別の人の、もしくは別の人との行為が存在することこそが、あなたの抱擁に官能的な価値を与えるのです。同じように、ある男に抱かれるとき、その瞬間に恵みを与えてくれるのはその男ではなく、あなたの傍らで手を握っているか、あるいは、ホメロスの一節を読んでくれる男なのです」

エマニエルは吹き出して笑ったけれど、自分でも認めたくないほどに心を打たれていた。

「夫がわたしとセックスをしたいと言ったら、〝無理よ、わたしたちふたりしかいないから！〟と言わなければならないのかしら？」

「達観することが必要でしょうね」マリオは真面目な顔で答える。「すでに申し上げたように、第三の男は物理的にそこにいなくても、あなたの頭のなかで存在していればいいのです」

その答えがエマニエルの気に入ったようだった。そうよ、たしかに、と彼女は考えた。ジャンが自分のなかに入っているときに、自分の思うままに選んだ誰かの腕のなかに架空の移動をすること――それは、これまで彼女が知っているなかでもっとも大きな快感だった。これは自分で思いがけず見つけた初めての官能的な発見で、ふたりが愛し合いはじめた初期の頃から、おそらく四回目か五回目に彼に抱かれたときからすでにしていたことだわと、エマニエルは思った。

最初は、この〝エキストラ〟を控えめに、間隔をあけて、特別なご褒美のようなものとして、自分に許していた。それから、もっと頻繁になった。気持ちよかった！　たびたびそうすることが、彼女のなかでよろこびの要因だったのだ。それ以来、エマニエルは夫がセックスをしてくれるのを待ち焦がれるようになった。肉体的な欲望からだけでなく、そのときに自分が欲する別の男が即座に現れて、気まずさや恥じらい、原則や習慣を乗り越える必要もなく、もっとも親密で放縦な愛情行為をその男に捧げ、おそらく現実ではする勇気がないようなことも空想のなかでするようになったからだ。そうして彼女の快楽が増大するにつれてジャンの快楽も大きくなったので、まったく裏切っているのではなかった。日に日に、彼女はジャンにとってより情熱的で官能的な情婦になっていった。エマニエルは、これからは一貫してこのやり方でセックスをしようと心に誓った。セックスをするたびに〝第三の相手〟を呼び起こし、不均衡の法則を遵守《じゅんしゅ》するのだ。このとても洗練された快感を思うと、エマニエルはいてもたっててもいられなくなり、別の誰かとセックスをするために、今すぐに夫に抱かれたいと思うのだった。誰と？　とエマニエルは考えた。もちろん、マリオではない。それは面白くない。クエンティンと。

「ベッドのなかで、一度にふたりの幽霊を呼ばないように気をつけなくちゃ」とエマニエルは自嘲気味に言う。「そんなことをしたら、偶数になって、ほら、ぜんぶ台無しだわ！」

マリオは微笑んで言う。

「いいえ、そんなことはありません。偶数が不平等に分配されて、やはり不均衡は存在するからです。もちろん、同じベッドの上でふたりずつ抱き合うというのなら、四人でセックスすることをけっしてお勧めしないでしょう。それではなんのおもしろみもありませんし、まったく月並みだからです。それにこういった遊びは、夕べの祈りのあとに好んでやるような凡人たちにまかせておくのがよいでしょう。ですが、四人での行為は排斥しなければならないと結論づけるのは遺憾なことです。なぜなら、四角形の平凡さを贖《あがな》って、たとえば、三人とひとりに分割すれば、興味深い可能性を提供してくれるからです。そうすると、八人であっても同じで、六人の男とふたりの女というもっとも巧みな組み合わせになって、最初は、ひとりの女に三人の奉仕者が付き、最終的には、このように作られた二つのグループが連結されるのです」

エマニエルはその光景を想像してみようとした。

「単純さにもたしかに魅力はあります」マリオは人のよさそうな笑みを浮かべて言う。「セックスをするもっとも味わい深い方法はやはり、先ほどあなたもおっしゃったように、ひとりの女が同時にふたりの男に身をゆだねることだと思うのです（エマニエルはそのような考えが自分のものであると思われていることに驚いて眉を上げた)。これほど完璧で調和のとれた経験はほとんどありませんし、それが趣味のいい女たちのお気に入りの楽しみであるのはもっともなことです。ただひとりの男に抱かれることとふたりの男に抱かれることのあいだには、米から醸造した酒とシャンパーニュのブドウの粕から造ったマルク・ド・シャンパーニュのあいだの大きな隔たりと同じものがあります」

マリオはアルコールの入った瓶を持ち上げ、エマニエルのグラスに注いだ。エマニエルは困惑しながらも金褐色のリキュールをひと口飲んだ。マリオはエマニエルから視線をはずさず、じっと見つめていた。そして言う。

「ただひとりの男の腕のなかでは、女はすでに半ば見捨てられています。たしかにあなたの精神は行列するほどの数の恋人を求めていて、それはやはりその両性的な性質と純真な性癖とで区別されない、あなたの肉体の正当な義務です。どんなときであっても、あなたの肉体のある部分がほかの部分よりもおろそかにされ、半分は見過ごされ、半分は人目を引くなどとなれば、耐えがたいことでしょう。あなたの感覚のすべての入口が、愛に対する同じ権利と、同等の徳を持っているのです。そして、ただひとりの男があなたの始まりと終わりに同時に存在することはできないので、少なくともふたりが共同であなたの肉体のジレンマを解決するよう工夫を凝らすべきなのです。ふたりの男が同時にあなたの二つの口に快楽を歌いかけて初めて、あなたは女であることの理由とその美を完全に知ることができるのです」

マリオは礼儀正しく尋ねる。

「お好きですか?」

エマニエルはきらきら光る球体に目を落とし、咳払いをした。マリオは容赦なく続ける。

「つまり、ふたりの男とセックスをすることです。空想のなかだけでなく……」

エマニエルは率直な答えを選ぶ。

「わからないわ」と言う。

「どういうことですか？」マリオは驚いて、気取った声で言う。

「一度もしたことがないんだもの」

「ほんとうですか？　いったいどうして？」

エマニエルは肩をすくめる。

「このやり方に反対ですか？」マリオは苛立った様子もなく尋ねる。

エマニエルの顔に、的確な意味を与えるのが難しい表情が次から次へと現れた。マリオがそのまま何も言わずにいるので、エマニエルはますます気まずくなった。なんだかわからないけれど、精神に対する説明できない罪を犯して、非難されているように感じていた。

「あなたはなぜ結婚したのですか？」マリオは突然尋ねた。

エマニエルはなんと答えたらいいのかわからなかった。誰かに肩をつかまれて、目隠し鬼のようにくるくると回転させられて、方向がわからなくなってしまったような感じだった。目隠しされて、両手を前に伸ばして、罠に落ちるのが怖くて、どの方向へも足を踏み出すことができなかった。マリオに、ジャンを愛しているから——あるいはジャンとセックスをするよろこびのために——結婚したのだとは言いたくなかった。けれども、幸いなことに、この状況にふさわしいように思えるある考えが頭に浮かんだ。

「わたし、レズビアンなの」エマニエルは言う。

マリオは瞼をぱちぱちさせた。

「そうですか！」そう言って、それから、疑わしそうに、

「しかし、ずっとそうなのですか？　それとも、子どもの頃だけそうだったのですか？」

「ずっとよ」エマニエルは答える。

それと同時に、予想もしていなかった苦悩の波に飲みこまれてしまった。自分はほんとうのことを言ったのだろうか？　ふたたび女の体を抱きしめることができるのだろうか？　ビーを失って、エマニエルはすべてを失ってしまったけれど……。

「ご主人はあなたの嗜好をご存じなのですか？」

「もちろんよ。それに、みんな知っているわ。秘密じゃないもの。美しい少女を愛して、愛されることを誇りに思っているわ」

エマニエルはそのとき挑戦的な言葉を吹聴する必要があると感じていた。けれど、その言葉は彼女を傷つけただけだった。

マリオは立ち上がり、部屋のなかを大股で歩き回った。興奮しているようだった。そして戻ってくると、エマニエルの手をとり、長椅子に座らせ、その足元にひざまずいた。驚いたことに、マリオはエマニエルの膝に軽く口づけ、両脚に腕をまわした。

「〝女はみな美しい〟」マリオは深く熱を帯びた声でささやいた。「〝女だけが愛することを知っている。ビリティスよ、われわれとともに残りなさい！　残るのです。もしあなたが燃えるような魂を持っているのなら、鏡のなかをのぞくように、あなたが愛する人の体に美を見つける

ことでしょう」

エマニエルは、物悲しい皮肉を込めて、自分には運がなかったのだと考えた。レズビアンになりきれていない女と強すぎる男に同時に惚れ込んだのは、まさに自分のことだと思った。

けれども、マリオはすでに無頓着な態度を取り戻していて、尋問を続けた。

「女の恋人はたくさんいたのですか？」

「ええ、もちろん！」

エマニエルは、ビーの思い出でこの夜を台無しにしたくなかった。だから言った。

「頻繁に相手を変えるのが好きなの」

「あなたが望むだけの恋人を見つけることができるのですか？」

「難しくはないわ。申し出ればいいだけだもの」

「拒む人はいないのですか？」

「あまりいないわ！」エマニエルはそう答えたけれど、それと同時に、虚勢を張ることにうんざりしはじめた（彼女は素朴さと率直さを急いで取り戻そうとしていた）。そして、幸せそうに笑いながら訂正した。「もちろん、うまくいかないときもあるわ。でも、それは彼女たちにとって残念なことだわ！」

「そのとおりです」マリオは同意する。「それで、あなたは？　あなたは簡単に手に入れられますか？」

「まあ！　ええ、わたしは成り行きにまかせるのが好きだから！」

エマニエルは笑ってそう言うと、さらに付け加えた。

「でもそれは、わたしに恋する女の子がほんとうに可愛い場合ね。美しくない女は嫌いなの」

「すばらしい考え方ですね」マリオはまたお世辞を言う。

そして、おそらくはずっと気になっているのであろう話題に戻した。

「ご主人はあなたの同性愛をご存じだとおっしゃいましたが、それを認めていらっしゃるのですか？」

「ええ、勧めてもくれるわ。結婚するまで、こんなにたくさんの女友だちがいたことがなかったのよ」

「ご主人は、触れ合うことであなたの気持ちが自分から離れてしまうことを恐れていないのでしょうか？」

「まさか！　女とセックスをするのは男とするのとはまったく別のことよ。どちらももう一方の代わりにはならないわ。両方とも必要なの。だから、全然レズビアンじゃないのと同じくらい、完全にレズビアンなのは残念なのよ」

このとき、エマニエルの意見は断固としたものに思えて、その確信がマリオにすら称賛の念を起こさせたようだった。

「ご主人もまた、あなたの恋人たちの魅力から得るものがあるというわけですね？」マリオは気づかいながら尋ねた。

エマニエルは揶揄するように微笑む。

「そのことばかり考えているのは、彼女たちのほうだわ」とふざけて言う。

「嫉妬しないのですか？」

「嫉妬なんて、滑稽すぎるわ！」

「たしかに。分け合うのは、快楽を増やすためですからね」

マリオはうなずく。心地よい光景を思い起こしているかのようだった。エマニエルは、女友だちたちの裸体を思い出していた。全裸の、触れるととても気持ちよく、このうえなく美しい肉体を！　だから、マリオの最後の言葉がエマニエルに聞こえていたのかどうか定かではない。

「では、彼は？」短い沈黙のあと、マリオが尋ねた。

エマニエルは目を大きく見開く。

「彼？」

「ええ、あなたのご主人です。彼はあなたのためにたくさんの男を調達するのですか？」

「なんですって？」エマニエルは心底ショックを受けたようだった。「まさか！」そう言って顔を赤らめた。

「結婚した後もですか？」マリオは動じることなく、さらに追及する。

エマニエルは憤りを抑えきれないという仕草をした。

「そういうことなら」マリオは冷ややかに言う。「あなたにとっても、ご主人にとっても、結婚している利点がどこにあるのか、私にはわかりませんね」

マリオはブランデーをひと口飲み、よく味わいながら、軽蔑するような口調でさらに尋ねた。

「ご主人はあなたに、ほかの男とセックスをすることを禁じているのですか？」

エマニエルは急いで答える。

「いいえ、まったく」

けれど実際、心の底では、そこまではっきりと否定してよいのかどうかわからなかった。

「そうしていいと、言われたのですか？」

エマニエルはひどく責められているように感じていた。

「もちろん、はっきりとは言われていないわ。でも、だめだと言われたことは一度もないのよ。それに、そういうことをしているかどうかも聞かれたことがないわ。自由にさせてくれているの」

マリオは残念そうな仕草をした。

「それについては、彼を非難するべきでしょう。エロティシズムが必要とするのはそういった自由ではありません」

エマニエルはマリオが言いたかったことを理解しようとした。

そして言う。

「でも、さきほど、幸せな番人はいないとおっしゃいましたよね」

「それと同時に、愛する人の愛に参加することなしに幸せな愛はない、とも言いました」

エマニエルはうなだれ、ふたたび猜疑心《さいぎ》に襲われた。

「あなたがひとりでパリにいた頃、ご主人に手紙を書くときに、恋人たちのことを知らせていましたか？」マリオが訊く。

エマニエルはマリオの〝凡庸さ〟に気づき、打ちのめされた。頭を振って、それからその質問を巧みにかわそうとした。

「女友だちのことを話していたわ」エマニエルは言う。

マリオは、何も書かないよりはずっといい、ということを意味するような仕草をした。そしてふたたび、ふたりは口をつぐんだ。エマニエルはクエンティンを見た。クエンティンは驚くほど辛抱強く微笑んでいた。エマニエルは、彼は話の内容をほんとうに理解しているのだろうか、それともたんに退屈していることを隠そうとして微笑んでいるだけなのだろうかと考えた。

「ジャンが嫉妬深い人だとは思わないでくださいね」エマニエルが言う。マリオに与えてしまったかもしれない悪い印象を払拭しておきたかったのだ。「夫はわたしほど嫉妬しないわ。ほら、彼自身がわたしに脚を見せるようにと勧めるくらいですもの。それに、わたしがぴっちりしたドレスを着ているのは、夫をよろこばせるためなのよ。たとえば、車から降りるときに、スカートができるだけ高いところまでめくれるように。どんなにきちんとしたサロンでも、わたしがとても淫らな姿勢ですわっていることに気づいていたでしょう?」

そう言って笑う。

「それくらいではショックは受けないわ。夫とわたしがエロティシズムの才能があるということの証拠ではないかしら?」

「そうですね」

「それに、わたしの胸元の開き具合を調節するのは夫なのよ。自分の妻の胸をこれほど気前よく露出させる夫が、そんなにいるものかしら?」

「あなた自身も、胸を見せるのが心地よいのではないですか? 肉体的快感?」

「ええ、そうよ」エマニエルは答える。「でも、とくにジャンに教えられてからだわ。その快感を知るまでは、触れられるのが好きだったの。女の子たちがわたしに触れるのが好きで、見られているかいないかは関係なかった。見られることのよろこびはなかったの。でも今はちがうわ」

そして、きっぱりとこう付け加えた。

「もともと露出するのが好きだったわけじゃないのよ。彼のおかげで、こうなったの！」

エマニエルは繰り返す。

「わかっていただけたかしら？」

「ご主人はなぜあなたをこのように公然と欲望をそそる女にしようと思ったのだと思いますか？」マリオが尋ねる。「たんに挑発的な女にするためだけだとしたら、あまり褒められたものではありません。また、単純な思いあがりから、自分の妻の美しさを富としてひけらかし、それを持っていない隣人を軽蔑するためだとしたら、それもよいことではありません」

「まあ！　それはちがうわ」エマニエルは抗議した。夫のことを悪く言われるのは耐えられなかったのだ。「ジャンはそんな人じゃないわ。わたしに自分の肉体を他人に見せる気にさせたのはむしろ、ほかの人のためになると考えているからよ……」

「ということは、私の言ったとおりじゃないですか！」マリオは勝ち誇ったように言う。「ご主人が、あなたが男性の欲望を呼び覚ますように工夫を凝らしたり、あなたをそんなふうに勃起の対象になるように仕向けたりするのは、あなたがほかの男たちとセックスをすることを望んでいるからです」

「でも……」エマニエルは反論しようとした。

そんなふうに考えたことは一度もなかったけれど、マリオの考えをくつがえすだけのものを何も見つけられなかった。当惑したまま、考えた。ジャンがエマニエルにそれを期待しているなんていうことがあるのだろうか? エマニエルは言う。

「それなら、ジャンはなぜ私が浮気をすることを望むのかしら? 男は、ほかの男に妻を取られることにどんなよろこびを見いだすことができるというの?」

「そうですね」マリオは深刻そうな声で言う。「いいですか? あなたがおっしゃりたいのは、教養のある男が、洗練されたエロティシズムによって、自分の妻がほかの男を誘惑することを望むことがあるということが理解できない、ということですよね? いずれにせよ、旧約聖書の『集会の書』には次のように書かれています。〝妻の魅力は夫のよろこびである〟論理的に考えてみてください。もしあなたのご主人が、あなたが女とセックスをしていることを知ってよろこんでいるのなら、なぜ男に対して別な考え方をしなければならないのでしょうか? 異性愛と同性愛のあいだには、ほんとうに、あなたが思っているほど本質的な性質上のちがいがあるのでしょうか? 私にしてみれば、愛はひとつしか存在しませんし、相手が男であろうと女であろうと、夫と、恋人と、兄弟と、姉妹と、子どもとセックスをしようと、同じことなのです」

「でも、ジャンは、わたしが彼に処女を捧げる前からずっと、わたしが女の子を好きだということを知っていたわ。知り合った最初の日に、わたしが彼に言ったの」

エマニエルはそう言うと、マリオが言ったことを急に思い出して、突然こう付け加えた。

「もちろん、もしわたしに兄弟がいたら、セックスしていたと思うわ。でも、わたしはひとり娘なの」

「だから？」

「だから？……だから、わたしは女を愛撫することはあるけれど、夫を裏切ってはいないと思うの」

マリオは面白がっているように見えた。

「彼は、男が好きなのですか？」マリオが訊く。

「まさか！」

エマニエルは、夫が同性愛者かもしれないと考えるのはバカげていると思った。

「あなたは間違っています」とマリオが指摘した。彼はエマニエルの考えていることを見抜いていたのだ。

「そんなことはないわ！」

マリオが微笑むと、エマニエルは、そんなことはないのかどうか確信が持てなくなり……

「あなたは、ご主人がほかの女と寝てくれたほうがいいと思いますか？」マリオが訊く。

「わからないわ……。でも、そうかもしれない」

「それなら」とマリオは勝ち誇ったように言う。「あなたやほかの男について、ご主人も同じように考えているのではありませんか？」

〝たしかに〟とエマニエルは考えた。

「ほかの例を考えてみましょう」マリオは答えを待たずに続ける。「あなたは脚や胸をさらけ出していますが、それは単なる習性からでも、社交上の駆け引きからでもなく、身を捧げることに興奮するからですよね。そうでしょう？」

「身を捧げる……」

この言葉を繰り返したエマニエルの声の調子から、彼女がこの言葉の選択がよくないと思っているのがわかった。いずれにせよ、言い過ぎだ……。けれど、マリオは気にしていないようだった。そして、続ける。

「ご主人がその場にいるほうが、あなたの快楽は大きくなりますか？」

エマニエルはよく考えてみた。

「そうだと思うわ」

「ご主人のそばにじっとすわっていて、ご主人の親友があなたのドレスの下に視線を押し進めようとするときに、その男が手も滑り込ませてくることを想像することはありませんか？」

「もちろん、あるわ」エマニエルはよろこんで認める。

けれども、だからといって、ジャンが同じ光景を大いに楽しみながら想像しているだろうとは思えなかった。マリオを困らせるためだけに、エマニエルは故意に、絶対に安全な順応的態度をとることにした。

「よく話に聞いたり本で読んだりするのは、恋人の妻とセックスをしてはいけない、ということだけれど、この道徳ももう古いのかしら？」

マリオは挑発には動じず、落ち着いて答える。

「もし私の友人が、私が望まないであろう女を選んだとしたら、それは私が友人を選びそこねたことになります」

「わたしは義務について話していたのよ。可能性についてじゃないわ」と、エマニエルは言う。

「ええ、われわれの第一の義務は、自分にできることはすべてすることだということをわかっていただきたいのです」

「ということは、もしあなたがあなたの友人の妻を奪うことができないとしたら、それはあなたのせいだということですか？」エマニエルは正直というにはあまりに勉強熱心な口調で訊いた。

「私は誰も奪いません」マリオは根気よく訂正する。「どうして誰かから誰かを奪うのですか？　人間は占有するものではありません。もし私がセックスをするとしたら、それは財産を増やすためではなく、快楽のやりとりをするためです。友人と快楽のやりとりをしてはいけないと思いますか？」

エマニエルは、意味論という、マリオがジャンに託した意図よりも個人的でない論説の場がもたらすわずかな気晴らしの可能性にしがみついた。

「〝私を抱いて〟と男に言う女、妻のいる男、彼の妻。性的魅力のある体を所有することによろこびを感じる男。彼らは不道徳なのでしょうか？」

「彼らは時代錯誤です。そして、廃れた言葉を使います。世界を後退させます。前年と同じように考え、話し、生きることは、どの時代の人にとってもお互いを理解する助けにはなりません。ましてや、愛し合うことなどできないのです」

エマニエルの沈黙はかならずしも降伏を意味するものではない。マリオはそのことを疑い、ため息をついた。

「あなたにはまだ学ぶべきことがたくさんあります。単なる性行為を官能的な芸術から引き離すべてのものを学ばなければなりません」

マリオは自分の任務に戻り、エマニエルが使った言葉に皮肉めいたアクセントをつけて言った。

「もしあなたのご主人が〝裏切られ〟たくないと思っているのなら、なぜ今晩ここにあなたをひとりで来させたのでしょう？　ご主人は反対したのですか？」

「いいえ。でも、おそらく男の人の家で食事をすることがかならずしもその男に身をまかせることを意味するわけではないと考えているのだと思うわ」

エマニエルは優雅に自然さを装った。皮肉が効いたかどうかは、わからなかった。マリオは瞑想にふけっているようだった。そして、エマニエルが別のことを考えはじめたとき、彼が尋ねた。

「あなたは今晩、身を捧げる覚悟ができていますか、エマニエル？」

マリオがエマニエルを名前で呼んだのはこれが初めてだった。エマニエルはこのような質問をこんなにも無造作に投げかけられたのを聞いて感じた動揺をできるだけ隠そうとした。そして、自由を証明するために、同じくらいぞんざいな口調で答えようとした。

「ええ」

「なぜ？」

そう聞かれて、すぐに困惑した。

「あなたは簡単に男に身をまかせるのですか？」マリオが尋ねる。

エマニエルは恥ずかしくてたまらなくなった。この会話はわたしに屈辱を与えるためのものなのかしら？　エマニエルは自分のことをもう一度きちんと理解してもらわなければならないと感じた。そして、いつもとはちがう強い口調で答えた。

「その反対よ。女の恋人はたくさんいたと言ったけれど、男の恋人がたくさんいたとは言っていません」突然の衝動に突き動かされて（そして、驚いたことに）「すべて打ち明けてしまうと、ひとりもいなかったの」と付け加えた（というのも、嘘をつくのは嫌だったし、嘘をついたとしても最小限にしたかったからだ）。「これで、今までずっと、どうしてこのことについて夫に話すべきことが何もなかったのか、わかっていただけたかしら？」と、わかりやすく微笑んで言った。

　エマニエルは、そのような徳が自分に備わっていると主張すると同時に、実際それほど間違っていないのだと思った。飛行機のなかで代わる代わる彼女を誘惑した見知らぬ男たちを、本気で恋人と呼べるのだろうか？　マリー・アンヌはその男たちは数に入らないという意見だった。そしてエマニエル自身もだんだんと、あの出来事がほんとうにあったことなのかどうか疑うようになり、天と地のあいだで彼女に与えられた白昼夢のようなものに身をゆだねながら、夫が毎晩彼女の体のなかで快楽を味わっているあいだに、自分が意図して身をまかせている男たちの架空の抱擁を味わうこと以上に不誠実なことはしていないと考えるようになっていた。

　そのとき初めて、エマニエルはおそらくあの旅行者のどちらかの子どもを身ごもっただろうと思った。それはもうすぐ知ることになる。けれども、そのことすら大して重要ではなかった。

　マリオはしかし、エマニエルに対する興味が突然増したようだった。

「あなたは私をからかっているのではありませんか？　たしかに、男も好きだと言っていたように思うのですが」

「ええ、そうよ。実際、結婚しているでしょう？　それに、今晩にでも、夫以外の男に身を捧げる覚悟ができているときは言ったばかりよ」

「初めてだということですか？」

エマニエルは頭を振って、半分嘘だと認めた。

(マリー・アンヌが秘密を漏らしていなければいいけれど！　と、エマニエルは突然不安になって考えた。でも、マリオが何も知らないことは明らかだった)。

「そういう気になったことは何度かあったけれど、そのときは誰も相手にしてくれなかったのよ」と、エマニエルは言わなくてもいいことまで付け加えた。マリオはそれを感じ取ったにちがいない。嫌な笑みを浮かべてエマニエルを見ていた。

そして、反撃に出た。

「なぜあなたはご主人を〝裏切り〟たいのですか？　肉体的に満足させてくれないからですか？」

「いいえ！　それはちがうわ」エマニエルは動揺し、突然悲しくなって叫んだ。「ちがうの。ジャンはそういう意味でもすばらしい夫よ。まったく欲求不満なんかじゃないわ。そうじゃなくて、それどころか……」

「ああ！」マリオは言う。「〝それどころか〟？　そう、興味深いのはそこです。〝それどころか〟というのがどういう意味なのか、教えてくれませんか？」

エマニエルはマリオに腹を立てていた。ジャン自身がエマニエルに男の恋人がいることを望んでいるのだと、マリオが立派に証明してくれていたのに、そのことをもうすっかり忘れてしまっているようだった……。

それにしても実際なぜ、今日はいとも簡単に、不実になるという考えを受け入れてしまうのだろう、とエマニエルは考えた。なぜこんなにも、生まれて初めて、しかもこんなに突然に、結婚していながら恋人のいる女になりたいと思ったのだろう？　おそらくそれは、それこそがエマニエルが望んでいたことだからだ。不実の妻であるということ。彼女はそれを望んでいたのだ、ジャンを愛する情熱が薄れるというのでもなく、——それどころか……。いったい何が起きたのだろう？　言葉の意味を考える間もなく、自分がこう言っているのが聞こえた。

「それは、幸せだからだわ。それは……それは彼を愛しているからよ！」

マリオはエマニエルのほうに身を乗り出し、はっきりと言った。

「言い換えれば、あなたがご主人を裏切りたいと思うのは、退屈だからではなく、弱いからでも、復讐したいからでもなく、それどころか、あなたを幸せにしてくれるからなのです。ご主人があなたに、美しいものを愛することを教えてくれたからです。男の肉体があなたのもっとも奥深いところまで貫くことによってもたらされる肉体的快楽のすばらしさを愛することを教えてくれたからです。愛とは、裸になった男の肉体が裸のあなたを押しつぶすときの、あのまばゆいばかりの感覚なのだと教えてくれたのです。絶えずよみがえる輝きを生命に与えてくれるもの、それはあなたの両手が肩に向かい、ドレスを腰まで落とし、乳房をあらわにさせるその仕草、あなたの両手が腰に向かい、ドレスを足元まで落とし、あなたを夢にもまさる見事な彫像にするその仕草なのだと。美とは、あなたの体だけで完成するものではなく、満たされてこそのものなのだと、彼は教えてくれたのです。美とは、誰かの手があなたの着ているものを脱がせてくれるのを待つことではなく、あなた自身の手ですぐにでも、そして気取らずに、あなたをおおい隠すものから解放し、あなたに向けられた肉体に光のように差し出すことなのです。それ以外の美はない、それ以外の幸福もないと、彼は教えてくれたのです。あなたの肉体が欲したこの衝動、あなたの能力の組織は、無限の知性を持っていて――それは、果てしなく繰り返されることによってのみ完成するのです。そして、本能に打ち勝つ存在であるわれわれにとって、意識をともなういかなる行為にも、思慮深く探求し、そのただ一瞬――女が男の種を得て、男を再生させるその覚醒した瞬間の――だけを、巧みに抱擁すること以上の意味はないのです。それは、大理石がトルソーになり、転調がシンフォニーになることよりも、もっと驚くべき創造的奇跡ではないでしょうか！　物質の遺産よりも人間らしい現実、われわれの自由の奇跡、肉体的精神性、生命の芸術作品！」

エマニエルは、その言葉の枝に包まれ、自分が何者であるかを決められてしまうがままにしておくべきなのかどうかわからないまま、マリオの言葉に耳を傾けていた。そして、きらきら光を反射させているグラスをマリオの手から取り、しっかりとしたまなざしを向けた。

「あなたはそのようにして身を捧げるのですね？」マリオは確かめるように言う。

エマニエルは首を傾げた。

「ご主人には、これまでどおり信用していてくれるように言うのですよね？」

エマニエルは平静を失い、思わず警告するように言った。

「まあ！　それはちがうわ」

それから、少しためらって、

「今すぐには……」

マリオは寛容さを見せて言う。

「そうですか。ですが、あなたは学ばなければなりません」

「いったい何をもっと学ばなければならないというの？」エマニエルは抗議する。

「語るよろこびです。秘密にしておくことよりも、もっと繊細で、もっと洗練されたよろこびです。きっといつか、恋の冒険の面白さよりも、あなた自身であると同時に、あなたをもっとも注意深く見てくれている男に、愛撫以上のよろこびを与えてくれる詳細を加味しながら、それを長々と語るよろこびのほうが、ずっと価値があると思える日が来るでしょう。

その男は、あなたが何倍にもなったことを知って、あなたと同じかそれ以上にうれしい気持ちになるでしょう」

マリオは情けをかけるような仕草をした。

「ですが、急ぐ必要はありません。さしあたり、隠しておくほうが簡単なのであれば、師であるご主人には、生徒が成長する様子をまだ知らせずにおいてもいいでしょう。それに——マリオはいくらかからかうように微笑んだ——、あなたの進歩が完璧に確実なものになるまで待つほうがいいのではないでしょうか。そうすれば、ご主人の驚きはこのうえないものとなるでしょう。しかし、試練のあいだは、ご主人ではなく、別の誰かがあなたの指導者にならなければなりません。なぜなら、エロティシズムへの道はときに険しく、ad augusta per angusta《狭い道で頂上へ》、あなたひとりではおそらく、くじけてしまうか、あるいは道に迷ってしまう危険があるからです。どう思いますか？」

エマニエルは形式的に意見を求められているだけだと思い、何も言わないことにした。マリオが続ける。

「おわかりかとは思いますが、弟子はどこまでも忍耐強くなければなりません。どんな指導者であっても、あなたの意志の代わりをすることはできません。あなたに道を示しますが、その一歩がどこへ続くのかを知り、しっかりとした足取りで実際に歩くのはあなたなのです。どんな芸術であれ、学ぶときにはよろこびよりも労苦が大きい。忍耐に報いる恩寵が訪れる前に心が折れてしまった人が、もしも幸福の機会を逃したとしたら、同情に値するでしょうか？　いつの日か、このつらい労苦の記憶さえも、あなたにとって甘美なものとなるでしょう。今日、あなたは自由に決断することができます。どんなことでもやってみる覚悟はできていますか？」

「どんなことでも？」エマニエルは慎重になって尋ねる。

それは、ほんの数日前の、マリー・アンヌの言葉だったと思い出した。

「そう、どんなことでも！」マリオは、急に簡潔に言った。

エマニエルは、その「どんなことでも」がどんなものか思い浮かべてみようとした——けれど、マリオの気まぐれに身をゆだねること以外、何も想像できなかった。けれども、いずれにせよ、エマニエルはマリオに身を捧げると決めたのだから、彼がエマニエルをどうしようと（彼女はまだ自分の語彙《ごい》を更新できていないことを悔やむことなく指摘した）、大して重要ではないのではないだろうか？　それに、マリオがエマニエルのために準備している経験が彼女を〝変異させる〟効果があると考えているとしたら、マリオは自分の愛の流儀の効力をいくらか誇張しているのではないかと、少し皮肉を込めて思った。エマニエルは男との実践経験がほとんどなく、そのことは認めていたけれど、それでも、女が進歩できるようになるためには、恋人の特異性に服従する以上のことをしなければならないと確信していた。男の自惚れに気を削がれた。けれども、行為に進むことを思いとどまらせようと思うほどの苛立ちはなかった。

エマニエルが動揺したのは、マリオが請け合ってくれるにもかかわらず、なぜこの関係が夫に知られないままのほうがいいと思っているのか、その理由を説明できないことだった。実際、ジャンの動機についてマリオが思いちがいをすることを恐れたからではない、とエマニエルは思った。それよりむしろ、さきほど漠然と理解した、はっきりとは説明できない理由によるものだった。愛する夫を〝裏切る〟ということ、それが何か特別な、とてもやさしい快楽であり、そのときまでは考えたこともなかったけれど、その誘惑が頭から離れなくなってうずうずしていたからだ。エロティシズムの世界では、夫の加担、不実な妻の打ち明け話によって、より進歩した放縦が形成される可能性はじゅうぶんにある、とエマニエルは思った。しかし、彼女はまだそこに至っていなかった。冒険を秘密にしておくことは、期待していた快楽が減るどころか、むしろ増えることになるように思えた。マリオが規則を示してくれた複雑な技術を学ぶ前に、もっとも単純なもので自分を満足させたかった。不倫だけでもじゅうぶんに、すばらしい発見の可能性があるのではないだろうか？

実際には、ほとんど気づかないうちに、身をまかせることを想像していた基本的な官能的欲望よりも、抽象的なエロティシズムのほうに刺激を受けていた。というのも、恋人が与えてくれるであろう快楽、身をまかせる気にさせてくれて、すでに我を忘れさせてくれた快楽への期待よりも、ジャンを裏切りたい、愛しているのと同じくらい裏切りたい、今すぐに、たくさん、体全部で、裸になった体全部で、見知らぬ男の種が流れ出るであろう腹のなかの甘美さで、彼を裏切りたいという欲望のほうが強かったからだ。

マリオはエマニエルを見つめていて、その視線がエマニエルを困惑させていた。革張りの長椅子の上で、エマニエルは姿勢を変え、その方法を心得ていると説明したように、脚を大胆に見せてみた。マリオがふたりの男とセックスをすることについて話していたのは、きっとマリオがエマニエルをジャンと共有したかったからだろうと思った。〝それでもいいわ！　きっとできる〟。エマニエルは、マリオとだけしたかったのだけれど、あるいは、クエンティンを避ける方法がないのなら、クエンティンには、マリオがその重要性をとても高く評価している観客の役割で満足してもらおう。けれども、エマニエルはもうマリオの要求に逆らわないと決めていた。おそらくは、クエンティンにも好かれたいという漠然とした願望があると自分でもわかっていたのではないだろうか。それに、マリオは、ふたりの男とのセックスはとても魅惑的だと言っていたから……。

「少なくとも、複数の女とセックスしたことはありますよね？」とマリオが訊く。

エマニエルはまたしても、マリオがこんなにもたやすくエマニエルの心を読み取ってしまうことに有頂天になった。それならば、彼女がどれほどマリオを求めているかもわかっていたにちがいない。マリオは露骨にエマニエルの脚を褒めた。エマニエルはそれに答えるのを忘れてしまっていた。

マリオは詩句を引用するときのように、ふるえるような、独特の口調で唱える。

「〝わたしはこんなにも純粋なのだ！　わたしの膝は無防備な膝の恐怖を予感しているのだ！〟」

エマニエルは、マリオが彼女の体の魅力に敏感であることがうれしかった。けれども、マリオは好奇心をそんなに簡単にはそらせなかった。そして、また尋ねる。

「何人もの女と同時に、という意味です」

「ええ」エマニエルは言う。

マリオはうれしそうに見えた。

「ああ！　あなたはそれほど無垢ではないのですね！」

「どうしてわたしが無垢だなんて思ったのかしら？」エマニエルは怒ったように言う。「そんなふうに言ったことは一度もないのに」

素行がよいと思われることは、彼女にとってはもっともひどい侮蔑になっていた。いくら脚を露出して見せても褒めてもらえなかったので、エマニエルは長椅子の上にまっすぐに立ち、着ているものを脱ごうとした。その衝動はあまりに強く、エマニエルは足首を下にしてひざまずいた。そうして見せてもまだマリオを納得させることができなかったら、エマニエルはマリオの前でマスターベーションをするつもりだった。乳房が燃えるように熱かった。おそらく、マリオのブランデーのせいもあったのだろう。エマニエルは急に大胆になった。それでもマリオは、平然としたままだった。行動よりも言葉によるエロティシズムに貪欲なようだった。マリオは質問を続ける。

「ふたりの少女を同時に愛撫するときは、どのようにするのですか？」

エマニエルはもう辛抱できなくなっていた。〝口頭試問〟を急いで終わりにするために、現実にまさる想像上の光景を話した。自らの記憶を詳細に掘り起こすつもりはなかったし、ちょっとした創作は、たとえ無邪気なところがあったとしても、貞節の歴史を語るより、マリオの気に入るだろうと思った。マリオは騙されなかった。

「どれもこれも小さな女の子のお遊びのように思えます」マリオはやさしくエマニエルの話をさえぎった。「そろそろ大人になりましょう、お嬢さん」

そう言われて気分を害したエマニエルは、復讐の一撃を与えようとした。不用意なことを言うと自分の計画が台無しになるかもしれないと気づいて舌を噛んだけれど、すでに遅かった。

「それなら、あなたは？　男の子たちとうまくやる方法をご存じなの？」

エマニエルの驚いたことに、マリオはそれでもまったく動じていないように見えた。それどころか、機嫌のよい声になった。

「それでは、お見せしましょうか！」

マリオはクエンティンに英語で話しかけた。エマニエルは、ふたりの男がこの場で実演してみせてくれるのだろうかと興奮気味に考えた。

6　サム・ロー

街はわたしのものである。わたしはこれを意のままにする。

伝道の書　八の十二

朝のうちに種をまけ、
そして、夕方になっても、汝の手を休めてはならない。

同十一の六

科学の樹はそれを葉でおおっていたけれど、
その葉はわたしの腕だった。

モンテルラン『ドン・ジュアン』

エマニエルが連れてこられた場所は、バンコクに来てからずっと目にしているコンクリートの大きな建物や庭園の草木とホウオウボクに隠れた邸宅が建ち並ぶ大通りとは似ても似つかないところだった。夢を見ているのだろうか？　満月は背景を青白く照らし、駆け引きをする場所にあまりにもふさわしい雰囲気を醸し出していて、すべてがとても現実とは思えない。背景とは言い得て妙で、その言葉は、紛《まが》い物の眺望、演壇、段ボールでできた壁、不安定な組み立て、足場などを連想させる。マリオの後ろ、クエンティンの前を、エマニエルは不安そうに、細いヒールのパンプスを履いた脚で一歩一歩、長さ十数メートル、幅三十センチほどの長い板でできた狭い橋を渡っていく。運河のよどんで動かない水はむしろ下水道のようで、橋を支える両側の架台はそのなかに立っていた。橋の上を歩く人の重みで板がたわみ、踏切板のように揺れる。エマニエルは、遅かれ早かれ泥水のなかに投げ込まれてしまうのではないかと心配になる。

架台のところまで来ると、さらに遠くへ進むには、その次の板へ斜めにまたいで移らなければならなかった。次の板は、渡りきった板よりもさらに傷んでいてよく揺れた。こうして三人で数百メートル進んだけれど、この奇妙な行程はまだ終わりそうにない。進むにつれてエマニエルは、既知の世界から永遠に離れていくような気がしていた。そして、吸い込む空気さえも、ふつうとはちがう粘り気があり、異なるにおいがした。夜が完全なる静けさを生み、訪れた人は、まるで冒瀆《ぼうとく》を恐れるかのように、息をすることも、それ以上話すことも慎むようになる。そのうちに、エマニエルは、この静けさが実は、コオロギの単調で途切れることのない甲高い鳴き声で成り立っていることに気づいた。

エマニエルと指導者たちは、三十分ほど前に、マリオが船頭を呼んで運河に浮かぶ船着場に横づけさせた幅のせまい小舟に乗って、丸太でできた家を出発した。そしてしばらく運河《クロン》をさかのぼったのだ。それから、マリオが行き当たりばったりで決めたのか、それとも逆に、何か目印があったのかエマニエルにはわからなかったけれど、三人は小舟を降りて、大きな運河に対して垂直方向に延びているこの木の歩道に移ったのだ。この歩道は、運河よりも幅がせまく、そしておそらくはあまり深くない閘区《こうく》の上にあるのだろう。というのも、シャムのほっそりとした丸木舟《ピローグ》ですら入ることができないからだ。

この水路の両側には、ところどころに背の低い小屋があった。壁は錆びついた鋼板や黒ずんだ竹で、屋根は棕櫚《しゅろ》の葉、木の歩道とはさらに不安定な跳ね橋でつながっている。いいかげんな梁《はり》で、いびつな形をしていた。扉と窓は、まるでペストにでも備えるかのように、しっかりと固く閉ざされている。どうやって呼吸するのかしら？　とエマニエルは思った。それにくらべれば、さきほど見かけた運河のほとりに浮かぶ住居である通い船《サンパン》に住む人たちの生活様式のほうが理解できた。雨の降らない夜には、男も女も子どもも、星の下で、体を寄せ合い、口を丸くし、ときには目を開けたまま、船首で眠るのだ。けれどもここでは、このじめじめした牢獄のようなところに、人々はなぜ閉じこもり、わずかな空気のそよぎすら警戒しているのだろうか。

風景を見ていくうちに、幻想も膨らむ。よどんで腐った水と朽ちた木でできた人けのない通路を、綱渡りでもするように進んでいたけれど、いつまでたっても、どこにもたどり着かない。昼間、川沿いの住人が洞窟のような家から出てくるときは、居住地域に通じる唯一の道のうえで、どのようにすれちがうのだろうか。エマニエルは、もしも偶然に夜歩きをする人と出くわしたら、どんな妙技を強いられることになるのだろうと恐れていた。けれどもほんとうは、そんなことはないだろうと思っていた。というのも、エマニエルが連れてこられた地域は月に煌々《こうこう》と照らされていて明るく、誰もいないように見えたからだ。

けれども、次の瞬間、あばら屋からひとりの男が現れた。とても背が高く、消し炭のような色の筋肉が隆々としていた。そして、赤い布切れで腰をおおっていた。その男は、近づいてくる三人の欧米人《ファラン》を見ながら、物思わしげにそれを解いた。全裸になったのだ。そして、水のなかに放尿した。エマニエルは、空想ですら、勃起していない状態でこんなにも長いペニスを見たことがなかった。ふつうでも、夫のペニスが勃起しているときほどの大きさなのだ。すごいわ！　とエマニエルは思った。それに、その男の体のすべてが美しかった。エマニエルたちが男のいる場所に着いたとき、男は一メートルと離れていないところからエマニエルの顔をしげしげと見た。エマニエルの頭にはひとつのことしかなかった。男のペニスだ。もし、それが勃《た》ったら……。けれど、男は冷ややかなままだった。半ばむき出しになったエマニエルの乳房を眺めてはいたけれど、男のペニスは動かなかった。よそ者の三人は立ち寄っただけで、その場を離れていった。

その後の数分間、エマニエルはまわりのものが何も見えなくなった。あるいはそれは、ほんの数秒間だったのかもしれない、というのも、綱渡りをするように歩いていたエマニエルの思考が、暗闇から月へ、踏切板から虚空《こくう》へと、普通の生活とは異なるリズムで飛び越えたからだ。突如として現れ、大きく離れ、光のきらめきのようにはかなく消える――猫の目、ホタル、流れ星、水路に反射する光――それらは、現れるやいなや、消えてしまうのだ。

この光の戯れの時間、肌色のマリオネットが、整然とした架空の舞台のうえで、彼女の目の前を練り歩く。けれども、そのなかにコンメディア（イタリアの伝統的な風刺劇）にいつも登場する人物を見つけることができない。プルチネッラ、アルルカン、ピエロ、コロンビーヌ。彼女が観客として批評的な判断を下すことができるものはただひとつ、ファルスだけだ。

それらは役者のように振る舞い、忠実さと腕前を競い、愛されるためならどんなことでもする。エマニエルがこれまでに見たこともないほどたくさんいる。とはいうものの、結局のところ、ほんの少ししか見たことがないのだわ！　と彼女は考える。自分が知っているファルスを数えあげてみる。近くで見たことのあるものを……。驚くほどの反応の速さで、目の前の実体のないスクリーンは即座にそれらを実物大で表示する。その鮮明で、取り違えようのない輪郭が、芝居がかった姿に置き換わる。

まずは、もちろん、ジャンのファルス。記憶にあるのは処女を奪われた日の――そして、つねに満足させてくれるファルス。《比類なきわたしの英雄！　ほかの人気者にいつか夢中になったとしても、ほんとうの人生、演じる人生への道を切り開いてくれた最初のファルスへの愛情が変わることはけっしてないだろう。わたしが演じてほしいように、思わせぶりな仕草も気取りもなく、自分の役割を演じつづけるだろう。仰々しい表現、メロドラマ、型にはまった文句、冗長な繰り返しは退屈なだけだ。このファルスは立派な役者で、そう、喜劇役者ではまったくない。悲劇役者でもない。パントマイム役者でもない。わたしに触れるために小細工を弄する必要はない。その瞬間、わたしに外の世界を忘れさせることを得意がることもない――後になって、それをよりよく理解させるためだといって。そしてわたしはそれを見飽きることはない。美しいのだ！　それなのになぜ、わたしがその姿を褒めると、困惑したように顔を赤らめるのだろう。まるで引っ込み思案の芸術家だ。その謙虚さもたぶんわたしは気に入っている。けれども、彼が入ってきてわたしが息をのむときに、誇りに満ちあふれているのは立派だ。そして観客がわたしひとりである必要はない。むしろ、ジェテ・バチュ、ピケ、グリッセ、フェッテ、ジャンプ、ポアント、アントルジャンブ、アントルシャなど、バレーダンサーのような容姿を生かした演技をわたし以外の人にも披露してくれたら、もっと誇りに思うだろう。これらの男性的な動きがあるのかどうかわからないけれど、ないほうがいい。浪費でしかない。バレーダンサーのペニスのほうがすてきだし、透明感もある。少なくとも甘え上手な振付師にとっては》

そのすぐ横では、飛翔する一角獣《ユニコーン》でエマニエルの隣の座席にいたファルスがふんぞり返っている。これは、まったく大根役者だ！　けれども、その小さな欠点は愛想のよい無邪気さで許されてしまう。体格のよいスタントマン、影よりも速く銃を撃つ騎手、征服王時代の生き残りたち。結局のところ、彼らには満足しているように見せる正当な理由がある。それはたぶん、騎馬団の仲間とその満足感を分かち合うためだ。

古典的な彫刻、蔦《つた》の絡んだ生き生きとした円柱、エマニエルがここでふたたび出会った大理石の温かみのあるセックスが、突然彼女の心臓の鼓動を早くする。あの同じ飛行機のなかで、地上から果てしなく遠く離れた場所で、抱擁のあいだに彼女をニンフに変身させた、廃墟と化した神殿の神に、まだこんなにも夢中になっているとは思ってもみなかった。彼の帰還は、時間のループに未来の言語で刻まれているのだろうか？

彼女は自分の目がこのショーに登場する称号の少ない四番目のセックスを難なく識別できることに驚かない。それが、大使館のプリアポスを求めてさまよっていた女たちに誘惑された美青年と重なって見える。その陰茎のほとんど女性的な果肉は、攻撃的な硬さがパラドックスのように衝撃を与え、ランプのサテンの下にあるその植物性の皮膚、垂直性、巨大で不釣り合いな大きさの亀頭は、棘のような恥毛のはるか上にあり（リュウゼツランの花はそのスキャンダラスな花茎の先端にあり、突き刺すような黒い棘で自らを取り囲んでいる）、大使館のレセプションでの奇妙な光景をエマニエルはとてもよくおぼえている。そのファルスは、彼女がそれを垣間見ただけだったことを後悔していると直感したのだろうか？　だから現れたのだろうか？　でも、それが何になる？　彼女はまだそれに触れることができない。

エマニエルが見たことも触れたこともないクリストファーのシナリオは、当然のことながら、スクリーンには何も現れない。マリオのものもない。クエンティンのものもない。愚かなズボンの下の膨らみ、パリで踊っていたときに、彼女の恥丘に対して空いばりしていたこわばりについては、この忠誠の行列に居場所はない。エマニエルは、ためらわずに前に出るものだけを信じ、執着する。

エマニエルが見たばかりのシャム人のセックスは、たとえ彼女に見向きもしないとしても、疑いの余地はない。本のなかのイメージや秘密の写真、最近女友だちと語り合った抽象的なポルノグラフィのイメージで片づけることはできない。「なぜなら、〝生身の〟ファルスはほとんど見たことがなかったけれど、そのことを話しているのを耳にすることは多かったからよ！」と彼女は面白がって言う。学校、大学、プール、テニスの試合で、女の子たちがそれについて言っていたことをおぼえている。概して、悪いことばかりだった。彼女たちはそれを、ふさわしくない、醜くて、野蛮で、気取った器官だと考えていた。男たちは、その大きさに執着し、その限界にコンプレックスを抱いているという。それは大きな間違いだ！　女は、男が考えるほど、そのようなことに興味はない。女は、抱かれることよりもキスを夢見るのだ。

エマニエルは心のなかで、ぐらぐら揺れる浮橋の上でバランスをとっている仲間をこの問題に対する異なるアプローチの証人にする（彼女にはまだ威圧感があって、自分の信念を主張する勇気がないのだ）。「勃起するセックスの美しさに鈍感な若い女の子たちには同意できないわ、そうでしょう？　このセックスの硬さ、なめらかさ、味わいは、わたしが知りたい未知のものだ。その高さ、色、反り具合、可動性、大きさは、潤んだ唇や愛の歌と同じくらい情熱を駆り立てる。まだ処女であるかもしれないわたしは、すばらしい脱皮によってわたしを欲してくれる男たちの肉体を作り替える弱さと強さに感謝する。わたしのなかに入りたいという彼らの欲望が魂と芸術になったときに、彼らが何を感じるかを想像する。わたしが彼らに与える道よりも彼らがもっと大きいほうが好きだ。彼らの過度な行為を粗野だとは言わないし、思いあがった態度を野蛮だとも言わない。わたしのなかにいる彼らの果てしない長さが、思考のようにわたしのなかを駆け巡り、叫びのように口から出てくることを恨んだりはしない」

けれども、ある疑念を抱く。「新たなオルガスムスをひそかにたくらむファルスのように、変わるのは私なのだろうか？　それは、夜の半分の時間ずっと聞いていた話の影響だろうか？」

エマニエルは途中で何かにつまずき、急に横にそれて、マリオの背中にしがみついた。けれどもマリオは、振り返って気づかうことも、助けることもしない。エマニエルがそのとき考えていたのはシャム人のセックスのことだけだった。現実のものを動かしたことがないから、心に浮かんだ像を動かす練習をしていたのだ。そうよ！　うまくいった。黒いペニスと、夜の藍色に染まった腹がつくる鈍角は、見る者の欲望によって鋭角になる。現実の空間では円筒形の胴体を細くしたものでしかなかったペニスの先端は、もはや同じ柔らかさを持たず、下向きの曲線を描いてもいない。本来の輪郭は見せかけのもので、生気がなかった。それが今では、皮肉であり、幸福であり、膨張性があって、やさしい。この創作に没頭することで、エマニエル自身がファルスになる。可能性に満ちあふれているのを感じて、自分の力を試してみたくてたまらなくなる。望めばすぐに、対峙した両性がそのときが来たと判断すればすぐに、ファルスのエマニエルは陰部のエマニエルに挿入される。硬いものが、夢に見る柔らかいくぼみを占拠する。そしてそこにいつづける。そこで老いていく。けれど、けっしてそこで死ぬことはない。

よどんだ水のほとりで裸で夢想にふけっていた男のセックスをもう一度見る！　それをもう一度見る——エマニエルが彼に、自分と一緒に向こう側へ渡るという夢に気づかせた今……エマニエルはぴたりと脚を止めた。来た道を引き返すことにしたのだ。

前方では、マリオが前に進みつづけている。無言のまま、クエンティンの影が待っている。けれども、まるで運河の床から知らぬ間に霧が立ちのぼり月の光を冷やしてしまったかのように、エマニエルがさきほどまで抱いていたたしかな願いはだんだんと輝きを失い、少しずつ崩れていく。欲望から生まれた幻影は、ぼんやりとした空気と融合しはじめ、時代遅れの恋人たちのように消え去り、最後には姿を消す。エマニエルはもはや、自分があんなにも憧れていたものが何なのか正確にはわからない。夜の確信は、祭りのあと醒めた意識のなかで忘れられ、瞼の裏に閃《ひらめ》く光が消えてゆくような漠然とした後悔が残る。

十字路に出た。幻想的な小道が枝分かれしている。マリオはためらう。クエンティンに相談し、最終的にそのうちの一つを選んだ。エマニエルはそれが正しい道ではないのではないかと不安になった。というのも、さらに長く歩くことになるからだ。けれど、あえて何かを言ったりはしなかった。小舟を降りてから、エマニエルはひとことも言葉を発していなかった。ところが突然、おもわず叫び声を漏らした。板の道が曲がっていて、急に広場に出たのだ（エマニエルは森林のなかの空地と勘ちがいしそうになった。ジャングルのなかで道に迷ったような気分になっていたのだ！）。三人の目の前には、高さ二十メートルほどの、途方もない影がそびえ立っていた。エマニエルは遠くから屋根越しに見て気づいてはいたのだけれど、てっきり木だと思っていた。ところが、近寄ってみると、それはチンギス・ハンだった。濃い口髭に、容赦のない目、帯に短刀を差し、その短刀に手を添えていて、盛り上がった筋肉が月明かりで和らいで見える。エマニエルの鼓動が乱れる。間違いなく、妖術が始まろうとしていた。まもなく、渋面をしたモンゴル人たちが住処から出てくるだろう。エマニエルは残虐な魔術の儀式に捧げられるのだ。それと同時に、理性よりも早く想像力が妄想の世界を築きあげ、エマニエルは神経が昂《たかぶ》ったような笑い声を立てた。まだ冷静さを失っていなかったのだ。征服者に半ばもたれかかった、チュチュをはいたバレリーナは、巨人のそばにいるとミニチュアのように見えるけれど、星々に控えめな笑みを向けている。色とりどりの段ボールでできたほかの人物は雑然と積み重なっていて、立っているものもあるけれど、大方はひっくり返っている。

「こんなところで映画の宣伝だなんて、奇妙だわ」と、エマニエルは自分を安心させるかのように声に出して言った。「ここまでどうやって運んできたのかしら。そうなると、この珍妙な木の道以外にもここに来る方法があるのだわ」

（エマニエルは、マリオに無駄な試練をさせられたのではないかと少し疑った）。

「いいえ、ありません」マリオは言う。

それ以上は何も言わないほうがよいと、マリオは判断したようだった。

三人は、チンギス・ハンの脚のあいだを通り、掲示板の置いてある場所を横切り、波型にうねった鋼板の柵をまわりこんで、小さな中庭に出た。少し開いた戸の隙間から黄色い光が漏れている。マリオは敷居のところで立ち止まり、声をかけ、返事を待たずになかに入った。エマニエルはだんだんと心が落ち着かなくなってきた。人を寄せつけない場所であるように感じたのだ。何とも言いがたいにおいが充満している。埃、煙、甘草、お茶が混ざったようなにおいだった。窓のない部屋に入ると、家具は破れたクレトン地でおおわれた長椅子だけだった。部屋の奥のほうは、ぞっとするような青色の汚れたカーテンで隠されている。ほどなくして、そのカーテンを開けて、ひとりの女が現れた。

その姿を見て、エマニエルは少しほっとした。年老いた中国人で（きっと百歳くらいだわ、とエマニエルは思った）、顔は完璧な卵型で、しわが寄ってちりめんのようになっていた。肌は古い象牙色で、オレンジに近い。艶のある白髪はこめかみのあたりでていねいに引っつめられ、シニヨンに結ってある。目と唇の割れ目はあまりに細くて、しわとほとんど見分けがつかない。ざらざらした声で話しはじめたときに黒く塗られた歯が見えて、初めて口の位置がわかったほどだった。両手は糊《のり》のきいたチュニックの袖に隠れていて、光沢のあるシルクのゆったりとした黒いズボンによって、その乳白色がより際立って見える。

長い話を終えると、マリオは何の注意も払っていなかったようだけれど、女主人は、朽ちた木でできているのかと思いたくなるような、驚くほどの柔らかさで体を二つに折り、くるりと向きを変えるとバラックの奥へ入っていった。三人は何も言わずに、女のあとに続く。最初に入った小部屋は完全なる暗闇だった。エマニエルはそのなかを影が動いているような印象を受けた。率直に怖かった。次に、ごく小さな部屋を通り抜けたのだけれど、そこには年老いたかび臭い男がふたり、ニスを塗ったような木の簡素なベッドに全裸で横たわっていた。まばたきをして目を凝らすと、白い斑点のある褐色の肌の下に、肋骨が浮き出て見えた。瞳は大きく、何かを考えているようではあったけれど、彼女を見てはいないようだった。エマニエルは急いでしわの寄ったペニスと干からびた睾丸に目をやったけれど、すぐに通り過ぎて、次の小部屋に移った。前の部屋とほとんどちがわなかったけれど、そこには誰もいなかった。中国人の老女が立ち止まる。どうやら目的の場所に着いたようだった。女はふたたび何かを唱えると、知らぬ間に姿を消した。

「どうしたの?」エマニエルは不安になって訊いた。「あの女は何を言っていたの? こんな危険な場所でわたしたちは何をしているの? なんだか嫌な感じがするわ!」

「そう思いますか」とマリオが言う。「古びたところではありますが、手入れはされているのですよ」

別の女が現れた。さきほどの老女よりずっと若かったけれど、ずっと醜い女だった。その女は丸い盆に厚さ三センチほどの細長いガラス容器がかぶさったアルコールランプ（エマニエルはこんなに分厚いガラスを見たことがなかった）、小さな丸いブリキ缶、靴下を編むときに使うような鋼鉄の長い針、乾かして四角く切った棕櫚の葉、それと、エマニエルには最初は何だかわからなかった器具を載せて持ってきた。その器具は、よく磨かれた、腕の長さほどの茶色い竹筒でできていて、フルートくらいの直径だった。一見すると、その筒の両端は美しい翡翠《ひすい》の栓でふさがれているようだったけれど、実際はその片方にマッチ棒ほどの大きさの穴が開いていた。全長にわたって鮮紅色の模様が彫り込まれている。穴の開いた先端から三分の二ほどのところには、ランプの炎が色を変えながら揺らめくほどに磨きあげられた八角形の木製のほぼ平らな多面体がある。エマニエルの握りこぶしほどの大きさで、筒の上でバランスをとり、ほんの小さな接点で保たれているように見えた。その銀のるつぼはクルミの実の半分ほどの大きさで、年季の入った琥珀色の精巧な細工を施された象牙のプレートと一体になっていて、クリセレファンティンのドラゴンと楽しそうな虎が埋め込まれている。八面体の上面は唯一湾曲していて、中央に真珠大の空洞があり、その奥にごく小さな穴が開いている。

マリオは弟子の質問を先回りして言う。

「アヘンのパイプです。美しい道具でしょう？」

「これがパイプなの？」エマニエルは大きな声をあげて笑う。「そんなふうに見えないわ。どこにタバコを入れるの？　こんな小さな穴から？　それならすぐに終わってしまうわね」

「タバコは入れません。アヘンの小さな塊を入れるのです。そしてそれをひと息で吸う。それから火皿にまた載せるのです。自分で試して確かめてみるほうがいいでしょう」

「このクスリをわたしに吸わせようということなの？」

「いかがですか？　この遊びが——あるいはこの芸術が——どんなものなのか、あなたに知っていただきたいのです。何事も知らずにいるのはいけないからです」

「それで……、もし気に入ってしまったら？」

「何もいけないことはないでしょう？」

マリオは笑う。

「ですが、安心してください。アヘンに陥れるためにあなたをここに連れてきたのではありません。これは序章にすぎません」

「このあとに何があるの？」

「すぐにわかります。焦らないでください。アヘンの儀式には、精神の安定が必要なのです」

エマニエルは態度を豹変させて言う。

「もし好きになってしまったら、抜け出せるかしら？」

「もちろんですよ」と、マリオは言う。

エマニエルの質問はマリオを楽しませているようだった。マリオはエマニエルをやさしく、のぞきこむように見つめた。

「アヘンを吸うのは禁じられていると思っていたのだけれど」エマニエルはさらに尋ねる。

「そのとおりです。婚外のセックスも禁じられています」

「もし警察がここに来たら、わたしたちはどうなるの？」

「牢屋行きです」

マリオは困ったような顔をして、付け加える。

「あなたの魅力で警官たちを買収すれば、話は別です」

エマニエルは懐疑的に微笑む。そして、からかうように言った。

「わたしは結婚しているから、もうひとつの罪についてしか交渉できないわ」

「その罪を、あなたと法の代理人は、神の助けによって犯すことになるのです」

マリオは、さきほど彼の家でやった動作を繰り返し、エマニエルの片側の肩と乳房をあらわにさせる。そしてその乳房を手で包み、エマニエルに尋ねる。

「ちがいますか？」

エマニエルの顔に疑うような表情が浮かんだけれど、それと同時に、満足しているようにも見えた。マリオに服を脱がされ、触れられていることがうれしかったからだ。

「われわれ三人のために、そうしてくださいますか？」マリオは眉をひそめて尋ねた。

エマニエルはマリオを安心させるように言う。

「ええ。もちろんですわ……」

そして、ためらうように言う。

「それで……、このような手入れの場合、警官は何人くらい来るのかしら？」

「おお！　二十人も来ないでしょう」

エマニエルはまた笑った。

使用人の女が、簡易ベッドの中央に道具を並べた。マリオはエマニエルの乳房から手を離し（彼女は乳房をむき出しのままにした）、腰に手を回して、一歩前に進み出させた。

「ここに横になってください」マリオが言う。

「わたしが？　でも、汚れていないかしら？　それに、寝心地もよくなさそうだわ！」

「このような場所でマットレスにお金をかけることはできませんが、アヘンの煙が角を和らげて、不快なベッドもふかふかにしてくれますよ。それに、木のほうがマットレスより簡単に洗えるのです。ご安心いただけましたか」

エマニエルが嫌々ながら、ニスを塗った簡易ベッドにすわると、マリオとクエンティンはそれぞれエマニエルの両脇にゆったりと横たわり、三人でランプを囲むような形になった。しばらくすると、エマニエルは嫌悪感を抑え込み、ふたりの真似をして、片肘をつき、手のひらに頭を乗せた。分厚いガラスのほやのなかを揺らめくことなく立ちのぼる縦長の炎から目を離すことができなかった。何とも言えない魅惑的なものがそこから放たれていた。

中国人の女は簡易ベッドの足元にひざまずき、小さな箱の一つを開けた。不透明で暗い色をした、ほぼ固形に近い蜂蜜色のものがいっぱいに詰まっていた。女は長い針の先を使って、小麦の粒ほどの大きさの雫を取り出すと、しばらくランプの上にかざし、もう片方の手に持っていた繊維状の葉の切れはしの上に転がし、それをふたたび炎の上に置いた。するとその雫はパチパチと音を立てて膨れあがり、倍の大きさになって、みごとな艶を帯び、とても澄んだ輝きを放つようになったので、周囲のものがそれに映り、炎で飾られた。生命が漲《みなぎ》っていた。

「美しいわ」エマニエルがつぶやいた。

エマニエルはそのとき、この光景を見られただけでもここに来た価値があったと思っていた。

「この小さな塊は、どれだけ見ていても飽きることはないわ。まるで何かを言いたがっている宝石みたい。でも、これほど美しい石はないわね」

二十人の警察官、とエマニエルは考えた。多いわ……でも、マリオを牢屋から救うためだったら、きっとそうするだろう。

さきほどの中国人の女がアヘンの雫をパイプの空洞にぴったりの小さな半透明の円筒形に整え、すばやい動きでそれをパイプに挿入し、貫通していた針を引き抜いたとき、エマニエルは後悔の念に駆られた。あっというまに、その女はランプの上でパイプを逆さにし、下の火皿を焼けるように熱いガラスの口の部分にほとんど触れるくらいまで近づけた。そして、吸い口をマリオに差し出した。マリオは、パイプに唇をつけ、すうっと吸い込んだ。炎が上がり、琥珀色の真珠を焦がした。マリオの吐く息がどこか神秘的で、エマニエルには、永遠に尽きることがないように思えた。

「さあ、あなたの番です」マリオが言う。「煙を鼻から出さないように、息を詰まらせても、咳をしてもいけません。ゆっくりと、継続的に吸うのです」

「そんなこと、できそうにないわ！」

「それは重要なことではありません。大切なのは、楽しむことです」

使用人の女はもう一本パイプを用意した。そしてふたたび、魔法の棒の先に褐色の太陽が燃えあがり、欲望に駆られているかのように膨らみ、ぴくぴく動いた。エマニエルはそこにセックスのイメージを見た。膨らんだ唇で、パイプを突き抜ける火の粉を招き入れ、パイプをやつれさせ、焦がし、満足させる。炎の上できらめく水滴が快楽で膨らむにつれて、自分のセックスが濡れてくるのを感じるのは心地よいとエマニエルは思った。この儀式が彼女は気に入ったようだった。まるでこの儀式に従うことで、公に、儀式的に、セックスする準備を整えているかのように感じたのだ。むき出しになっていた乳房を手のひらでつかむ。エマニエルは幸せだった。この光景が完璧なものになるために、ひとつだけ欠けているものがあった。それは、とても若くて従順で、無邪気な顔をしていて、肉体を差し出してくれる美しい女だ。マリオとクエンティンと彼女が少しずつ着ているものを脱いでいき、一緒に、あるいは順番に、それぞれが自分の好みに合わせて、快楽の極限に達するまで、よろこびを味わう。メンターがそのことを予見していなかったのは残念だった！　エマニエルはマリオを責めようかと思ったのだけれど、あえてしないでおいた。けれども、一瞬、自分の脚に絡まる少女の脚や、指を入れることができる少女のセックスがあまりにも欲しくなって、その中国人の女が美しく見えたほどだった。

　パイプを差し出されたとき、エマニエルは吸うことはせず、アヘンが燃えるままにした。そのため、そのまま燃え尽きてしまい、中国人の女はもう一度、鋼鉄の針で金褐色の真珠を刺しなおさなければならなかった。二度目は、初めてだったエマニエルもなんとか少し吸い込むことができた。エマニエルは心から笑った。

「好きな味だわ」エマニエルは言う。「それににおいはもっと好き。すこしキャラメルに似ているわね。でも喉にぴりっとくるわ」

「お茶を飲まなくてはいけません」

　マリオが使用人の女に言うと、女は立ち上がってお茶を取りに行き、広口で取っ手のないとても小さなカップと、カップと同じくらいの大きさのテラコッタのティーポット、熱湯の入ったサモワールを持って戻ってきた。小さなティーポットは緑茶の葉がいっぱいに入っていた。女はそこに沸騰した湯を慎重に入れて、すぐにカップに注いだ。その媚薬はすでに銅のような色になっていた。そこから立ち上る香りは馥郁《ふくいく》たるもので、お茶というよりはジャスミンの香りがした。エマニエルは舌をやけどしてしまい、思わず叫び声をあげた。

「お茶を冷ますためには、飲むのと同時に、唇で空気を吸い込まなければいけません」とマリオが言う。「あるいは、もっと正確に言えば、痛い思いをせずに熱いまま飲むことができるようにするためには、ということです。こうするのです」

マリオはそう言うと、大きな音を立てて飲んだ。

「でも、それじゃお行儀が悪いわ！」エマニエルは憤って言った。

「中国では、これが上品な飲み方なのです」

今度はクエンティンがパイプを吸う番だった。クエンティンはマリオほどうまくはできなかった。

「もう一度最初からやり直したいわ」新しい経験にひどく興奮しているエマニエルが、辛抱できずに言う。「今度はきっと、すばらしい感覚を得られると思うの。どんな幻覚を見るのかしら？」

「何も見られませんよ。第一に、アヘンは幻覚を見させるものではありません。感覚を研ぎ澄まさせて、肉体的な不調や精神的な束縛から解放してくれるのです。第二に、どんな効果であれ、それを感じるためには、何本もパイプを吸わなければなりません」

「それなら、何本も吸うわ！」

「あと一本ありますが、それで終わりです。もし今夜、それ以上のことをしたら、あなたの胃がきりきりしているあいだにわたしに頭を抑えられることくらいしか快楽は得られないでしょう」

エマニエルはマリオに禁止されても、あまり残念には思わなかった。というのも、新しいパイプを吸うと咳き込んでしまって、最初のパイプほど美味しいとは感じなかったからだ。

マリオとクエンティンに関しては、どちらも二度目を試そうとさえしなかった。

「あなたたちは中毒になるのがそんなに怖いの？」エマニエルは揶揄するように言う。

「そうではありません」マリオが答える。「それでは、重大な秘密を打ち明けましょう。アヘンというのは、過剰に摂取すると、男性としての能力の大半を奪われてしまうのです。われわれがここに来たのは、ご承知のとおり、心の快楽のためでなく、肉体の快楽のためです」

「なるほど、そうね！」エマニエルはまた気まずそうに言う。

このみすぼらしい環境は、恋の駆け引きにはあまり向いていないと感じていたのだ（彼女自身の欲望ももうなくなってしまっていた！）。そしてまた、自分はここでどんな役割を果たすべきなのだろうと考えた。

「おぼえていますか？」とマリオが言う。「あなたはわれわれに少年たちとはどのように振舞うのかと尋ねられましたね？　さて！　煙を吸うためのこの秘密の小屋を、ご覧になったような威厳をもって支配している優れた人物というのは、穏やかな休息のために、格好のよい若者も育てているものです。ですから、そのうちの何人かを紹介してくれるように頼んでみようと思うのです」

マリオが使用人の女に二言三言つぶやくと、女は急いでどこかへ立ち去った。そして、しばらくして、しわだらけの顔をした中国人の女を連れて戻ってきた。その女は大げさなお辞儀をして……。マリオが手短に話をした。すると女はもう一度お辞儀をして、金切り声をあげた。さきほどパイプの準備をした醜い女が急いでやって来た。

「この老女は中国語しか話さないのです。しかも！　誰も知らない中国語なのです」と、マリオが説明する。「そこで、通訳としてもうひとりの女を呼び戻したというわけです」

「あなたは何語で話しかけているのですか？」

「シャム語です」

マリオはふたたび女たちに向かって話した。文章は複雑な回路をたどり、状況に応じて変容した。数分間のやりとりの後、マリオが言った。

「彼女は別のものを提供することで私の要望に応えてくれると言っています。この種の規則には則っているものです」

「何を提供してくれるというの？」

「もちろん、少女ですよ。言うべきことはしっかりと言いました。すると、恋愛映画を見せようと言うのです」

「あら！　いいんじゃないかしら？」エマニエルは言う。

「われわれはそんなつまらないことのためにここに来たのではありません。彼女はそれに加えて、生の見せ物も企画すると言っています。ふたりの少女がわれわれの目の前でやさしく愛し合うのだそうです。あなたが興味を持つようなものはありませんよね、エマニエル？」

エマニエルは口をとがらせてみせただけだったけれど、それはどうとでも解釈のできる表情だった。

マリオは交渉を再開し、それからその内容を説明した。

「私は彼女に、十二歳から十五歳の、おしゃべり好きで、お尻の引き締まった、精力旺盛で、ペニスがしっかりついている少年を紹介してくれるように言ったのです」

エマニエルは胸を隠した。老女が彼女を執拗に見つめていたのだ。老女がふたたび悲痛な声で話しはじめた。その声は話すたびにエマニエルに衝撃を与える。使用人の女が通訳し、マリオは一語で答えた。

「どうして彼女はこんなに甲高い声で話していたの？」エマニエルが尋ねる。

「紹介する少年が私のためなのか、それともあなたのためなのかを知りたがっていたのです」

「それで……何て答えたの？」

「両方のためだと答えました」

エマニエルは壁が少し回転しているような気がした。アヘンのせい？　いやちがう、マリオは言っていた……。

老女はまだ何かを唱えていた。エレミヤのような息づかいで嘆き、お辞儀を何度も繰り返し、最後は天に向かって両手を上げ、突き刺すような鋭い声を出した。

「うまくいかないような気がします」マリオが、老女の声の調子が戻る前に言った。そしてその後、確認するように言った。「実際のところ、この気のふれた老婆は、今夜はあいている仔馬がいないとしつこく言い張っているのです。高貴な外国人がすでにやってきて、買い漁っていったのかもしれません。たんにもう少しお金を払わせたいだけということもありますが」

マリオはまた話し合いを始めた。けれども、またしても絶望的な身振りだ。マリオは主張する。しかし、しばらくしてこう言った。

「彼女は自分の話を曲げようとしません。どこか別の場所へ探しに行くしかなさそうです」

マリオはクエンティンとかなり長く話していた。

「クエンティンはここに留まると言っています」マリオがエマニエルに言う。「求めるものを最終的には得られるはずだと言うのです。僕はそうは思いませんが、それは彼の問題です。クエンティンをここに残して、ふたりで先に進みたいと思うのですが、いかがですか？」

エマニエルにとっては、これ以上望むべくもなかった。このバラックの雰囲気が重くのしかかりはじめていたのだ。けれども、いざクエンティンと別れるとなると、ちょっとした後悔のような、思いもしなかった痛みを感じた。〝それはあんまりだわ！〟とエマニエルは自分を諭《さと》した。〝彼のことを最初は厄介者だとか、邪魔者だとか思っていたのに。彼の存在を本気で忘れていたとき以外は、恨めしく思いながら夜を過ごしていたのに。結局、ほんの少ししか話もしなかった。それなのに、いま、こんなにも心を動かされて、彼のことでこんなにも気弱になっている。あんまりだわ！　わたし、どうかしてる……〟

けれども、クエンティンを残して出発するとき、エマニエルの心は悲しみでいっぱいだった。

ふたりはふたたび骸骨の前をどんよりした目で通りすぎた。

「この二つの骸骨はあなたに何も語りかけないの？」エマニエルは、やさしそうで棘を含んだ調子で訊いた。

エマニエルはマリオとクエンティンが男を手に入れようと躍起になっていることに腹を立てていた。一晩くらい、わたしで我慢できないのかしら？　ほんとうに女が好きでないのなら、どうしてふたりともわたしに興味があるようなふりをしたのだろう？　それに、あのバカなマリー・アンヌよ！　わたしを男色家の世話係に勧めるなんて、良識がなさすぎるわ！　今度わたしを誘ってきたら、三つ編みを口に入れてやるわ！

「クエンティンは少年たちの何がそんなにいいの？」エマニエルは追求する。「わたしたちをこんなふうにほっぽり出すなんて、あまり感心しないわ」

そして、脚を愛撫されたとき、彼は少女をそれほど嫌っているようには見えなかったと付け加えようとした（ほんとうにそうしたかった）。けれども、マリオはエマニエルにそれを言う時間を与えなかった。

「少年愛というものは、そのような嗜好の男にとっては、女相手の愛では例外的にしかない特別な美点がつねにあるのです。つまり、異常であるという特質です」とマリオは言う。「言い換えれば、少年愛は、今晩の初めに私が言ったように、芸術作品の定義に合致しているのです。少年とセックスをすることは私にとって、愚か者たちが当然のこととして主張しているように、自然に反するという点でとても官能的なのです」

「それは反対に、ごく単純にあなたの自然なのではないですか？」

「そのとおりだと思います」マリオは言う。「私は女が好きです。男と寝るなんていうことは、長い間考えることも難しかった。理性によって抑制していたのです。昨年、私は初めてそれを試してみました。言うまでもなく、満足しかありませんでした。私自身も、精神が落ち着くまでに長い時間がかかったのです！」

エマニエルは矛盾する感情に苦しんだ。とくに、マリオの主張について何を信じるべきか悩んでいた。

「それで、最初の経験の後、たびたび実践したのですか？　その……芸術を？」

「私はつねに何事も希少性を保つように気をつけていますが、bis repetita《ビス・レペティータ》……二回繰り返しました。ご存じのように、反対です！」

「でも」エマニエルは執拗に言う。「この一年間、女ともセックスをしたのですか？」

マリオは大笑いした。

「何という質問！　私が貞操の模範のように見えますか？」

「たくさんの女と？」エマニエルは知りたがる。

「確実に、もし私が幸運にも美しい女性だったなら、もっと恋人が少なかったでしょう」

そして、エマニエルに敬意を表するように笑いながら付け加えた。

「男の恋人——そして、女の恋人もです！」

この答えがエマニエルは不満で、苛立っていた。

「どちらのほうがお好きなのですか？」エマニエルはほとんど怒ったように尋ねる。

マリオは立ち止まった。ふたりは木の端の前の林間の空地に着いていた。マリオはエマニエルの肩をつかんで抱き寄せた。エマニエルはキスをされるのだと思った。

「私は美しいものが好きなのです！」マリオは力をこめて言う。「そして、美しいものとは、けっしてすでに出来あがっているものではありませんし、簡単なものでもありません。それは自分自身の動作とほかの誰かの動作によって初めて生命によって作り出されるものであり、死んだ形をとる時間もないままに無限の彼方へと捨て去られるものなのです」

男と女——創造された世界の真ん中にあるもうひとつの世界。

「美しいもの、それは、あなた以前には存在しなかったものであり、あなたなしには存在しなかったであろうものであり、死という不当な行為によってあなたが愛したこの地上にあなたが打ちのめされるときには、もはやあなたの力が及ばないものです」

孤独な知識は高慢である。模範的な計画は力強い。

「美しいもの、それは、何でもなかったけれど、あなたが忘れられないものにした瞬間です。何ものでもなかったけれど、特徴のない人々と無定形の運命に対して、あなたが打ち立てたその特異な姿です」

すでにある道の地図を廃して、道に迷った迷い人。

「美しいもの、それは、果敢さのない父親や無表情な母親、偽善者の兄弟、無気力な姉妹に似ることを拒むことから新しい種が生まれるために、あなたの国家や世紀に対する敬愛や、それらの醜聞やあなた自身の失墜への恐怖を克服することです」

異なっていて——でも、どんな醜さから？
堕落して——でも、どんな愚かさから？
よそ者で——でも、どんな群れに対して？
打ちのめされて——でも、どんな報復のために？
追放されて——でも、どんな未来へ！

「美しいもの、それは、危険を熟慮することなく、過去の幸せを思い出すこともなく、何かを発見することや思い切って跳ぶことをせき立てることです。まだ試したことがないことや、ふたたび試すことはないであろうことをすることです。というのも、あなたの人生の昼と夜は、特別な行為によってあなたが豊かにする昼と夜だけだろうからです。天上で、あるいは地上で、いったい誰が、失った昼と夜を返してくれるというのでしょうか？」

月の光がそれらを石化させる。
マリオの像はその手に女の姿を抱いている。

「美しいもの、それは、とその石が言う。どんなこともすべてやってみることと、何も拒まないこと、すべてを知ることができることです。われわれによく似た無数の肉体が、男であれ女であれ、〝天国か地獄か、そんなことはどうでもよい……新しい何かを見つけるために、未知の奥底へ！〟」

十字路からは人けのない小道が延びていて、

まっすぐで、非現実的で、どれも似かよっている。

「美しいもの、それは、けっして同じ味わいを持たず、ほかの何ものにもない味わいを持つものです」

むき出しの両肩にかかる黒髪を、傭兵隊長《コンドッティエーレ》の指が梳く。

「美しいもの、それは、生まれつき臆病で怠惰な、群生する獣とは逆のものであることです」

タタール人の英雄のがっしりとした体が、

月を隠している。

「美しいもの、それは、あなたを立ち止まらせないもの、あなたをすわらせることも、眠らせることも、振り返らせることもないものです」

夜の時刻は過ぎ、時がめぐり、
鋼鉄の天体は視界の外の明るい空に昇る。

「美しいもの、それは、あなたを動けなくさせ、執着させ、あるいはあなたに限界を定めるような誘惑にいいえ《ノン》と言うことです。そして、どんなに疲れていても、あなたを大きく成長させ、前に推し進めてくれるもの、十分であったり必要で会ったりする以上のことやほかの人たちがよろこんですること以上のことをするように強いるものに、はい《ウィ》と言うこと、つねにはい《ウィ》と言うことです」

かすかに開いた戸の隙間から、黄色い光が差し込む。
影が入り、影が出てゆく。眠れない夜。

「美しいもの、それは、新たな驚きの対象、驚嘆する理由、努力することや、獲得した知識への驕《おご》りや歳を重ねることによる充足と悲しみに打ち勝つことの口実を日々見つけることです」

あなたの声に、わたしの心は開く……

「美しいもの、それは、倦むことなく変わりつづけることです。なぜなら、すべての変化は進歩であり、すべての不変は死だからです。満足とあきらめは同じことで、絶望以外の何ものでもなく、立ち止まり、別の何かになることをあきらめることは、すでに死を選択したようなものなのです」

虫の鳴き声にかき消された寺院の鐘の音

「もちろん、いつだってあなたの意のままです。墓石のなかの平和を選ぼうと、宝石の詰まった聖遺物箱のなかの蠟《ろう》でできた乙女のように、欲望のない生活のつまらなさに自分を閉じ込めてしまおうと、あなたの自由です」

手を握り合ったふたりの子どもが、
物陰から突然飛び出してきて、通り過ぎていく。

「けれども、私は、あなたに死ではなく生を手に入れてもらいたいのです。そうでなければ、あなたは生まれてこないほうがよかっただろうと思うのです。立ちすくんでいる人間の生命は、この地球上の死んだ重荷でしかなく、われわれ人類が前に進むことを阻むからです」

ふたりは兄妹だ。ふたりは愛を交わすだろう。

「このことを知っておいてください、エマニエル。世界の未来は、あなたの肉体の創意力で作られるのです。もしもあなたの夢が不明瞭になり、あなたの翼が閉じてしまうようなことがあれば、もしも不幸があなたの好奇心を疲れさせてしまい、あなたの洞察力と執拗さが損なわれ、発見と再生への意志がぐらついてしまうようなことがあれば、――人類の希望と可能性は終わってしまうのです。つまり、未来は永遠に過去と似たようなものになってしまうのです」

白いバレリーナは兵士の脚のあいだに。

「愛することへの愛が、あなたを世界のフィアンセにするのです。したがって、すべての人の運命はあなたの情熱と勇気にかかっていて、もしあなたが唯一の男もしくは女を勝ち取ることをあきらめてしまったら、おお、フィアンセよ、それだけでわれわれ人類は、光年と星雲を勝ち取ることをあきらめなければならなくなるのです」

マリオの声が、コオロギの歌声を黙らせる。

「おわかりでしょうか？　私があなたにもたらそうとしているのは、いまこの瞬間の快楽ではなく、もっと遠いところにある快楽なのです。幸せはあなたがいる場所にあるのではありません、あなたがたどり着こうと夢に見ている場所にあるのです」

つねに数が増えていく男の腕のなかで。

「ああ！　そうだ、エマニエル！　私は幻想であなたの渇きを癒すのではなく、現実であなたの心を燃え立たせるのです！」

うしかい座α星と、てんびん座α星、
おとめ座α星でできる三角形の中心に。

「私はあなたにもっとも便利なことを教えるのではありません。もっとも無謀なことを教えているのです」


エマニエルは言う。

「わたしを抱いてください。あなたはまだわたしを知らないわ。あなたにとって新しい味わいになるはずよ」

エマニエルはマリオの視線に敬意があふれているのに気づいて驚く。マリオは首を横に振った。

「それでは簡単すぎます。私はそれ以上のものを望んでいるのです。私の思うようにさせていただけますか」

マリオはそう言うと、エマニエルを自分の前に押し出した。

「さあ、もう一度、木の橋を渡るのです！」

エマニエルは、マリオの言葉におとなしく従って、前を歩いた。そして、十字路まで来ると、マリオは、これまで通ってきたのとは別の道を選ぶことにした。

「これまでに見たことのないものをお見せします」とマリオは約束した。

ほどなくして、ふたりは大きな運河《クロン》のほとりに出た——あるいはこれは自然の川なのだろうか？　蛇行しているように見えた。両岸は草でおおわれている。

「ここもバンコクなの？」

「バンコクの中心部ですよ。ですが、このあたりは外国人には知られていません」

そこから先は草原だった。エマニエルのパンプスのヒールが柔らかい地面に埋もれてしまうので、脱いで歩いた。

「ストッキングが破れてしまいますよ」マリオが言う。「脱いだほうがいいのではありませんか？」

マリオが気づかってくれたことが、エマニエルはうれしかった。切り倒された木の幹を見つけて、そこにすわった。そして、スカートをまくり上げる。ひんやりとした空気に触れて、パンティがマリオのポケットに入ったままだったことを思い出した。月の光がとても明るくて、ガーターベルトをはずしているあいだ、下腹部がはっきりと見えていた。

「あなたの脚の美しさは、どれだけ見ても飽きることがありません」マリオが言う。「長くてしなやかな太腿も……」

「ぜんぶすぐに飽きてしまうのかと思っていたわ」

マリオは微笑んだだけだった。エマニエルはその場から動きたくなくなっていた。

「スカートも脱いでしまいませんか?」とマリオが言う。「そのほうが歩きやすいでしょう。それに、そのようなあなたを見たいですしね」

エマニエルは少しもためらわなかった。立ち上がると、ベルトをはずした。

「これ、どうしようかしら?」エマニエルは、スカートをつまみ上げて、差し出しながら言う。

「木の上に置いておいて、帰りに持っていきましょう。いずれにせよ、もう一度ここを通らなければなりません」

「もし、誰かに盗まれたら?」

「どういうことはありません。スカートをはかずに帰ってもかまわないのではないですか?」

エマニエルは、こんなことで議論したくはなかった。ふたりはまた歩きはじめた。黒いシルクのセーターの下は、日焼けしているにもかかわらず、夜闇のなかで、尻と脚が奇妙に青白く見えた。マリオはエマニエルの横に立ち、手を取った。

「着きました」しばらくして、マリオが言った。

崩れかかった低い壁がふたりの前に立っていた。マリオがエマニエルを助けながら、レンガの上によじ登り、壁の向こう側に飛び降りた。エマニエルは、顔を上げたとたん、身震いした。人間の形をしたものが、すぐそばにうずくまっていたのだ。エマニエルは、つないでいたマリオの手をぎゅっと握りしめた。

「怖がらないでください。穏やかな人たちですから」

エマニエルは、「こんな格好では!」と言いたかった。けれども、またしてもマリオに皮肉を言われるのを恐れて、思いとどまった。ただ、あまりにも恥ずかしくて、一歩も踏み出せなかった。これなら、全裸でいるほうがまだよかったのかもしれない。マリオは、そんなことはおかまいなしにエマニエルを引っ張っていく。ふたりは、男のそばを通り過ぎる。その男は、燃えるような目でふたりをじっと見た。エマニエルは震えが止まらなかった。

「見てごらんなさい」と、マリオが指を差しながら言う。「このようなものは見たことがないでしょう?」

エマニエルは、マリオが指差すほうを見た。無数の根と蔦が這う巨大な幹の樹に、奇妙な果実がぶらさがっている。目を凝らしてよく見てみると、それらは男根《ファルス》だった。エマニエルは驚きというよりむしろ感嘆の声をあげた。先ほど見ていた幻影が、現実になったのだろうか?あるいは、おそらく立ったままでまた夢を見ているのだろうか? マリオが説明する。

「奉納物と、それから、性的能力や豊穣を得るための御供物《おくもつ》です。その大きさは、信者の裕福さ、あるいは祈りの緊急度によって変わります。言っておきますが、ここは寺院です」

それを聞いて、エマニエルは服装の卑猥さを思い出した。

「もしお坊さんにこんな姿を見られたら……」

「生殖力の神プリアポスに捧げられた聖域ですから、私には場ちがいなようには思えませんよ」マリオは笑いながら言う。「この神の崇拝に関係するものはすべて、ここでは許されているのです、むしろ推奨されていると言ってもいいでしょう」

「これがリンガムと言われるものなのかしら?」当惑よりも好奇心が勝るエマニエルが尋ねる。

「正確にはそうではありません。リンガムというのはインドのものであって、その形は一般的に様式化されています。地面に垂直に突き立てられた柱の形で見られることがほとんどで、たいていの場合、それが何であるかを見極めるためには信仰の目が必要です。ここでは、ご覧のとおり、対象物の表現様式は想像の域を出ません。芸術作品というより、自然の複製《レプリカ》なのです。天使の街のサン・スルピス会というわけです。これがバンコクでの正式名称です。もっと正確に言うならば、これは略称です。完璧に儀礼的であるためには、この街はこう呼ばれなければなりません。クルンテープ・プラ・マハ・ナコーン・アモーン・ラタナコシンドル・マヒンタラ・ボロマラジャタニ……ボロムニヴェット……マハ・サタン・ブリロム。これも要約すると〝天使の（あるいは神々の、完璧に語源学的な、そして、不必要に形而上学的な極論に身をさらすことになる）聖なる首都〟、〝インドラの宝飾品の宝庫〟、〝インドラ神の威光〟、〝至高の王宮メガポリス〟、〝オーギュスト遺跡〟、〝高地〟、〝喜びの都〟という意味になります。だいたいそんなところでしょうか」

　枝に吊るされたファルスの大きさは、バナナくらいのものからバズーカ砲ほどのものまであったけれど、細部にいたるまでどれも本物そっくりだった。すべて木彫りで、彩色装飾されている。管のまわりには鮮紅色の小さな斑点がある。そして包皮は、亀頭の奥に深いひだで表現されている。勃起したペニスの弓なりの形は、印象的な生命力にあふれていた。

　何本もの木から、何百個ものペニスが吊るされている。そして、ペニスの庭園のあちらこちらにある木製の燭台に、大きな蠟燭が立ててある。その大部分は火が消えていたけれど、そのかわりに、仏像の前や先祖代々の仏壇に灯すのと同じ小さな線香がたくさん燃えていて、頭がくらくらしてくるような強烈なにおいがする。線香の赤く燃える先端部分が、夜の闇に点々と見えていた。

　エマニエルは、そのいくつかの光が動いているのに気づいて不安になった。けれども、夜が明るかったので、それほど苦労することなく、人の手がそれを持っていることを確認できた。ひとりではなく、四人、五人、六人、少なくとも十人の男がそこにいた。最初に出会った男と同じように、あぐらをかいてすわっている。そのうちのひとりが立ち上がった。そしてエマニエルのほうに近づいてくる。けれども、あと数歩というところで、またしゃがみこんだ。その男の視線は強烈かつ穏やかな関心を示している。それとほぼ同時に、ふたり、そして四人がその男のもとに寄り、その脇にすわった。あとから来た男のうちのひとりはとても若く、ほとんど子どものように見える。ほかの男たちはもっと年上で、ひとりは老人に近かった。誰もひとことも発しない。合わせた指のあいだに、芳香を放つ線香を持ちつづけている。

「やさしいお客様たちです。何を演じましょうか？」

　マリオは冗談のように言って、比較的控えめな大きさのファルスを枝からはずした。

「冒瀆になるのかどうかわかりませんが、大胆にやってみます。いずれにせよ、彼らは不快に思ってはいないようです」

　マリオはそう言って、その木片をエマニエルに差し出した。

「さわってみてはどうですか？」

　エマニエルはそれに触れてみる。

「もしそれが本物だったら、どんなふうに手を動かして敬意を表するか、見せてあげてください」

エマニエルは、逆らわずに、むしろほっとして、手を動かしてみる。というのも、一瞬マリオがその男根《オリボス》を自分のなかに入れるように言うのではないかと不安だったからだ。それはざらざらしていて、汚れていたので、嫌な気持ちがした。

エマニエルの指は、まるでほんとうにそれを絶頂に導くかのように、やさしく愛撫する。そして最後には、彼女自身がこの茶番に夢中になってしまった。やがて彼女は、唇を使えないことを残念がったほどだった。けれども、実際には、そのファルスはほこりまみれだったのだ！

エマニエルは、男たちの視線が興奮で熱を帯びていることに気づいていた。男たちの顔はかなり緊張しているように見えた。マリオが動いた。そのとき、マリオのファルスが木製の男根よりも大きく、赤く勃っているのが見えた。

「さあ、幻想が現実に屈するときです」と、マリオが言う。「木製の男根にしたのと同じように、生身のファルスに対しても手でやさしくやってみせてください」

エマニエルは男根を枝のくぼみに置き（地面に投げ捨てようとはしなかった）、従順にマリオのペニスを握った。そしてそれを、よく見えるように、うずくまっている男たちのほうに向けた。

時が止まった。物音ひとつしない。エマニエルは、マリオが運河《クロン》に面した客間でその原則を語っていた「人間中心主義《ヒューマニズム》」を思い出し、めまいがするほど手を動かした。エマニエルにはもはや、手のなかで感じる拍動がマリオのものなのか、自分自身の心臓のものなのかがわからなくなっていた。エマニエルはまた、「けっして終わってはいけない！」というマリオの教訓を思い出した。そしてそれを奇跡的に〝持続させる〟ように努めた。それでも、そのたびごとにうまくなるエマニエルの洗練された愛撫に、ついに打ちのめされたマリオは、最後にもっと力強い往復で終わらせてほしいと頼んだ。彼女は最後の衝撃を、とても愛おしく、とても抵抗しがたく、とても長いものにする方法を知っていて、マリオを快感でふるえさせた。それでも、彼女が努力をゆるめないように、マリオは喉から出るうなり声を抑えてつぶやいた。

「さあ！」

と同時に、プリアポスの果実がぶら下がっている木のほうを振り向いた。尋常ではない長さと密度の噴射が夜を貫き、木製の男根に振りかかり、その衝撃で男根が揺れ、蔓の先で回転した。

「さて、今度は、この観客たちのために何かしなければなりません」とマリオは即座に言った。「彼らのなかの誰に、もっとも惹かれますか？」

エマニエルは激しい恐怖を感じて、言葉を失った。いや、いやよ！　エマニエルは、この男たちに触れることができなかったし、触れられたくなかった……。

「あの若者がいいのではないですか？」マリオが言う。「私ならよろこんで彼を受け入れるでしょう。けれども、今夜は、あなたにおまかせします」

エマニエルにはそれ以上相談することなく、マリオは若者に合図を送り、何かを言った。すると若者はゆっくりと、毅然として立ち上がり、ふたりのそばに来た。まったくおびえる様子はなく、かなり横柄にすら見えた。

マリオがまた何かを言い、若者は短パンを脱いだ。裸になってみると、若者はさらに美しかった。エマニエルはすっかり動揺していたけれど、それを見て勇気づけられた。まだみずみずしいペニスが、彼女の前で水平にぴんと伸びている。

「吸って、飲むのです」マリオが何でもないような口調で命じる。

エマニエルは、逃れようとは思わなかった。当惑と混乱の状態にあって、その行為自体にもはやそれほどの重要性があるように感じなかったのだ。エマニエルはただ、さきほど板の道で出会った裸の男とだったらもっとよかったのにと思っていた……。

エマニエルは密生した柔らかい芝生の上にひざまずくと、指でペニスをつかみ、その先端を半分ほどおおっている皮膚を押し戻した。するとそれはまたたくまに大きくなった。エマニエルはまずそれを味わってみたかったとでもいうように、唇ではさむ。そして、しばらくそのままでいて、そのあいだに、その軸に沿って手を滑らせる。それから、突然決心したように、ペニスを口の奥深くまで、唇が若者の裸の腹に触れ、鼻がまばらに生えたうぶ毛に沈み込むほどに深いところまで押し込む。エマニエルは、しばらくそうしたままでいて、それから、丹念に、技巧を使って、ごまかしも省略もせず、口を前後に動かしはじめる。

けれども、この試みは彼女にとっては苦痛で、フェラチオの最初の一分間、喉にこみ上げる吐き気と戦わなければならなかった。それは、見知らぬ若者との愛の行為に身を捧げることを堕落したことだと考えていたからではなかった。もしマリオに促され、オーデコロンのにおいのする粋なブロンドの男の子と、パリの友人のブルジョワサロンで、同じことをしたなら、おそらく密かにそれを楽しんだだろう。そういえば、エマニエルはパリを離れる前に、女友だちのひとりのとても厚かましい弟の誘いに乗って、初めて夫を裏切りそうになったことがあった（夫を裏切るつもりはなかったのだ。というのも、相手が子どもだったから、もしそうなったとしても冗談だと思えただろうからだ）！　けれども、あと少しというところで邪魔が入った。いずれにせよ、心のなかだけでなく肉体的にも、エマニエルはすでに同意していたのだ……。その機会は、二度とやってこなかった。エマニエルはいま、そのときのことを考えていて、すべてを考慮してみれば、自分はごく自然に淫らになっていたのだと思った。エマニエルの開かれて濡れたセックスを知り、なかに入ろうとしていたあの少年と、彼女はあれから想像のなかで十回はセックスをした。けれども、この若者が相手となると、話がちがう。彼にはまったく欲情しない。それどころか、怖いのだ。そのうえ、最初に、この若者は清潔ではないかもしれないと考えて、気が動転してしまった。でも、あとから、シャム人は一日に何回かしっかりと沐浴をするのだったと思い出してほっとした。それはともかく、この経験はエマニエルには何のよろこびももたらさなかった。マリオに対する気持ちから励んだのだけれど、エマニエルの感覚も嗜好もそうすることを拒否していたのだ……。

少なくとも、この任務をうまく成しとげればいいのだわ！　と、エマニエルは荒々しいほどに思った。一種の誇りのようなものに駆り立てられて、消せない記憶を残してやろうという思いで、少年に接した。夫が、世界中でエマニエルほどセックスのときに口をうまく使える女はいないと言っていたではないか？

少しずつ、自然と行為に夢中になって、エマニエルは、その力強さや熱さを好きになりはじめ、亀頭が喉を探って快楽を完成させる場所を探すことを許しているペニスが誰のものなのか忘れてしまっていた。自分のくちびるとクリトリスが敏感になってくるのを感じる。目を閉じて、興奮に身をまかせる。エマニエルの愛撫が目的に達した瞬間、彼女の舌に精液がほとばしり、それがジャンのものであるかのような快感をもたらした。その味はジャンのものとはちがっていたけれど、とてもよい味だった。ほかの男たちがみな彼女を見ていたけれど、どうでもよかった。今度は、彼女が快楽を味わいたくなった。少年のペニスが口から離れないうちに、エマニエルは指先でクリトリスに触れ、初めて口づけてくれたマリオの腕のなかでオルガスムスに達した。

「詳細をお話すると約束しませんでしたか?」崩れかけた壁を逆の方向に越えたあとで、マリオが言う。「満たされましたか?」

エマニエルは満たされていた。けれども、だからといって、気まずさから解放されてはいなかった。だから、黙ったままでいた。マリオがうっとりとして言う。

「女にとって、たくさんの欲液を、できるだけいろいろな精の泉から飲むことは、とても大切なことです」

マリオの声が突然熱を帯びる。

「あなたはそうしなければなりません。なぜなら、あなたは美しいからです」と、マリオは言う。

「美しくありながら、貞淑でいつづけることはできないのかしら?」エマニエルはため息をつく。

「できますとも。ですが、なかなか難しいのは事実です。気品のない多くの女たちが一生涯かけて願っても叶わないものを手に入れるために、美の力を使っていけないことはないでしょう？」

「あなたは、すべての女が色事ばかりに憧れていると考えているみたいね？」

「ほかによいことがありますか？」

　誰もスカートを盗んでいかなかったようだ。エマニエルはスカートをはくと、それまでの心地よさがなくなって残念な気がした。ふたりはまた、エマニエルが知っているのとはちがう方向に歩きはじめた。エマニエルは、さらに長く歩くことになるのだろうかと自問していた。そして、不満を口にしようとしたそのとき、ふたりはようやく道らしい道に出た。

「サム・ローに乗りましょう。もし見つけられればですが」マリオが言う。

　エマニエルは、いまではすっかりめずらしいものになってしまったその移動手段を使ったことがなかったので、それに乗ってみようという考えが気に入った。タクシーに乗って曲がり角を通るたびに死の危険を味わうよりも、輝く空のもと、人力車《シクロ・プス》でゆったりと揺られていくほうが魅力的に思えたのだ。道に沿って数百メートル歩いたところで、空車に出合った。運転手は（乗物と同様に運転手も「サム・ロー」つまり『三輪』と呼ばれているのだとマリオが説明した）地面にすわって、何ごとか考えているように見えた。けれども、ふたりに気づくとすぐに、赤いモレスキンでおおわれた狭い座席にすわるようにと手招きした。

　マリオがしばらく話をして、おそらく料金の交渉が成立したのだろう、エマニエルにそこに乗るようにと合図した。そしてマリオも彼女のとなりにすわった。ふたりともかなりほっそりしていたけれど、おたがいに押しつぶされてしまいそうなほど狭かった。三輪車が動きはじめた。マリオがエマニエルの肩に腕をまわすと、エマニエルは幸せそうにマリオにもたれかかった。そして、すわったまま、スカートを脚の付け根までたくしあげた。マリオがエマニエルの脚を好きだと言ったからだ。そのとき突然、エマニエルの頭にある考えが浮かんだ。とんでもなくすばらしい、すごいアイデアだと思った。自ら進んでそのようなことをしたことは一度もなかったし、しかもこんな道の真ん中でしたことはなかった！　でも、やってみることにした。すべての勇気を振りしぼった。

　エマニエルはマリオのほうに、体を少し横に向けた。片方の手にしっかりと力を入れて、ズボンのボタンをひとつはずした。そして、上から下へほかのボタンも急いではずすと、その手を滑り込ませ、眠っていたペニスをつかんだ。そして、大きく息をした。

「いいよ、ああ、エマニエル！」マリオが言う。「あなたはすばらしい」

「ほんとうに？」

「ええ。あなたの行為は、エロティシズムの領域で認められるべきものです。なぜなら、男が主導権を握り、女はされるがままにするというのが慣例だからです。男が予期していないときに機先を制する女こそが、もっとも価値のある官能的な状況を創るのです。すばらしい《ブラボー》！　より正確に言うならば、私の母語語で、ブラーヴァです！」

　エマニエルは、マリオの承認が純粋に道徳的なものではないことを手に感じた。

「ほかの状況になっても、この方法をおぼえておけばだいじょうぶです」とマリオは続けた。

「言うまでもないことですが、この方法も法則しだいで、新制度の条項が適用されます」

「それはどういうこと？」エマニエルが尋ねる。

　そしてマリオをやさしく愛撫しはじめた。

「もしあなたがある男のお気に入りの情婦で、言われもしないのに、その男の前で脱ぎはじめたら、それは予想外の出来事でしょうか？　そこにエロティシズムが存在しますか？　その一方で、あなたの国の大使が、お昼休みの時間に、一時滞在の外交官をあなたに紹介して、涅槃《ねはん》寺を案内することになったら、そのあと、街の観光の疲れを癒すために、自宅の小さな客間でお茶をしませんかと誘って、白いシルクの素敵なソファで彼の横にすわり、ごく自然に髪を揺すりながら、なんでもないふうにブラウスを脱いだら、その動作は隣の外交官の記憶に永遠に痕跡をとどめることでしょう。彼が死の床についたとき、最後に思い出し、慰められるのはあなたの姿でしょう。そうやって始まったあとは、もちろん、あらゆる可能性があなたに開かれます。あるいは、あなたが仮に主導権を握ることを控えて、乳房をあらわにしたままで、もったいぶって紅茶をカップに注ぎ、お砂糖はいつもおひとつですか、おふたつですかと尋ねることもできるでしょう。その時点では、彼はそのことをおぼえていない可能性が高いです。もっとも、そのときの様子によって、あなたはその後どの方法を選ぶのがもっともふさわしいかがわかるでしょう。もしも彼が、八か十四か、あるいは一メートルと答えるほどに動揺していたら、彼が次の行動をとるのを待っていてはいけません、砂糖をふたつ取って、彼に近づいてください。それから、さきほど私としたようなことをして、彼の望みを尋ねるのです。快楽を味わうのはお茶の前と後とどちらがいいか、そして、どんな方法でするのがいいか、あなたの手か、口か、それともヴァギナか。そうなれば、あとのことは大して重要ではありません。環境は整えられたのです。そして、あなたが好んで言うように、傑作は順調に完成に向かっているのです。もし反対に、相手が冷静なふりをつづけていたら、好きなようにさせなさい。つまり、あなたに飛びかかり、あなたが鎖を解いてやった漁色家のように振る舞わせてやるのです。あなたにとっては、有利なことばかりです。また別のときには、変化をつけるために、ブラウスだけを脱ぐのではなく、全裸になりなさい。一瞬たりとも世界の女であることをやめることなく、ほんの一瞬の感情も見せることなく、すべて脱ぎ捨てるのです。スカートを左手で抑え、ダンサーのような長い脚で円を飛び越し、クッションの上でそれを節度を持って下ろしたら、あるいはもしパンティをはいていたなら、それを脱いで、ランの花が挿してある花瓶のなかの安全な場所に置いて、あなたはふたたびお客の左側にすわり、気安い笑みを浮かべながら、ソファのクッションのうえに軽やかに仰向けになるのです。もし客が驚きのあまり動けなくなってしまっていたら、気分を楽にさせてやるために、その前日、山刀で武装したふたりの黒人にどんなふうに襲われ、どんなよろこびを得たかを話してやりなさい。あなたを苦しめた男たちのセックスと、その男たちがあなたをもてあそんだ勝手さのことを長々と語ってやりなさい。それでもまだ動かないなら、その客の前で自慰をしなさい。最後に、もうひとりの賓客と三つめの実験をするときには、服は脱がずに、ティーポットを持ち上げ、砂糖の数を訊く前に、ごく簡潔にこう尋ねればよいでしょう。〝お茶を飲んだら、セックスしませんか？　夫は、あと一時間は帰ってこないの〟もし万が一、その男が昔の傷やカルメル会修道女の教母の枕もとで誓ったこと、あるいは日没前にセックスすることを禁じているハンムラビ法典の条項を言い訳に逃げようとしたら、はっきりとした口調で、憤りを見せずにこう言いなさい。〝あなたが正しいわ。わたしどうしちゃったのかしら？　わたし、結婚するときに貞節を誓ったのよ。今日まで一度も夫を裏切ったことがないのだから、今日もやめておいたほうがいいわね〟そのバカな男はあなたという稀少な真珠をみすみす逃してしまったことをあきらめきれないでしょう。もし彼が考えを変えたら、今度はあなたが譲らないでください。もし彼があなたの無邪気さにつけこもうとしたら、警察を呼んで、もっとも重い罪に処されるようにしなさい。彼が自分を弁護するために提出する非常識な主張を信じる陪審などいないでしょう。それが真実であってもです」

エマニエルは、自分の愛撫によってマリオのペニスが膨らんだことがうれしかった。だから、皮肉を抑えようともせず、こう言った。

「ねえ先生、わたしの記憶が正しければ、あなたがわたしに言うように勧めてくださった言葉はまさに、一時間ほどまえにわたしがあなたに言った言葉だわ。あなたはわたしを拒絶して侮辱したから、最初に通りかかった憲兵にあなたを引き渡すわね」

マリオは気さくに微笑んだ。

「私はあなたの手が大好きです」とマリオは言う。「やり方を変えないでくださいね。ああ、自分を実際より愚かな女に見せようとしないでください。私があなたに話している状況とわれわれの関係には何の共通点もないと、あなたはよくわかっているでしょう」

エマニエルには、紅茶がないことをのぞけば、ちがいがどこにあるのか、まったくわからなかった。とはいえ、反論する気分でも立場でもなかった。マリオに対する愛撫が、エマニエル自身の感覚にも火をつけた。そして、でこぼこな道を走っているためにときどき宙に浮いてしまう三輪車の振動が、エマニエルの快楽をさらに高めた。

「このサム・ローは、今ここでおこなわれている興行のことを知らないようですね」とマリオが言う。

マリオは口笛を吹いた。するとすぐに、男が後ろを向いた。そして、ふたりを交互に見ると、にんまりと笑った。

「わたしたちのことを気に入っているみたいね」とエマニエルが言う。

「ええ、共犯者を見つけましたね」マリオが言う。「驚くことは何もありません、彼は美しいですから。美の国際的なフリーメーソンが存在するのです。美しい者にしか許されないことがあるのですよ。モンテルランは俳優のピエール・ブラッスールに宛てた手紙のなかでこう書いています。〝卑猥な言動はまったく下品ではない。下品なのは貞淑ぶることだ〟」

「コートリーヌは彼より先にこう言っているわ」エマニエルも、負けじと引用する。「〝真の慎みというのは、美しくないものを隠すことである〟」

「ということは、あなたは乳房を恥ずかしく思っているのですか？」

「いいえ、そうじゃないわ！」

マリオを愛撫していないほうの手で、エマニエルはスカートからセーターを引っ張り出し、頭から脱ごうとした。マリオがそれを手伝った。少しのあいだ、エマニエルは、しっかりと勃ったセックスから手を離さなければならなかったけれど、それは短い幕間にすぎなかった。

「さて、そろそろ出会いがほしいですね」とマリオが言う。

「証人としてなら、このサム・ローではだめなの？」エマニエルは心ならずも主張する。

「彼は証人ではありません。陪審であり当事者です」

マリオがもう一度サム・ローを呼ぶと、サドルの上で振り返った。そして、後ろの乗客がほとんど裸であることにひどく驚いたようで、三輪車が横にそれた。三人とも大声で笑った。エマニエルは少し酔っているような気がしていた。シャンパンのせいだとしたらあまりにも遅すぎる。

マリオの願いが叶えられた。一台の車が彼らを追い越していき、突然ブレーキをかけた。エマニエルは、その車が止まるのではないかと思い、怖くなった。けれども、車はそのまま去っていった。乗っていた人たちの顔を見分けることはできなかった。

「あなたのお友だちだったのではないですか?」マリオが冷たく言う。

エマニエルは、喉が締めつけられて、何も答えられなかった。マリオをうまく愛撫することだけを考えていたかった。ふたりのアメリカ人船員を乗せた別のサム・ローが近寄ってきて、エマニエルたちを見て鋭い叫び声をあげた。マリオとエマニエルは、見ないふり、聞こえないふりをしていた。アメリカ人たちは、二台のサム・ローを止めようとして、身ぶり手ぶりを交えて必死に話していたけれど、どちらの運転手も動じることなく同じリズムでペダルを漕ぎつづけた。

「どこで出したい?」エマニエルは尋ねる。「手のなか、口のなか、それともヴァギナ?」

マリオはすぐには答えない。エマニエルは身をかがめると、それを唇ではさみ、口の奥深くまで入れた。マリオが詩のようなものを口ずさむ声が聞こえた。

〝私がこう言うまでけっして止めないでおくれ
疲れた、もうこれ以上できない、わが人生よ!

疲れた、おお神よ、もうこれ以上は！
そのとき、あなたの口が離れ、
私が死んだようにため息をつくように、
残りのすべてを私に与えたまえ〟

マリオのその声が気になって、エマニエルは行為を止めた。そして、体を起こし、尋ねた。

「この優雅な詩は、あなたのものなの？」

「とんでもない」マリオは答える。「十六世紀のあなたの母国の詩人、レミ・ベローの詩『羊小屋の初日』からの引用です」

「まあ！」エマニエルは高笑いする。

そして、もとの姿勢に戻るまもなく、マリオの家の庭園の鉄柵の前に着いた。

マリオは、エマニエルの手から身を引いて、三輪車から飛び降りると、服装を整えた。エマニエルも続いて降りたけれど、セーターは着ないことにして、バッグと一緒に腕に下げた。月明かりの下で、エマニエルの乳房が見事な曲線を描いていた。

マリオが鉄柵を開けた。サム・ローは三輪車から降りて、無表情なまま、支払いを待っているようだった。マリオは突然サドルにまたがると、三輪車を庭園のなかに入れた。あまりに素早かったので、サム・ローは止めることができなかった。マリオは全速力でペダルを踏む。サム・ローとエマニエルは顔を見合わせたまま、同時に大笑いした。その若い運転手は大切なお客の悪ふざけをむしろ楽しんでいるようだった。そのとき、ほんとうのことを言えば、大切な三輪車を取り返すことよりも、エマニエルの魅力的な乳房を眺めることに気をとられていたのだ。逃げたマリオを最初に追ったのはエマニエルだった。そして、木の幹のステップの前で、有頂天になっているマリオを見つけた。彼は立ったまま、ハンドルを握って三輪車を支えていた。

「何をやっているの！」エマニエルはやさしく叱った。

「私はあなたの乳房も大好きです」マリオは、まるでそれが長くあたためていた決意であるかのようにそう言った。

「よかったわ！」

エマニエルは、自分で認めたくないほどにうれしかった。そこに、サム・ローも満足げな様子でゆっくりとやってきた。マリオがサム・ローに話しかける。抑揚をつけ、間を取りながら、雄弁に、かなり長く話していた。エマニエルは、マリオは何を言っているのだろうと考えていた。どんな仮説を立てたとしても、若い運転手の顔からはまったく答えが読み取れなかった。すると突然、彼は何やら言い返しながら、エマニエルを見た。マリオは話を続ける。若者は、わかったというようにうなずいた。

「これで取引成立です、私の英雄が見つかりました！」マリオが言う。「近くで簡単に手に入れられるものを、人はずいぶん遠くまで探しに行くものなのですね！」

「なんですって？　どういうことかしら……」

「そうなんです。彼は私の特別な好意を受けるに値すると思いませんか？」

今回ばかりは、エマニエルは、ほとんど泣き出してしまいそうな気分だった。三輪車に乗っているあいだのマリオのやさしさが、それまでの頑なな拒絶を忘れさせていたのだ。そして、マリオの家に着いたら抱いてくれるのだろうと、多少とも、期待していた。マリオが望めば、夜の残りの時間もともに過ごす覚悟はできていて、もう家に帰らなくてもいいとすら考えていたのだ。マリオはエマニエルを自分の思いのままにすることができた。それなのに！　マリオは何も望んでいなかった。彼の頭のなかにあるのはただひとつ、自分のベッドに招き入れる少年を見つけることだけだったのだ！　エマニエルは涙で曇った目をマリオに向けた。もはやマリオの姿はかすんで見えるだけだった。彼はほんとうにハンサムだったのだろうか？　エマニエルは、マリオがボクサーのような顔つきだと思ったことを思い出していた……。

「おお！　また要らぬ心配をして自分を苦しめることはありません」と、マリオは陽気に言い、いつものようにエマニエルの暗い考えをさえぎった。「私にはすばらしい考えがあるのです。きっと今回もよろこんでいただけるはずです。さあ、お入りください」

　そう言ってドアを開けると、エマニエルの腰に手を回して、部屋のなかへ引き入れた。エマニエルは、拗《す》ねたまま彼に従った。マリオの考えにはもううんざりしていた。それでも、影と光にあふれた客間や赤い革張りの長椅子、運河《クロン》の鼻につんとくるにおいをふたたび感じられて幸せだった。運河にたくさんの小舟が通っているようには見えなかった。あまりに遅すぎる時間だった——あるいはあまりに早すぎたのだ！　エマニエルは突然、眠気に襲われた。何という夜だったのだろう！

　マリオが大きなグラスを運んできた。グラスには緑色の液体が入っていて、氷がきらきら輝いていた。

「ペパーミントの〝オン・ザ・ロック〟です」マリオが言う。「私の愛する人に元気を与えてくれますように！」

愛する人？　エマニエルは苦笑いを浮かべた。サム・ローは部屋の真ん中に立っていたけれど、どこか落ち着かない様子だった。明らかに困惑しながら、マリオが差し出した飲み物を取った。三人とも黙ったまま飲んだ。エマニエルはとても喉が渇いていたので、一気に飲み干した。マリオの言ったとおりだった。エマニエルは元気を取り戻したような気分になった。マリオは突然、エマニエルの横にすわり、彼女の体に腕をまわして、左の乳房にくちづけた。

「あなたを抱きます」マリオは言う。

そして、エマニエルの反応をうかがうかのように、しばらく待った。

エマニエルはあまりに驚いて呆然としてしまい、どうすればいいのかわからなかった。それに、納得していなかった。

「この若者を通してあなたを抱くのです」マリオは続ける。「彼を通して、その言葉のとおりです。つまり、彼を通してあなたを手に入れるのです。あなたがこれまで経験したことのないやり方で、私はあなたをものにするのです。誰も味わったことのない方法で、あなたは私に身も心も捧げることになるのです」

マリオはエマニエルの前で、まるで彼女を守るかのように手を内側に曲げた。そして言う。

「ですが、私が〝抱く〟〝ものにする〟〝属する〟という言葉を使うのは、それをすぐさま否定するよろこびのためだけだということは、おわかりでしょう！　なぜなら、私が望むのは、あなたを抱くことではなく、あなたに与えることだからです。私はあなたに惜しみなく与え、偶然に見つけた宝物のように、運に恵まれた正直な男なら独り占めしようとは考えないようなあなたを浪費するでしょう。私はあなたを所有するためにここにいるのではありません。あなたと私が何千年も前からずっと閉じ込められている監獄の鉄格子を取り払うためにここに来たのです。あなたは今もこの先も、私にとっては、所有物ではありません。セックスをしたあとも、あなたが地上のどんな男にも、どんな家族にも、そんな宗派《セクト》にも、どんな規則にも属していないのと同じように、私に属することはないでしょう。あなたはあなた自身の夢にだけ、ひとりきりで夢を見ないことを選んだ夢にだけ属するのです。その夢は、サム・ローと私が、あなたとともに見る夢です。一晩のあいだ、一度の抱擁の時間、われわれ三人は、われわれ三人が創り出した人生を生きるのです。それこそが、われわれの愛であり、それこそが、われわれの永遠の命なのです」

マリオの目は、無限の海に沈み込んでいくかのように、エマニエルの目をじっと見つめていた。その海は、マリオがエマニエルに見つけに行くことを誘っている海だ。その声はすでに外海から響いてくるように聞こえた。

エマニエルは答える。けれどもそれは、自分自身に語りかけているかのようだった。

「新しい星を見つけることができるのは、夜だけだもの」

マリオは葦でできた雨よけ越しに、空を見上げた。

「おそらく、そのうちのひとつが、いちばん遠くにあるまだ誰も知らない星が、あなたの名前をつけられるのを待っているのでしょう」とマリオは言う。

エマニエルは心を決めた。

「一緒に探しに行きましょう！」

マリオは、今度はエマニエルの唇に口づけた。エマニエルにとっては、その夜はかつてないほどに光り輝いていた。覚悟はできていた。したくてたまらなくなっていた……。

「あなたの最初の恋人ですね！」マリオは興奮して言う。「今夜から私はあなたの恋人になるのです」

エマニエルは一瞬、マリオを欺いたこと、飛行機での色事を打ち明けなかったことを恥じた。けれども、それは重要なことだろうか？　ある意味、完全なる同意をしたうえでの行為は、これが初めてだったのだ。つまり、初めて明晰に、故意に、あらかじめよく考えたうえで、姦通の女になることを望み、手筈を整えられた抱擁は、最初の恋人とのそれなのだ。

「たくさんの恋人のなかの一番目というわけですか？」マリオは、エマニエルが自分の教えをのみこんでいるか確かめるかのように尋ねる。

「ええ」エマニエルは言う。

これほどまでに完全に欲望に身をまかせるというのは、なんとすばらしいことなのだろう！ただひとりの男に身をゆだねる女性には、一度に自分のすべてを、何人もの男に、無数の男に与える女が、どのような一歩を踏み出すのか、知ることはできない。この瞬間の彼女ほど、不義だった女はいないだろう。初めて夫を裏切りながら、その後に自分を求めてくるであろうすべての男たちとともに夫を裏切るというこの驚異的なことを、彼女以外の誰にできるだろうか。

「もう拒みませんね？」マリオは確かめるように言う。

エマニエルは、拒むことはしないとうなずく。そして、「もし今晩わたしたちが、マリオとわたしが、わたしが十人の男に身をゆだねるということを思いついたら、きっとそうするわ」

と思った。

　マリオはエマニエルに、サム・ローだけに身をゆだねるように求めた。エマニエルは、スカートを脱ぎ捨てて長椅子にすわり、分厚いクッションにもたれかかった。そのやわらかさにエマニエルはうっとりした。ハイヒールの踵が、絨毯の粗いウールに沈む。エマニエルが男の腰に腕をまわすと、男は慎重に彼女のなかに入りはじめた。そして、奥深くまでたどり着くと、それまでエマニエルの横にいて彼女を抱きしめていたマリオが立ち上がり、サム・ローの後ろに立った。マリオの手がサム・ローの脇腹をつかむと、エマニエルはマリオの手が自分の脇腹に触れているように感じた。

　エマニエルはマリオがよろこびの声をあげるのを聞いた。ときに、それはほとんど叫び声のようでもあった。

「いま、私はあなたのなかにいます」マリオは言う。「普通の男の剣の二倍も鋭い剣であなたを貫いているのです。感じていますか?」

「ええ。しあわせよ」エマニエルは言う。

　サム・ローの硬いペニスが四分の三ほど引き抜かれ、激しく戻り、ふたたび加速しながら進みつづける。エマニエルは、絶頂を迎えることをゆるしてくれるかどうか、マリオに確かめようとはしなかった。こらえきれず、すぐに叫び声をあげ、サテンの革の上で体を痙攣させた。ふたりの男もうめき声をあげた。三人のよろこびの声が混ざり合い、夜を引き裂き、それに応えるかのように、遠くのほうで、犬が吠える声がいつまでも聞こえていた。けれども、彼らは気にしていなかった。三人は別の世界にいたのだ。内なる調和が時計の歯車のように三人の関係を調整しているようだった。彼らは、深く隙のない一体性を作りあげることに成功していた。それは、ふたりの男女が作り出すものよりも完璧なものだった。サム・ローの手がエマニエルの乳房をつかむと、エマニエルは快感にむせび泣き、男がさらに奥まで入ってこられるように腰を反らせ、あえぐ。耐えられないほど幸せだとあえぎ、どうかわたしを引き裂いて、そして、容赦せず、わたしのなかに出してと懇願した。

サム・ローの力はいつまでも尽きることがないようだったけれど、マリオはもう限界だった。合図を送るかのように、サム・ローの背中に爪を立てた。そしてふたりの男は同時に果てた。サム・ローはエマニエルの体の奥深くに射出し、もう一度突いて萎えた。エマニエルは、欲液の刺激的な味が喉からあふれ出るのを感じて、それまでよりもさらに大きな声をあげた。彼女の声が黒い水面に反響していた。けれども、その叫びが誰に向けられているのか、誰にもわからなかった。

「愛してる！　愛してる！　愛してる！」

編集注記

一九五〇年代後半からエロティシズムの象徴であった『エマニエル夫人』は、今こそあらためて読まれるべきである。「マミーポルノ」(母親のためのポルノ)や万人のための結婚の時代に、エマニエルはさらに刺激的な情事《アヴァンチュール》を語ってくれる。自由で、知的で、幸せなセクシュアリティを……すべての人に向けて。

簡単に振り返ってみたい。

タイから送られてきた原稿は、一九五九年と一九六〇年にエリック・ロスフェルド社によって、著者の許可を得ることなく出版された。検閲の理由から、当初は匿名で、よく知られている「EMMANUELLE(エマニエル)」というひとことだけが記された、まったくもって簡素な表紙で出版された。この本は啓示であり、エロティシズムのあらゆる規範をくつがえす文学的衝撃だった。そして、またたくまに成功を収めた。

一九六七年の公式無修正版で、ついに著者の素顔が明らかになる。のちに有名になるエマニエル・アルサン――タイに駐在するフランス人外交官の妻で、ミステリアスで危険な香りのするタイ人女性のペンネームである。エマニエル・アルサンとは、『エマニエル夫人』の作者であり登場人物なのだろうか。それとも、おそらくは『エマニエル夫人』の真の生みの親である彼女の夫に着想と詩想を与えた女性だろうか。人々を魅了し、幻想を抱かせるこの作品をめぐっては、多くの伝説がある。ひとつ確かなことは、『エマニエル夫人』はすぐに二十世紀のカルト的官能小説になったということだ。そして、秘密出版にもかかわらず、発売されるやいなや、第一巻は五万七千部も売りあげた。

文学史上初めて、一九五〇年代の特に厳格な社会において、『エマニエル夫人』はエロティシズムの革命的な概念を提示した。あらゆる信仰や宗教から自由で、あらゆる道徳観からも解放された女性を前面に押し出したのだ。自分自身の感情、肉体、知性に忠実な女性である。自らの女性性の限界を押し広げることによって、両性がセクシュアリティを経験するための新しい方法を発明した女性である。しかし、ジャン＝ジャック・ポーヴェールが一九九九年版（ラ・ムサルディン出版社）の序文で指摘したように、一九五九年、『エマニエル夫人』はまさに同時代の人たちが待ち望んでいたものを、知らず知らずのうちにもたらしたのである。

多くの作家や芸術家たちから受けた評価が、この小説の反響の大きさを物語っている。非常に高く称賛され、同時代のサドやボードレールの作品と同じくらい見事にスキャンダラスだと評価する者もいた。アンドレ・ブルトンは『アール』誌の第一面でこの本に触れ、アンドレ・ピエール・ド・マンディアルグは『新フランス評論』誌で絶賛した。彼は、「この本は精神的な刻印を残す作品であり、単なる官能小説ではすまされない」と書いている。彼にとって『エマニエル夫人』は真の文学作品なのである。バルザックやロレンス・ダレルの肉欲的なエピソードに言及しながらも、『エマニエル夫人』の作者はイギリスの小説家よりも先へ行っていると述べている。とりわけ、『O嬢の物語』の出版から五年後、『エマニエル夫人』は、バタイユの暗く侵犯的なエロティシズム観の影響を受けていた官能小説の伝統をくつがえした。『エマニエル夫人』のエロティシズム観は、むしろ解放的であり、「楽観的で、晴れやかで、輝くばかりであり、耕作地から解放された農奴、古くからの束縛から解放された人間の栄光を示す建造物のよう」である。

一九六七年に『エマニエル夫人』が出版されたとき、『ル・マガジン・リテレール』誌は、官能性を必須条件とする幸福な人生への賛辞であるとして称賛した。「文学には稀な」この特殊性によって、「『エマニエル夫人』のエロティシズムは、反抗のエロティシズムとは異なり、病的なものではない。それは、個人の充足感のもっとも重要な部分であり、何ものにも脅かされることはなく、世界との調和のなかで展開される、完璧な調和のエロティシズムなのである」

『エマニエル夫人』現象は、何千万人もの観客を魅了する映画に続く。一九七四年に公開された第一作目の『エマニエル夫人』は、ジュスト・ジャカン監督、魅惑的で忘れがたいシルビア・クリステル主演で、映画史にその足跡を残す。フランス映画界でもっとも成功した作品のひとつであり、フランス国内で九〇〇万人、全世界で四五〇〇万人の観客を動員した。シャンゼリゼ通りにある同じ映画館で、この映画は十年以上にわたって上映され、観光客や、ようやく成人し、憧れの女性であるエマニエルを見ようと躍起になっている若者たちを迎え入れた。

今日、エロティシズムは追い風に乗っているが、以前ほど革命的でなく、自由でもなく、そして何より文学的でなくなっている。だからこそ、エマニエル・アルサンが当時執筆した八作品を出版したベルフォン社は、セクシュアリティに関するあらゆる大きなタブーを打ち破ったこれらの基本的な作品のうち六作品を再版することにしたのだ。これがその第一作目である。官能的なパンテオンの伝説がついにふたたび生まれるのだ。

新訳《しんやく》　エマニエル夫人《ふじん》

2025年 1月20日　初版発行

著者　　エマニエル・アルサン
訳者　　河村真紀子《かわむらまきこ》

発行所　株式会社 二見書房
東京都千代田区神田三崎町2-18-11
電話 03(3515)2311［営業］
　　 03(3515)2313［編集］
振替 00170-4-2639

印刷・製本　株式会社 堀内印刷所

ISBN978-4-576-24126-5
https://www.futami.co.jp/